초의 2

# 초의

艸衣

2

한승원 장편소설

열림원

초의 2 차례

**초의 1** **차례**

저 무성한 갈대밭에 화살 한 대로

암퇘지 다섯 마리를

아 사냥꾼이여

『시경』에서

# 흰 눈의 시간, 혹은 신화

여느 때 초의는 눈이 내린 이튿날 아침이면 마당에 나가 하얗게 변한 세상을 바라보고 서 있곤 했다. 쌓인 눈을 짊어진 채 꺾일 듯이 늘어져 있는 나뭇가지들을 보고, 흰 분을 칠한 산마루와 골짜기를 넋을 잃은 채 보았다.

눈은 자기가 겪어온 천만년의 시간을 이야기하고, 신화와 전설을 털어놓고, 달려온 육로와 수로와 하늘길 천억 만리를 명주실 꾸리처럼 사려 감고, 녹아 없어질 순간들을 예감하고 울었다. 그것들은 봄 되어 녹아 없어지지만 사라지지 않고 신화와 전설로서 산야에 서식하는 것들의 몸과 마음속에 투영되어 있었다.

초의는 하얀 눈 세상 속에서 불을 보곤 했다. 미친 듯이 타오르는 불이 우지끈 우르르 무너뜨리고 소멸시키는 소리를 듣고 있었다.

그의 감성은 언제 어느 때든지 정반대의 일을 떠올리곤 했다. 삶의 열정 속에서는 죽어가는 것의 몸부림과 발버둥을 보고, 사라지는 것에게서는 새파랗게 소생하고 꿈틀거리는 것을 보았다.

눈은 산 아랫마을과의 소통을 막아버렸다. 세상의 이치는 막혀 멀리 떨어지면 오히려 더 가까워지게 한다. 시간과 공간을 뛰어넘게 했다. 눈에 갇히면 그리운 사람들을 불러 만나곤 했다.

## 늙은 소나무 혹은 큰 산 포용하기

『주역』을 몇십 번 읽었다. 그것은 우주의 운행 섭리에 대하여 말하고 있었다. 그 생각은 인위적으로 만들어진 공구들 같았다. 그 공구들을 매끄럽게 기름칠해서 살아가고 있는 것이 정약용인 듯싶었다.

"저 늙은 소나무가 이 어린나무 속에 들어 있다. 이 어린나무는 솔씨 속에서 왔다. 네 속에 저 늙은 소나무가 들어 있고 이 할애비의 주름살과 흰 머리칼들이 다 들어 있다."

정약용의 생각은 할아버지의 생각에서 멀리 떨어져 있지 않다 싶었다. 초의는 공자나 정약용을 있게 한 어떤 힘이 저 높은 곳 어디엔가 있을 듯싶었다. 그 힘을 운용하는 것은 무엇일까. 그것에 대하여 알고 싶었다.

정약용은 드높은 산이었다. 그 옆에 오래 머물러 있으면 그 산의 숲과 그늘에 묻혀버릴 것 같았다. 숲과 그늘의 중압이 그를 답답하게 했다. 혜장은 그 중압 때문에 술병이 들어 죽어갔는지 모른다. '무단히 무단히……' 하고 죽어간 혜장의 실패를 타산지석으로 삼아야 한다.

정약용이 드높은 산으로 느껴진다면 마음 하나에 매달려 사는 중노릇이 허무로 느껴질지 모른다. 정약용의 중압으로부터 벗어나려면 어찌해야 할까. 정약용을 포용해야 한다. 정약용은 고독한 산이다. 고독으로 허물어질 것 같은 몸을 저술하는 일로 끈질기게 버팅기며 살아가고 있다.

정약용에게는 정약용의 길이 있고 나에게는 나의 길이 있다. 정약용에게는 시 짓는 일 저술하는 것이 『주역』에서 말한 사업의 전부이다. 그 사업을 통해 바른 마음을 얻는 것이 군자이다.

나에게는 시 짓는 일이 낙엽 지는 일 한가지이다. 낙엽은 지면서 새로운 잎을 돋아나게 한다. 그 새로운 잎은 진여이다. 승려인 나에게 있어 사업은 중생의 제도이고 구원이다. 정약용도 한 사람의 중생이다. 나루터에서 만난 아낙의 말이 떠올랐다. '먼 훗날 그 돈을 돌려받을 사람이 따로 있을 것이오.' 그 사람이 정약용이다.

정약용과 가까운 시공 속에서 더불어 숨 쉬며 산다는 것은 행운이다. 그 드높은 산을 포용한다는 것은 더욱 큰 행운이다. 그 산을 포용하려면 바다가 되어야 한다. 화엄의 바다.

정약용은 민족적인 정서와 말의 가락에 중국 시의 운자를 억지로 맞추려 하는 것은 옳지 않다고 했다. 옳은 말이다. 나는 거기에서 한 걸음 더 깊이 들어간다. 운자 맞추기는 장난이다. 시가 낙엽인데 운자 맞추기쯤은 허접쓰레기 아닌가. 시 속의 마음이 중요할 뿐이다. 초의는 그러한 자기의 생각이 옳음을 누구에게서인가 확인받고 싶었다.

## 화살 한 대로 두 마리의 붕새를

절집 안에 해붕海鵬 스님과 백파白坡 스님에 대한 소문이 떠돌고 있었다. 해붕은 문장가인데다 적어도 유학과 선도와 불도에 대하여 무불통지라고 했고, 선과 교에 해박한 선지식이라고 했다. 해붕을 만나보면 그가 정약용에게서 느끼고 있는 중압이 해소될 수 있을 듯싶었다.

백파는 청허 휴정 스님의 9대 법손으로, 이 시대의 선장이나 학장이며 대단한 율사라고 소문이 나 있었다. 선을 알고자 하는 수좌라면 응당 백파를 거쳐야 한다고들 했다. 호남의 고승으로 이름난 연담 유일의 제자들이 백파에게 연담의 문중으로 입문하라고 권유했지만 그는 뿌리치고 설파의 문손인 설봉화상에게 나아가 지도를 청했을 정도로 고집이 세다는 이야기도 떠돌았다.

깨달음에 이른 선지식들에 대한 소문은 향기로운 냄새와 같았다. 천리 밖에 있어도 그 향기는 번져오기 마련이었다.

해붕은 경기도 수종사에 있고 백파는 학림사에 있다고 했다. 해붕과 백파를 만나보고 싶었다.

선지식들과의 만남은 보임(도 닦는 자가 자기의 안개 낀 거울 닦아내기)이었다. 오만으로 얼룩져 있는 거울 닦아내기. 또 만일 그 선지식이란 사람들이 오만으로 얼룩진 거울을 가지고 있으면 그것을 닦아주어야 하는 것이었다. 그것 또한 제도요, 구제일 거라고 생각했다.

세상은 낡은 것으로 가득 차 있었다. 사실은 나이 들어 낡아가고 있으면서 영글어 늙어가고 있다고 착각하고 있는 사람들이 꽉 차 있었다. 늙어감은 금강석처럼 찬란하고 향기로운 무게를 더하면서 견고해지고 새로워지는 일이고 값진 일이지만, 낡아가고 있는 것은 썩어 소멸해가는 것이고 미망 속으로 떨어지는 것이고 냄새나고 추한 것이었다.

## 정약용의 아들과의 만남

어느 날 윤동이 사람을 보내왔다. 정약용이 급히 와달라고 한다는 것이었다. 한달음에 달려가니 한 얼굴 수려한 청년이 정약용 옆에 앉아 있었다. 얼굴 윤곽과 눈과 코와 입모습이 정약용과 유사하다 싶었다.

"초의당, 인사하시오. 내 큰녀석이요."

초의는 혜장이 하던 말을 떠올리며 청년의 얼굴을 다시 건너다 보았다. 청년이 먼저 초의의 손을 덥석 잡았다. 정학연이었다. 수인사를 나누었다. 정학연은 초의보다 세속 나이로 세살 위였다.

정약용은 두 사람을 위해 자리를 피해주려고 몸을 일으켰다. 그 눈치를 챈 윤동이 정약용을 모시고 밖으로 나가면서 초의와 정학연에게 말했다.

"선생님 모시고 주막에 갈 테니까 정담 많이 나누시오. 중노미 시켜서 곡차 보내겠소."

그들은 곡차 잔을 앞에 놓고 시를 이야기하고 글씨와 그림 이야기를 했다. 오래지 않아 십년지기처럼 친해졌다. 그들의 대화는 이백과 백락천과 굴원과 두보와 도연명을 거쳐 소동파로 옮겨갔다. 『시경』과 『노자』와 『장자』로 건너갔다.

"유산은 왜 벼슬길을 꿈꾸지 않소?"

초의가 묻자 정학연은 말했다.

"아버님께서 원하지 않으시고……."

"효자이시군요."

"잔인한 참극과 유배살이는 아버지 대에서 끝나야 합니다."

가을 양광이 황금빛을 띠었을 때 초의가 정학연의 손을 잡고 몸을 일으켰다.

"금방 춘부장께서 들어오실 때가 되었습니다. 빈도가 유산에게 은밀하게 보여줄 게 있습니다."

초의는 탐진강을 굽어보는 사인정으로 유산을 이끌었다. 거기에서 그들은 즉흥시들을 지었다. 유산은 운을 맞추는데 천부적인 재주가 있었다. 시는 그윽했고 슬펐다. 이 사람의 시정을 이토록 슬프게 하는 것은 무엇일까.

헤어지면서 정학연은 초의를 혼자서만 벗으로 삼기에는 너무 아깝다고 말했다.

"저보다는 동생 학유가 더 시서화에 능합니다. 저와 학유는 아버님으로부터 진즉 초의 스님의 소식을 들어 그리워하고 있었습니다. 또 김명희라는 벗이 있는데 그 벗도 소개하고 싶고, 김명희의 형 김정희도 소개하고 싶습니다. 김정희 형제는 하늘이 내린 천재들입니다. 그 형제들도 이미 초의당에 대해서 들어 알고 있을 것입니다. 한번 틈을 내어 경기도엘 오시지요."

"그렇지 않아도 한번 내왕을 하고 싶었습니다."

유산은 눈을 거슴츠레하게 뜨고 웃으면서 말했다.

"그 벗들보다도 더 초의당을 기다리고 있는 사람이 있습니다. 아리따운 꽃입니다. 말하는 꽃. 시도 잘 짓고 묵화도 잘 치는 꽃인데 우리 벗들이 시회를 할 때마다 자리를 같이하곤 합니다. 막 벌어진 모란화 같은 꽃인데 그 꽃이 초의당을 꼭 한번 모시고 오라고 당부를 했습니다."

## 선지식을 찾아서

이듬해 이른 봄날 만행하듯 길을 나섰다. 산등성이에 진달래꽃들이 불처럼 타올랐다가 지고 철쭉꽃들이 벌어지고 있었다. 아무에게도 이야기하지 않고 바람처럼 바랑 하나 짊어지고 지팡이 하나 짚고. 대관절 어느 누구에게 무슨 일이 있어 어디엘 다녀오겠다고 말을 하고 떠날 것인가. 중이 중인 것은 망망대해 속에 떠 있는 섬처럼 혼자인 것, 짙푸른 하늘의 한 장 흰 구름 같은 것 아닌가.

운흥사에 들러 스승을 뵙고 하룻밤을 묵어가기로 했다. 운흥사 가는 길에는 그의 아픔이 서려 있었다. 역질로 죽어간 아버지 어머니 할아버지를 차례로 매장하고 떠나간 길이었다. 보릿고개 속에서 배고픔을 참으면서 찻잎 따고 졸음 참으며 뜨거움을 무릅쓰고 밤새워 맨손으로 차를 덖던 일, 현감의 숙부인이 탄 가마를 메고 달리던 일이 어제의 일인 양 눈에 선했다. 가마채 멘 어깨가 퉁퉁 붓고 숨이 턱에까지 차오르던 일, 발 한번 잘못 맞춤으로써 가마가 기우뚱거렸다고 연장자한테 호통을 듣던 일.

이틀 만에 전주 한벽당에 이르렀다. 추적추적 내리던 비가 말끔하게 개었다. 들판에는 연둣빛 새싹들이 팔랑거렸다. 구름 사이로 햇살이 나왔고, 병풍처럼 둘러 있는 산들은 바야흐로 망사 치맛자락 같은 안개구름을 수줍어하며 벗고 있었다. 골짜기는 고요하고 새소리 은은하고 강물은 맑고, 드리워진 나무 그림자는 그윽하였다.

한벽루에는 도포 차림의 선비 다섯이 술판을 벌이고 있었다. 원래는 풍월 판이었던 모양인데, 모두들 술기운이 도도해 있었고 풍월은 이미 끝나 있었다. 한 선비는 기생을 끼고 젖가슴을 만지며 입술로 얼굴과 목을 눌러 찍어댔고, 네 선비는 일어서서 기생들과 어울려 춤을 추었다. 누각 아래에서는 하인들이 술과 안주 그릇들을 함에 챙겨 보자기에 싸고들 있었다. 길 가장자리의 나무에는 나귀 다섯 마리가 묶여 있었다. 잘사는 사람들은 비단옷 입고 이밥 먹으며 소주에 맛깔스러운 안주 놓고 기생 옆에 낀 채 풍월하며 잘 살고, 못사는 사람들은 누더기 걸치고 소처럼 일을 하며 거친 밥이나 죽을 먹으며 산다.

삼례 주막에서 하룻밤을 묵고, 익산 사자암, 은진 관매사, 공주 곰나루 주막, 천안 삼거리 주막, 평택 소사평 주막, 용인 아비고개 밑 주막에서 하룻밤씩을 묵었다. 한강변에 이른 것은 그로부터 이레 뒷날 해질 무렵이었다.

발이 부르트고 다리가 빼드러지는 듯했지만, 곧 정학연 형제와 해붕을 만나게 된다는 생각이 그를 달뜨게 했다. 주모의 말로는 고랑나루까지가 샛길로 팔십 리 안쪽일 거라고 했다. 이른 아침밥을 먹고 나섰다. 경안과 퇴촌을 지나 천변길을 따라 걸었다. 분원을 지나고 고랑진에 이르렀을 때는 강나루 저쪽으로 해가 떨어지고 있었다. 강물은 아득하게 굽이돌면서 흘렀다. 빗긴 저녁 햇살이 강굽이 모래밭에서 치자 빛으로 번쩍거렸다. 검은 알상투의 사공이 서북쪽 강굽이 위쪽을 턱으로 가리키며

"저기 보이는 산이 마고산이고 그 산 밑이 말고개말馬峴里이요."

하고 말했다.

나룻배에서 내려섰을 때는 땅거미가 지고 있었다. 뱃삯을 지불하고 돌아서는 초의를 향해 사공은

"절은 저기 애비고개 넘어가야 있어요. 거기 가면은 운길산 중턱에 있는 절이 빤히 보일 것입니다요. 빤히 보이기는 해도 한참 가야 할 것인데……."

하고 말했다. 초의는 사공을 향해 합장을 하고 몸을 돌렸다. 그런데 사공이

"저 잠깐, 스님……."

하고 말했다. 떡판처럼 넓대대한 얼굴에 곰 자국이 있는 사공은 초의에게 무슨 말인가를 더 해주고 싶어 했다. 초의가 사공을 향해 돌아섰다.

"보아 허니, 얼굴이 훤해서 그런 것 해먹고 사는 스님은 아닌 것 같소만은, 혹시 한양으로 들어갈 생각은 마십시오. 올 정월에 한양에 숨어 산 비구 스님 비구니 스님들 죄 개같이 두들겨 맞고 쫓겨들 났소. 점치고 무당질을 했다고…… 한 번만 더 장안에 발을 들여놓으면 목을 칠란다고 했다는구려."

초의는 사공에게 다시 정중하게 합장을 해주고 운길산을 향해 돌아섰다. 먹물색으로 변하고 있는 산 위에 금빛 별 하나가 떠 있었다. 그 산을 오른쪽에 두고 까치노을을 받아 번들거리는 강물을 왼쪽에 낀 채 걸었다. 가벼워지는 듯싶던 발걸음이 사공의 말로 인해 무거워졌다. 어둠이 짙어졌고 어둠 저쪽에서 듬성듬성한 마을의 불들이 까물거렸다. 말고개마을이 가까워지고 있었다. 정학연이 어떤 얼굴 어떠한 말로 나를 반길까. 가슴속에서 뜨거운 기운이 솟구쳐 올라왔다. 수없이 많은 말들이 만들어져 숨결을 타고 하늘의 별을 향해 날아가고 있었다. 가슴속의 회포가 불바람처럼 회오리치고 있었다. 그의 내부에 가득 차 있던 회포는 바닥이 나고 있

었다. 썰물 진 갯벌밭처럼 텅 비고 있었다.

마을 앞에 이르렀다. 초의는 문득 발을 멈추었다. 마을의 불들 여남은 개가 까물거렸다. 그의 발짝 소리를 들은 개들이 껑껑 짖었다. 그 개 소리가 수묵으로 그려놓은 듯한 산골짜기와 별 총총한 하늘로 번져갔다.

정학연 앞에 서게 될 스스로의 모습이 눈에 그려졌다. 사공의 말이 귓속에 남아 있었다. 문득 쓸쓸해졌다. 가을걷이 해버린 다음의 텅 빈 들판에 허수아비처럼 우뚝 서 있는 한 중놈. 몸뚱이가 곡식을 털어 비워버린 자루처럼 헐렁헐렁해져 있었다. 초라하고 을씨년스러운 한 젊은 중놈의 몰골이 머리에 그려졌다. 나도 한양에서 무당질하다가 쫓겨난 스님들처럼 보이지 않을까. 가뜩이나, 내내 걸어오면서 마음속에서 이미 정학연과의 회포를 다 풀어버린 나는 초의의 쪼글쪼글한 껍질일 뿐이라는 생각이 앙금처럼 가라앉고 있었다. 이제는 벗인 정학연에게 해야 할 말이 한마디도 없고, 만나더라도 바보처럼 멍히 건너다보기만 할 것 같았다. 이때 자기의 모습은 정학연이 알고 있는 초의의 모습이 아니므로 그가 자기를 알아보지 못할지도 모른다는 두려움이 앞섰다.

발을 돌렸다. 멀기는 할지라도 수종사에 가서 해봉을 만나보고 그 두려움과 슬픔을 말하고, 며칠 묵어 기력을 회복한 다음 싱싱한 얼굴로 정학연에게 오고 싶었다. 승려로서 함부로 민간의 벗이나 신도의 집에 가서 머무르지 말라고 한 것은 의미 깊은 말이다.

초의는 소태처럼 쓰디 쓴 고독을 어금니에 놓고 씹으며 발길을 돌렸다.

마고산 북편의 봉안마을 앞에 주막이 하나 있었다. 거기에서 요기를 하고 길을 나섰다. 길은 가파르고 험하고 멀었지만 바야흐로 떠오른 달을 등에 지고 걸었다. 가다가 돌아서면 강물이 훤했다. 물너울이 달빛에 젖어 있었다. 은가루들을 뿌려놓은 듯싶었다. 아, 저 강 너울에 뿌려지고 있는 달빛, 저 가없는 말씀. 텅 비어 있음의 뜻을 아는 것은 찬연한 빛이 되는 것이다. 그 빛이 그의 속으로 스며들었고, 그것이 발을 무겁게 하는 피곤을 몰아내고 새록새록 뜨거운 힘을 샘솟게 했다.

길은 경사가 급했고, 오불꼬불 구절양장이었다. 자드락길을 오르다가 힘들면 돌아서서 달빛 깔린 강물을 내려다보곤 했다. 강물이 불을 환히 밝히고 있었다. 아으이이…… 하고 범패를 불렀다. 걷는 데는 이골이 나 있었다. 범패를 소리 높여 부르면서 가면 깊은 골짜기 검은 숲에 대한 두려움도 없어지고 지치지도 않았다. 어차피 길은 혼자서 가는 것이었다. 인도의 그 왕자님도 처음에는 혼자서 멀고 먼 길을 걸어 다니셨다. 그 왕자님이 흥얼거리고 다니던 것이 시방 내가 입에 담고 있는 범패 아닐까. 범패를 부르면서 사색을 하며 걷지 않았을까. 길은 사색을 하게 하고 사색은 사람의 삶을 웅숭깊게 하고 기름지게 한다.

## 바다의 붕새(해붕) 사로잡기

수종사 일주문에 들어섰을 때는 달이 중천에 올라 있었다. 어머니의 품속에 들어선 것처럼 분위기가 포근했다. 지니고 있는 영혼의 폭과 넓이와 깊이와 높이를 짐작할 수 있는 누구인가가 살고 있는 집 주변에 들어서면 온기가 느껴지는 법인가. 해붕은 소문만 무성한 위인이 아닐 듯싶었다. 한 번도 본 적이 없는 한 승려의 영혼을 평온하게 해주는 법력이 있을 듯싶었다. 피로가 한꺼번에 몰려들었다. 눈이 감겨졌다. 잠자리에 들고 싶었다.

초의는 요사채로 가서 한 행자에게

"나 해붕 스님을 찾아 전라도 대둔사에서 온 초의라는 중인데 너무 많이 걸어왔기 때문에 지쳐 죽을 지경이오. 우선 자고 나서 해붕 스님을 뵈어야겠소."

하고 말했다. 키 자그마한 행자는 그를 객승실로 안내했다. 객승실은 요사채 모퉁이에 있었다. 문을 열고 들어가니 객승 한 사람이 자고 있었다. 그 옆에 쓰러져 누웠다. 창문에 달빛 한 가닥이 흰나비 날개처럼 걸려 미세하게 떨고 있었다. 아, 말씀, 텅 비어 있음의 뜻을 아는 자는 찬연한 빛이 되는 것이다. 유현한 텅 비어 있음이 빛을 만든다. 그 텅 비어 있음은 어디서 온 것인가.

까무룩 잠이 들었는가 싶었는데 눈을 떠보니 창문이 온통 하얘져 있었다. 옆의 객승은 어디론가 가고 없었다. 멀지 않은 곳에서 목탁 소리가 들려왔다. 염불 소리도 섞여 있었다. 속이 쓰라렸다. 아침 공양을 하지도 않고 한낮 때까지 내내 잔 것이었다. 공양간으로 갔다. 행자에게 밥을 청해 먹었다. 식곤증이 몰려들었다. 마당으로 나왔다. 절 난간 아래에 한강물이 가로누워 있었다. 두 물줄기가 한데 합수하고 있었다. 한동안 강물을 내려다보고만 있었다. 거대한 강물의 신이 그에게로 달려왔다. 심호흡을 했고 그것을 다 들이켰다.

서쪽 골짜기에 있는 띠집 암자에 해붕은 상좌 하나와 함께 들어 있었다. 혹림암雀林庵이란 자그마한 현판이 붙어 있었다. 그가 들어서자 해붕은 아랫목에 반가부좌를 하고 있었다. 반백의 머리에 얼굴은 목침처럼 직사각형이었다. 이마가 약간 튀어나온 듯하고 코의 운두가 높고 광대뼈가 불거져 있고 눈은 우묵했다. 귀는 컸고 귓밥이 타원형으로 늘어져 있었다. 눈동자는 새까만데 눈빛은 푸르렀고 호수처럼 깊었다. 그 눈빛이 초의의 눈 속으로 파고들었다. 초의는 들어서자 아랫목에 앉아 있는 해붕의 눈을 응시했다. 두 승려의 눈이 허공에서 부딪쳤다. 초의가 자기소개를 했다.

"대둔사에서 공부하고 있는 초의이옵니다. 대사의 고명을 듣고 불원천리 찾아왔사오니 퇴치지 마시옵소서."

해붕이 허공을 향해 허허허허 하고 껄껄거렸다. 초의는 해붕을 향해 절을 했다. 해붕은 반가부좌하고 있던 다리를 풀고 두 손을 방바닥에 짚으며 반배를 했다. 그것은 반배가 아니고 온절이나 마찬가지였다. 팔을 갈지자처럼 굽히고 이마를 방바닥에 대붙인 것이었다.

"천하의 초의가 그르쿨로 말을 하니께 이 풋늙은이 참말이제 부끄럽소이."

해붕은 아직도 두 손을 방바닥에 짚은 채 초의를 건너다보며 진한 전라도 사투리로 말했다.

초의는 수줍게 웃으며 머리를 깊이 숙였다. 해붕이 다시 반가부좌를 하고 윗몸을 꼿꼿이 세우면서 말했다.

"옛날 옛적 천하에 힘을 자랑하던 한 마을의 장사가, 하루는 마을 어른들에게 내일 저녁나절에 자기보다 더 힘이 센 장사가 자기를 찾아올 거라고 함스롬 몸을 피해뿔란다고 했지라우. 그럼스롬 몇백 년 묵은 늙은 버드나무를 깎아서 사람의 신체를 만들고 돌확을 씌워서 머리를 만든 다음 거기에 알맞게 큰 옷을 지어 입혀 관 속에 넣어놓고, 그 장사가 오거든 이 말을 전하게 했소그라. '우리 동네 장사가 갑자기 죽어서 저렇게 관에 넣어놨소.' 이튿날 초립동이 장사 하나가 와서 이 마을에 힘깨나 쓴다는 장사가 있다던데 어디 갔느냐고 물었소그려. 마을 사람들이 그 장사 이미 죽어 관에 넣어두었다고 말하자, 초립동이 장사는 그럼 그 시체라도 보겠노라고 관 뚜껑을 열드랍니다. 초립동이 장사는 시체를 발에서부터 머리까지를 차례로 쥐어보다가 '아 여기에 힘이 좀 들었던 모양이네' 하고 머리(돌확)를 불끈 쥐더니 가버리드라구만. 피해 있던 그 마을의 장사가 돌아와서 초립동이 장사가 한 번씩 쥐어보더라는 곳들을 살펴보니 버드나무로 된 다리와 몸통은 가루가 되어 있고, 돌확은 네 쪽으로 짝 갈라져 있었다는구만."

초의는 빙그레 웃으며 고개를 끄덕거렸다.

"이 해붕은 몸을 피해야 할 동네 장사이고, 초의는 천리 길을 달려온 초립동이 장사인데, 이 해붕이 시방 겁없이 초의를 대면하고 있는 모양이요."

"그 무슨 송구한 말씀이옵니까."

초의는 고개를 저었다. 해붕도 따라서 고개를 저으면서 말을 이었다.

"예로부터, '너는 제법 중놈 같구나' 하고 여겨지는 중을 결국에 죽이는 것은 임금이나 호랑이가 아니고 허명이었소. 허명은 중을 오만하게 만들어버리요. 공부 많이 했다, 한소식을 했다, 도술을 한다, 십 년 동안 장좌불와를 한 생불이다…… 그러한 말이란 것은 실없이 얼마든지 무성해질 수 있제라우."

해붕은 잠시 뜸을 들이고 나서 말했다.

"기왕 오셨으니 차돌멩이같이 견고한 경기도 산바람이나 실컷 쐬고 가시오. 머리 깎은 놈 나타나면 잡아다가 목을 치라고 한 장안이란 곳은 구름같이 모여들어서 준동하고 짖어대는 양반들 냄새가 고약하게 나는 곳이오. 양반들 냄새는 개똥내보다 더 고약하요. 쩌그 강진에 유배살이하는 정약용이란 양반, 이 한양 땅 개똥내 피해서 잘 내려가 있는 것이지라우. 그리로 안 내려가고 여그 붙어 있었으면은 벌써 목이 날아가버렸을 것이오. 한양 땅은 다만, 사람이 얼마나 고약하고 더러운 냄새를 풍기는 사악한 짐승인가를 가장 잘 알 수 있는 곳일 뿐이오. 그러기 땀시 어츠쿨로 하면 그러한 냄새를 풍기지 않고 향기롭게 살 수 있는가를 좀 더 빨리 터득할 수 있는 곳이기도 하지라우. 나는 그것을 맡을 만큼 맡았응께 멀지 않아 여길 뜰 참이오. 내 많은 곳을 돌아다녀봤지만, 중질하고 살기로는 전라도 땅만 한 디가 없소."

초의는 수미산처럼 큰 유학의 정약용 옆에서 사는 기쁨과 답답함에 대하여 이야기했다.

"나도 아암인가 혜장인가 김 선생인가 하는 중 이야기는 들었소. 송충이는 솔 잎사귀를 뜯어묵고 살어사제, 갈 잎사귀를 뜯어묵으면은 속이 곯아져서 죽는 법이오. 아니 지놈이 무슨 하늘 잡고 뙈기를 칠란다고 그르쿨로 『주역』에는 미쳐버릴 것이여, 잉? 미치더라도 제대로 미쳤다면 도통을 했을 것인디…… 그놈은 빛에 홀린 것이 아니고 그림자한테 홀렸어."

초의가 말했다.

"빛과 그림자는 둘이 아니지 않습니까?"

"본래는 빛도 그림자도 없었지라우."

"그럼 무엇만 있었습니까?"

해붕은 대답을 하지 않고 문득 두 눈을 감아버렸다. 까만 눈동자가 발하는 푸른빛을 두 눈꺼풀이 덮어버리는 순간 초의의 머릿속에 새파란 번갯불이 번쩍했다. 그 번갯불이 뜨거운 듯 부드럽고 부드러운 듯 시원하고 시원한 듯 달콤하고 달콤한 듯 박하 향처럼 환하고 환한 듯 하늘처럼 푸르스름한 전율을 가슴속에서 샘솟게 했다. 그래 '그것'만 있었다. 그것이 그것이다. 샘솟은 그것이 가슴속에서 온 얼굴에 웃음을 피어나게 했다.

해붕이 거슴츠레하게 눈을 뜨고, 웃고 있는 초의의 얼굴을 건너다보며

"초의당, 차를 한잔 마시고 자프요, 곡차를 한번 마시고 자프요?"

하고 물었다. 초의는

"따귀를 한 대 얻어맞고 자프고 곡차를 코가 비뚤어지도록 마시고 자픕니다"

하고 말했다.

해붕은 소원대로 해주마고 하면서 다가오라고 했다. 초의가 다가가자 해붕은 한 손으로 초의의 코를 잡아 비틀었다. 쌍봉사에서 한 번 당하고 이제 해붕에게서 또 한 번 당하는 일이었다. 코를 당기자 눈물샘이 입을 벌렸고 눈에 물이 가득 괴었다. 눈물로 말미암아 세상이 굴절되었다.

왜 하필 코를 잡아 비트는 것인가. 얼굴에 코가 있다면 아랫도리에는 남근이 있다. 얼굴의 코는 숨의 시작이고 아랫도리의 남근은 세상의 시작이고 번뇌의 시작이다. 번뇌가 없으면 세상도 없다. 번뇌를 비틀면 빛이 되고, 그 빛은 텅 빈 곳을 날아다니는 새다.

"그것 맛이 어떻소?"

초의는 대뜸 해붕의 코를 쥐어 비틀었다. 해붕은 꿈쩍도 하지 않았다.

"초립동이 손맛이 어떻습니까? 코가 돌확처럼 네 쪽 나뿔지 않았습니까요?"

해붕은 고개를 뒤로 젖히면서 어허허허허허허 하고 웃었다. 초의도 웃어댔다. 해붕은 상좌를 시켜 곡차를 받아오라고 했고 초의와 더불어 대작을 했다.

얹힌 달덩이가 무거워 휘어진 소나무 가지

달이 떠오르고 있었다. 해봉이 문을 활짝 열었다. 은색의 이불솜을 뭉쳐놓은 것 같은 구름장을 머리에 인 둥근 달이 늙은 소나무 가지 위에 얹혀 있었다. 해봉이

“아, 달이 무거워서 저 늙은 놈의 어깨가 휘어져 있구나.”

하고 말했고 초의는

“해봉대사께서는 제가 버거우신 모양입니다. 소승은 조금 전에 봉새 한 마리가 저 노송 가지 위에다가 몸 푸는 것을 보았습니다.”

하고 말했다.

"과연!" 하고 찬탄하고 나서 해붕은

"저 달을 있게 한 것은 무엇이라 생각하요?"

하고 물었다. 초의는 해붕이 자기의 공空에 대한 해박한 알음알이를 설파하려 한다는 것을 직감했다.

"오래지 않아 저 달을 없어지게 하는 것일 터입니다."

"그래 그렇다, 어허허허…… 과연! 소문 그대로 초의는 초의로구나."

곡차에 취한 채 초의는 절을 빠져나갔다. 밤길을 달려서 정학연의 집으로 갔다. 여유당. 밤이 깊어 있었다. 강물은 드러누운 거대한 뱀처럼 흰 배를 드러내놓고 꿈틀대고 있었다. 여유당을 등지고 강물을 바라보고 선 채 정약용의 말을 떠올렸다. '나는 물하고 인연이 매우 깊습니다. 태어나기를 강물 우는 소리 들으며 태어났고, 전라도 동복으로 아버지를 따라가서 적벽강을 내려다보며 글을 읽었고, 장기현 바다로 귀향을 갔고, 이제 다시 강진만을 앞에 놓고 시꺼먼 바다 한가운데에 갇혀 사는 형을 그리워하고 돌아갈 날을 기다리며 삽니다.'

"아무도 없느냐아!"

초의는 여유당의 대문을 흔들어대며 호걸스럽게 소리쳐 불렀다. 하인의 말을 듣고 달려나온 정학연은 초의의 두 손을 한데 모아 잡았다. 초의는 정학연의 약간 초췌해진 얼굴을 건너다보며 빙긋 웃었다. 초의의 취기 가시지 않은 촉기 어린 눈빛이 정학연의 눈동자 속으로 파고들었다. 정학연은 가슴이 관통되는 듯 진저리를 치면서 두 팔을 벌리고 초의를 끌어안았다. 정학연에게 안긴 채 초의는 눈을 감았다. 가슴이 뜨거워지고 있었다.

초의를 맞이한 정학연은 수다스러워졌다.

"아주 딱 맞아 떨어졌습니다. 요 며칠 사이에 자꾸 초의당이 올 것 같은 예감이 좀을 쑤시게 했어요."

그날 밤 초의는 정학연의 만향각에서 묵었다. 내놓은 탁주를 마시고 시를 읊었다. 초의는 세상에게 묶여 있는 학연의 처지가 안타까웠다.

달은 서쪽으로 기울었다. 서창에 대나무 그림자가 어렸다. 정교하게 그려놓은 수묵화 한 폭이었다. 소슬한 미풍 한 줄기에 댓잎사귀들이 속닥속닥 밀어를 속삭였고 살아 있는 수묵화가 수런거렸다.

"벼슬을 하시지 그러십니까?" 아버지의 죄로 인해 과거 시험이 불가능함을 알고 있으면서도 그리 묻고 있었다.

"나는 가끔 강물이 우는 소리를 듣곤 합니다."

동문서답이었다. 초의는 속인인 학연보다 더 생각이 속되어 있다 싶어 민망스러웠다.

"포승에 묶여보지 않은 사람은 자유가 얼마나 좋은지 모릅니다. 가마채를 어깨에 메보지 않은 사람, 가마를 타기만 한 사람은 가마 메고 달리는 일이 얼마나 고통스러운 일인지 모릅니다."

초의는 학연에게 이야기하고 있지만, 사실은 스스로의 세상 속에 묶여 있음에 대한 이야기를 하고 있었다. 그는 조상들로부터 타고난 총명함과 발랄한 예기藝氣를 주체하지 못했다. 세상도 그를 가만두려 하지 않았다. 세상에서 이름을 떨치고 있는 시인 묵객들이 그의 소문을 듣고 찾아오고, 만나서 시회를 함께하려고 들었다. 그의 참신하고 기묘한 생각과 시원스러운 풍류에 반한 선비들이 그와 교류를 하려 했다. 세상은 그물하고 같아서 한 코가 만들어지면 다음의 코들이 줄줄이 만들어졌다. 이 코를 잡아당기면 저 코가 켕기고 저 코를 잡아당기면 요 코가 켕겼다. 절집 중들은 천한 하층계급의 사람으로서 따돌림 당하는 세상이었지만, 그곳에 들어가 머리를 깎으면 들어오는 시주로 말미암아 최소한 굶어 죽지만은 않는다는 생각 때문에 절에는 젊은 사람들이 넘쳐났다. 하층민 취급을 받는 중들 사회에서 한다하는 유학자들하고 사귄다는 것은 법으로 정해지지 않고 문서에 기록되지 않는 귀족 한가지였다.

중질을 하는 사람으로서, 세속에서 네 귀에 풍경 단 집에서 종들을 거느리고 살고 그 종들이 끌어주는 나귀나 말을 타는 선비들과 사귄다는 것, 그들과 풍류를 즐긴다는 것은 술처럼 취하게 하고 우쭐거려지게 하는 일이었다. 한번 그 도깨비춤 같은 맛에 취해 우쭐거리곤 하는 버릇이 들자 그 취기 속에서 빠져나올 수가 없었다. 한번 들어선 다음이니 가는 데까지 가보는 수밖에 없었다. 혜장의 길로만 들어서지 않으면 된다.

"나도 할 수만 있다면 초의처럼 입산을 해버리고 싶을 때가 하루에도 열두 번은 더 될 것이오. 그런데 저 강물이 나를 여기 눌러 살게 하는 거예요."

아, 그렇다, 하고 초의는 생각했다. 산속에만 선禪이 있는 것이 아니다. 저잣거리에도 선은 있다.

"유산이야말로 마을을 지키는 선승이시네요."

이튿날 정학연은 종을 시켜 평소에 사귀던 벗들을 불렀다. 분가해서 사는 아우 학유가 왔고, 김명희가 왔다. 김정희는 공무 때문에 오지 못한다고 했다.

배를 한 척 빌렸고, 조촐하게 마련한 안주와 탁주를 실었다. 배가 뜰 무렵에 나귀를 탄 여인 한 사람이 왔다. 기생이었다. 기생이 맨 먼저 올라 뱃머리에 앉았고, 김명희와 정학유가 오르고 초의와 정학연이 뒤따라 올랐다. 사공이 배를 강물로 띄웠다. 배가 두둥실 떠갔다. 하얀 물너울이 한양 쪽으로 도도하게 흘러갔고 배는 천천히 강 건너 저편 언덕을 향해 나아갔다. 강굽이 언덕에는 산벚꽃과 아기배꽃들이 피어 있었다. 기생은 뱃머리 저쪽으로 얼굴을 두르고 앉아 있기만 했다. 갑판 한가운데는 안주와 술이 놓였다.

"아니 술은 안 권하고 무얼 그렇게 바라보느냐?"

정학연이 퉁명스럽게 꾸짖었고 김명희가

"물속에 정든 님이라도 빠져 떠가고 있는 거냐?"

하고 비아냥거렸다.

기생은 그때까지 치마를 머리에 쓰고 있었다. 그녀는 그들의 말을 아랑곳하지 않았다. 초의는 여자의 머리를 덮고 있는 쪽빛 치마와 엉덩이를 가린 쑥색의 치맛자락을 보았다. 뱃머리를 넘어온 바람이 그녀의 몸을 거쳐 초의에게로 달려오고 있었다. 분 향내가 초의의 가슴속을 가득 채우고 있었다. 초의는 가슴이 두근거렸다. 여인과 함께 배를 탄 것은 계율에 어긋난 것이다. 아니다. 저 여인의 신산한 삶을 제도해야 할 책무가 내게 있다.

"오라! 내 이제 알았네. 초의 스님 때문이구만. 우리하고야 구면이지만 초의 스님하고야 초면 아닌가?"

정학유가 말했다.

"이화야, 왜 그러고 있는 거냐? 네가 오매불망 그토록 모시고 싶어 한 초의 스님 아니냐?"

정학연이 말했다. 그제서야 기생은 머리에 쓰고 있던 치마를 벗었다. 몸을 일으키더니 초의를 향해 돌아섰다. 순간 초의는 깜짝 놀랐다. 얼마 전 대둔사로 그를 찾아온 그녀였다. 그가 운흥사로 갈 적에 나룻배에서 만났을 뿐만 아니라, 운흥사 아랫마을 주막에서 허드렛일을 하던 그 처녀였다. 그가 신갑사로 갈 적에 함께 따라가겠다고 억지를 쓰던 그 여인.

이화는 초의를 향해 큰절을 했다. 초의는 당황해서 몸을 일으키고 맞절을 했다.

"아이고, 오늘 천하의 암삼절 숫삼절이 잘 만났네그려."

김명희가 말했다.

"그런 뜻에서 우리 경하주를 맘껏 들세나."

술잔들이 돌았다. 이화가 가야금을 타면서 〈유산가〉를 불렀다. 술 한 순배가 돈 다음 그녀는 〈사랑가〉를 불렀다. 이후 가야금을 거두게 하고 시를 지었다. 한 사람씩 운자를 내놓았고 거기 맞추어 시를 꼬누는 동안 이화가 구음으로 소리를 했다.

시회 주관자이자 연장자인 정학연이 맨 먼저 읊었고 다음 김명희가 읊었다. 이어 정학유가 읊었다. 그들은 모두 깊은 봄의 풍광을 찬탄하고 먼 데서 온 귀한 손님과 자리를 함께한 것을 기뻐하고 있었다. 마지막으로 초의가 환대에 화답하는 시를 읊었다.

이화가 자기도 끼워달라고 말했다. 모두들 손뼉을 쳐서 환영의 뜻을 표했고, 이화는 먼저 시흥을 말로서 줄줄이 읊어낸 다음 운자에 맞춘 시를 읊었다. 좌중이 모두 다시 손뼉을 치며 찬탄했다. 이화는 두 손을 짚고 엎드리며 머리를 조아리고 말했다.

"환갑 진갑 더 넘은 이 못난 계집, 오늘 천하의 초의 스님을 모셨사오니 오늘 밤 죽어도 여한이 없사옵니다."

그러자 정학연이

"초의당에게 한 가지 청이 있습니다."

하고 말했다. 초의는 정학연이 무슨 말을 하려 한다는 것을 짐작하고 있었다. 빙그레 웃기만 했다. 정학연이 말했다.

"오늘 파계하시지요. 파계를 하지 않고 어찌 진정으로 진경에 이를 수 있겠소?"

김명희가 맞장구를 쳤다.

"석가모니 부처님께서도 아드님이 있으십니다."

정학유도 끼어들었다.

"원효대사도 아드님이 있으십니다."

"이화야, 너도 오늘 밤 초의 스님하고 인연 잘 맺어갖고 조선 땅의 '라울라(장애물이라는 뜻으로, 석가모니가 지은 자기 아들의 이름) 스님', 아니 설총을 생산하거라."

좌중이 손뼉을 치며 껄껄거렸다.

말하는 꽃과의 하룻밤

이날 밤 정학연은 이화를 돌아가지 못하게 했다. 만향각 안방에 잠자리를 마련해주었다. 초의를 그 방 안에 밀어 넣었다. 그리고 그들은 각자 자기네 집으로 돌아들 갔다. 이화와 초의는 말없이 앉아 있었다. 이화는 아랫목에 앉고 초의는 문 있는 윗목에 앉아 있었다. 그들은 서로를 마주 보지 않았다. 이화는 초의를 옆에 둔 채 서창을 향해 앉고 초의는 이화의 등 뒤에 있는 동편 바람벽을 보고 있었다. 정학연이 듣곤 한다는 강물의 울음소리가 흘러들었고, 그것이 두 남녀의 몸과 마음속으로 슴배이고 있었다.

이화는 자기의 몸이 운명적으로 초의를 우러러보며 살도록 점지되었다고 말했다. 나주 권번에 몸 담았다가 영전하는 목사의 말꼬리에 붙은 파리처럼 한양에 온 것, 한양에서 김정희를 만나고 정학연을 만나고 초의를 다시 만나게 된 것.

이화의 속삭임은 봄바람처럼 초의의 몸과 마음에서 새움을 트게 하고 있었다. 살갗의 모공을 뚫고 나오는 싹이 전신에 전율을 일게 했다. 초의는 눈을 감은 채 허공으로 얼굴을 쳐들었다.

"지금 이화가 본 것은 초의가 아닙니다. 초의의 그림자일 뿐입니다."

"그럼 스님은 어디 있습니까?"

초의는 고개를 쳐들었다. 턱으로 허공 한 곳을 가리켜주었다. 이화가 초의의 턱이 가리키는 곳으로 눈길을 옮겼다. 천장이었다. 거기에 서까래들이 가로누워 있었다.

"스님 계신 그곳으로 소첩을 데리고 가주십시오. 가서 옷도 돼드리고 이불도 돼드리고 밥이랑 찬이랑 곡주랑…… 모두모두 돼드리겠사옵니다."

"잘 벼린 칼로 흙을 긁어대는 것은 좋은 칼날만 망가질 뿐 흙은 아무짝에도 쓸모가 없습니다. 기어이 옷 되어주고 밥 되어주고 찬이 되어주고 곡주가 되어주고 싶으시면은 이화보다 못 먹고 못사는 중생들의 그것들이 되어주십시오. 한사코 기꺼운 마음으로. 그리고 극락왕생하십시오. 빈도는 평생을 갚고 또 갚아도 다 갚을 수 없는 빚이 있습니다. 나루터에서 그 아낙에게 받은 동전 두 닢이요. 그것을 되돌려주어야 할 사람은 이화가 아니고, 이 세상에 외로운 무인도들처럼 지천으로 널려 있습니다."

초의는 몸을 일으켰다. 이화가 따라 일어서며 목울음 섞인 소리로 "스님!" 하고 불렀지만 초의는 뒤를 돌아보지 않았다.

별들이 총총 빛났다. 바야흐로 동쪽 산 너머에서 달이 떠오르고 있었다. 산기슭에서 목탁새가 울고 있었다. 초의는 질펀한 강물을 등진 채 수종사를 향해 가고 있었다. 범패를 부르며 갔다. 카랑카랑한 그의 목소리가 산줄기를 타고 별 떨기들 수런거리는 가지 빛 하늘로 사위어가고 있었다.

# 선禪의 그물

이튿날 아침 혹림암雀林庵에서 초의는 해붕과 차를 마셨다.

"내가 차를 마시는 것인지 차가 나를 마시는 것인지…… 나는 분별이 안 가."

해붕은 혼잣말처럼 중얼거렸다. 초의는 생각했다. 차가 실체인가 그것을 마시는 사람이 실체인가. 무엇이 실체이고 무엇이 그림자인가. 둘이 다 실체이고 둘이 다 그림자이다. 그것은 동시에 이루어진다. 차를 마시면 사람과 차가 동시에 상대를 마시게 된다. 이때 차와 사람은 둘이 아니고 하나이다. '차선일체茶禪一切를 말씀하시려는 것입니까?' 하고 물으려다가 아차 했다. 해붕은 그보다 세속 나이로 스무 살이나 위였다. 해붕의 선은 바야흐로 무르익어 있었고, 뒤따라오는 사람에게 던지는 것이 다 선의 그물이었다. 거기에 걸려들었다가 벗어나려면 한동안 허우적거려야 할 터이었다. 초의는 그쪽에서 던진 그물을 맞받아 던져야 한다고 생각했다.

"그것 분별하는 일이 귀찮아서 소승은 늘 차는 혼자서 식게 놔두고 생각만 되씹고 있는 소승을 마셔버립니다."

"그렇게 마셔놓으면 그 더러운 중놈의 몸뚱이 소화가 잘 되던가?"

해붕이 초의를 건너다보았다. 언제부터인가 반말이 되어 있었다. 그것이 그들 사이를 편하게 했다.

초의는 해붕 앞에 놓여 있는 찻잔을 내려다보며 말했다.

"소승은 뱃구리가 무지막지하게 크옵니다. 수미산하고 사해를 다 마셔도 차지 않습니다. 사실은 대사의 공空을 마시러 왔사옵니다."

"그것은 독주인디? 취해서 비틀거리지는 말드라고. 유배 내려온 양반님네 『주역』에 반해갖고 술주정뱅이 되어 비틀거리다 죽은 혜장처럼."

해붕의 말이 떨어지기 무섭게 초의는 해붕의 찻잔을 들어 마셔버리고 취한 듯

"아따 그 공 참말로 독합니다."

하고 혀 꼬부라진 소리로 말했다.

"그런데 허방에 빠져 넘어진 자를 뒤따라간 사람이 마찬가지로 그 허방에 빠지는 것을 보았습니까? 저는 그 말씀을, 앞에 또 하나의 허방이 있다는 말씀으로 듣겠습니다."

"뭣이? 허방이라고?"

해붕은 불쾌해하였다. 초의는 거침없이 말했다.

"객지에서 만난 불쌍놈들은 술에 까빡 취하면은 으레 십오 년 연상 어른하고도 말을 튼다고 들었사옵니다."

해붕은 초의를 잡아먹을 듯이 노려보면서

"동방 천지에서 너 같은 호래자식은 처음 본다."

하고 말했다. 초의가 말했다.

"어차피 아들은 아버지를 장사 지내게 운명 지어져 있는 것을 어찌합니까?"

"그래 그렇다. 역시 너는 천하의 초의다."

해붕은 고개를 젖히고 껄껄거렸다.

## 추사 김정희와의 만남

멀지 않은 곳에서 말 울음소리가 들렸고, 상좌가 밖에 한 선비가 찾아왔다고 말했다. 누구라고 하더냐? 하고 해붕이 물었다.

"만일 퇴치게 되면 평생 동안 후회하게 될 거라고 전하라 합니다."

"아니 오늘은 웬 차돌 덩어리들만 이렇게 줄줄이 굴러온다냐?"

해붕은 잠시 생각다가 초의를 향해 물었다.

"초의당은 짚이는 것이 없는가?"

초의는 속으로, 아 그렇다, 하고 소리쳤다. 혹시 김정희가 찾아왔을지도 모른다고 생각되었다.

"그래 모셔라."

해붕의 말이 미처 떨어지기도 전에 발짝 소리가 먼저 투덕투덕 댓돌 앞으로 다가왔다. 상좌가 문을 열어주었고, 흰 도포 차림의 키 헌칠한 선비가 방 안으로 들어왔다. 얼굴이 기름하고 살색이 흰 선비는 잠시 가벼운 반배를 하고 나서 두 손으로 펄럭거리는 도포 자락을 휙 걷어 뒤로 젖히고 해붕 앞에 앉았다. 대개의 경우 고명하다고 소문난 해붕에게는 그 어떤 사람이든지 절을 하기 마련이었다. 일배를 하기보다는 삼배를 하는 것이 일반적이었다. 한데 이 선비는 겨우 반배를 했을 뿐이었다. 해붕은 무례한 젊은 선비의 얼굴을 마주 건너다보려 하지 않았다. 겨우 그 선비의 가슴을 동이고 있는 옥색 끈을 보고 있을 뿐이었다.

초의는 첫눈에 그 젊은 선비가 김정희임을 직감했다. 양쪽 볼에 깊은 마맛자국들이 있었다. 녹두알들을 힘껏 눌러 자국을 만들어놓은 듯싶은 자국에 그늘이 담겨 있었다. 마맛자국이 사람을 반하게 하는 선비라고 정학연은 김정희를 평했었다. 눈의 검은자위가 맑고 한없이 깊었다. 월성위의 종손답게 의젓했고 위엄이 있었고 태도는 당당하고 자신만만했다. 오뚝한 콧날과 넓은 이마와 쌍꺼풀진 눈매는 하루 전에 대면한 바 있는 김명희와 많이 닮아 있었다. 김명희의 구멍새들이 약간 오밀조밀 옹기종기 모여 있다면 김정희의 그것들은 더 큼직큼직하고 폭넓게 퍼져 있었다. 키도 김명희보다 반 뼘쯤은 더 클 듯싶고 입도 더 힘있게 다물어져 있고 턱도 목 속으로 당겨져 있었다.

"『시경』에 이 대목이 있소. 저 무성한 갈대밭에 화살 한 대로 암퇘지 다섯 마리를! 아 사냥꾼이여! ……오늘 내가 그 사냥꾼처럼 천하의 두 붕새의 영혼을 한 개의 화살에다 꿰러 왔소이다."

"선비는 누구시오?"

해붕이 물었다.

"한양 계동 월성위궁 숭정금실 주인 김정희요. 진즉부터 해붕 스님이 주무르고 있다는 공空을 한번 걷어차고 으깨버리고 싶었지만 게으름 때문에 오지 못했는데, 마침 남쪽 땅끝에서 내 멋진 벗이 올라왔다기에 이렇게 달려왔소. 유산이 함께 오고 싶다는 것을 뿌리치고 왔소."

김정희의 입에서 나온 '벗'이란 말이 초의의 가슴에 저릿하게 금을 그었다. 초면인데다 아직 수인사도 건네지 않았음에도 불구하고 '내 벗'이라고 말을 하다니. 초의는 두 손을 방바닥에 짚고 윗몸을 앞으로 약간 숙이면서

"초의 의순입니다."

하고 말했다. 김정희도 마찬가지로 두 손을 방바닥에 짚고

"추사 김정희입니다."

하고 자기소개를 하고 한 손을 들어 초의의 손 하나를 맞잡았다. 김정희의 악력이 초의의 손을 조였다. 뜨거움이 팔뚝을 타고 가슴

으로 정수리로 전해졌고 그것이 다시 온몸의 모공들로 번졌다. 모공 끝의 털들이 일시에 떨고 있었다.

"어느 날 남녘으로 달려가서 정약용과 초의, 그 두 붕새를 한 화살로 꿰버릴 음모를 곰곰이 꾸미고 있었는데, 뜻밖에 해붕과 초의 두 영혼을 먼저 꿰게 되었소이다."

"꿩 대신 닭이오?"

해붕은 두 귀빈을 위해 곡차를 가져오게 했다. 술에 얼근해진 김정희가

"해붕이 사는 곳에는 허허벌판 같은 텅 빈 강너울만 있다던데 그게 사실인 것 같구려?"

하고 말했다. 드디어 해붕의 공空을 향해 화살을 날리고 있었다.

김정희가 아버지를 수행하여 중국에 다녀온 뒤였다. 홍대용 박제가에게서 실학을 이어받은 그는 연경(북경)에서 가슴 벅차도록 절실한 것들을 공부해왔다. 모든 학문은 사실에 근거하지 않으면 모래 위에 지은 집처럼 부실한 것이라는 생각이었다. 실사구시實事求是라는 잣대는 그의 도처에서 힘을 발휘했다. 시, 글씨, 그림은 말할 것도 없고 학문, 유학, 불교의 선에 이르기까지 모두 적용시켜 비판하고 매도하고 하나하나 광정을 해나가려고 거침없이 들쑤시고 들었다.

해붕의 공에 대해서도 김정희는 자기의 그 잣대를 들이대어 따지고 가리려 하고 있었다.

"허허벌판 같은 강너울이 월성위궁보다 더 사람 살기에 적합하고 편안할 것이오. 집은 사람들을 가두는데 벌판은 훨훨 자유자재하게 하지라우."

해붕이 말했다. 석가모니 사상이 공맹의 사상보다 편하다는 것이었다.

"그 자유자재가 세상을 망치는 것 아닙니까? 세상은 이런저런 뜻에 따라 각이 져야 하고 규모가 있어야 합니다. 그래서 사람들은 집을 지어 살아야 합니다."

김정희가 이렇게 말하고 나서 잠시 뜸을 들였다가 말을 이었다.

"가장 이상적인 집은 담을 둘러쳐야 하고 앞에 마당이 있어야 하고 후원에 사당이 있어야 하고, 안채와 사랑채와 문간채와 대문이 있어야 합니다. 우주도 하나의 집입니다. 그래서 집 우宇 집 주宙자를 써서 나타냅니다. 그 두 글자가 모두 비에 젖지 않도록 관을 썼습니다. 후원 사당에는 집안사람들의 삶을 보살피는 그 집안의 과거 시간이 들어 있고 그것은 사랑채에 있는 현재 시간인 아버지의 영혼 속에 뿌리 뻗어 있습니다. 아버지의 시간이 나와 나의 아들딸들, 또 그들의 아들딸(미래 시간)에게로 전해집니다. 아버지는 성인에 해당하고 집안을 이끌어나가는 주체입니다. 아버지는 집사를 두고 하인들을 다스립니다. 아버지는 빛이고 그 빛은 집안 구석구석을 비추어줍니다. 말하자면 신神, 그것입니다. 안방과 문간채에 거처하는 사람들의 마음까지도 다 비추어줍니다. 우리들이

집 안으로 들어서려 하는 것은 그 집의 아버지, 즉 완성된 인간, 성인을 만나려는 것입니다. 성인은 우리들에게 정심正心을 가르칩니다. 그런데 해붕은 허허벌판 같은 공을 가르칩니다. 허령虛靈을 가르쳐 대관절 어떻게 하겠다는 것입니까?"

해붕이 말했다.

"김 공이 말한 그 집은 본래 텅 비어 있었습니다. 집 이전의 그 터 또한 비어 있었습니다. 거기에 집을 짓고 들어가 사는 성인도 이 세상에 오기 전에는 텅 빔 속에서 손에 잡히지 않은 어떤 것으로 있었습니다. 그 텅 비어 있음 속에서 왔기 때문에 성인은 그 비어 있음이 몸속에 회복되어야 힘을 발휘하게 됩니다. 삶의 구경은 비어 있음에 도달하는 것입니다. 그 비어 있음은 태허太虛입니다. 태허 속에 태극太極, 무량수無量壽, 말하자면 영원무궁의 시간이 있습니다. 석가모니 부처님께서 깨달음을 얻은 것은 그 비어 있음의 경지에 도달한 것 이외에 아무것도 아닙니다. 말하자면 공이 큰 깨달음을 낳空生大覺습니다."

해붕의 말 마디마디들은 마치 저승에 다녀온 자가 저승 이야기를 하는 것처럼 확철廓澈한 것이었다.

"물론 스님의 텅 비어 있음에 대한 생각이, 모든 것은 다 비어 있는 것이라는 공이 아니고 색즉시공 공즉시색의 비어 있음임을 짐작할 수 있습니다. 한데 그것을 어떻게 깨달아야 합니까? 저는 선승들을 우습게 알고 있습니다. 부단히 경전 공부를 통해 알 것을 다 알고 난 다음 그 경전 너머의 더 높은 차원의 깨달음을 얻는 것이 선禪인데, 이 나라의 선승들은 무식과 무지 속에서 단박 깨달음을 얻으려 합니다. 무식한 마음이 어찌 진여의 경지를 한순간에 안다는 것입니까? 달마의 법이 한낱 땔나무꾼에게로 전해졌다는 것이 불교를 망하게 한 것입니다. 어느 날 문득 한소식했다고 악喝 소리나 지르고 주장자나 내리치는 선승들의 무애無碍춤 추고 다니는 것이 그래서 생긴 것 아닙니까?"

김정희의 말은 억지 섞인 대듦이었다. 초의는 손에 잡히지 않는 것은 믿을 수 없다는 생각을 바탕으로 해서 선을 생각하는 김정희가 민망스러웠다. 그렇지만 김정희의 논지는 대단한 것이었다. 불조들의 이야기를 줄줄이 꿰고 있었고, 유학과 실제 사실에 근거하지 않은 허랑한 한소식에 대하여 날카로운 비판을 가하고 있었다.

"조선에 살고 있는 지식인들은 우물 안 개구리들입니다. 가령 불교만 하더라도 인도에서 중국을 거쳐 조선에 오는 동안 굴절되고 또 굴절되었음이 틀림없습니다. 굴절된 것을 바른 것으로 인식하고 자기가 가장 올바른 짓을 하고 있다고 여기고 있습니다. 글씨를 쓰는 사람, 그림을 그리는 사람들도 그렇습니다. 본래의 진짜 글씨를 찾아야 하고 잘못 굴절된 서체를 바로잡아야 합니다. 저는 연경에 다녀온 뒤로 금석학과 훈고학이 얼마나 중요한가를 알았습니다. 중국에서는 글씨를 쓴다 시를 짓는다 그림을 그린다 하는 사람들은 바람 따라 부유하는 풍조에 따르지 않고 철저하게 근원을 따져 바른길을 찾아갑니다."

초의는 얼굴에 잔잔한 웃음을 담은 채 해붕과 김정희의 대토론을 듣고만 있었다. 해붕도 옳고 김정희도 옳다고 그는 생각했다. 경전을 제대로 깊이 읽지 않고 한소식만 하려고 토굴에서 용맹정진하는 수좌들을 그는 안타깝게 생각해오는 터였다. 중은 중다워야 하는 것이다. 벙어리 중이 되어서는 안 된다. 범패도 해야 하고 탱화도 단청도 할 줄 알아야 하고 바라춤도 출 줄 알아야 하고 찻잎도 딸 줄 알아야 하고 차를 마실 줄도 알아야 하고 가마도 메보아야 하고 농사도 지어보아야 하는 것이다. 경전 공부에도 능통해야 한다. 중생들의 아픈 삶을 살아보지 않고 어떻게 중생 속으로 들어간다는 것인가. 선비들을 제도하려면 그들 속으로 들어가기 위해 유학 공부도 해야 하고 시도 지을 줄 알아야 하고 글씨도 잘 써야 하고 그림도 그릴 줄 알아야 한다. 관세음보살처럼 천 개의 손 천 개의 눈을 가져야 한다. 오만한 선비를 제도하기 위해 다가갈 때는 선비 얼굴을 가져야 하고, 선비들이 짓는 시를 지을 수 있어야 하고, 가마꾼에게 다가갈 때에는 가마꾼이 되어야 한다. 기나긴 봄날 보릿고개의 배고픔을 견디면서 찻잎을 따보지 않고 차 맛을 이야기하는 것은 가마 메는 사람의 고달픔을 알지 못하고 가마를 타는 즐거움에 대해서만 말하는 것과 같다. 쌀 한 톨 보리 한 낱이 농부들의 발짝 소리를 듣고 그들의 비지땀을 마시며 자라고 영근다는 것을 알지 못한 사람은 밥맛에 대하여 아는 체하는 것이 곧 오만이다.

김정희는 오만에 빠져 있다. 자기가 연경에서 보고 온 것이 최고인 것이고, 조선에 와서 굴절된 것들은 모두 허접쓰레기 같은 것이라고 매도하고 있다. 면벽참선을 하면서 실참하지 않고 선에 대하여 아는 체하는 것은 한 천재의 오만이다. 조선에 들어오면서 굴절된 것이기 때문에 절대로 인정할 수 없다는 김정희의 생각은 다 옳지 않다. 김정희는 해붕의 '공'도 촌스럽게 굴절된 어떤 것이 아닌가 하고 검색하고 있다.

초의는 김정희의 의심하고 검색하는 태도가 가상스러웠다. 그의 실사구시에 대한 생각과 날카로운 감수성이 두려우면서도 짜릿한 매력이 있었다. 절대적으로 사실에 입각하지 않은 것은 인정할 수 없다는 김정희의 당당한 생각에 그는 공감했다. 그렇지만 그것이 전부는 아닌 것이었다. 그게 전부라는 생각은 소수의 작은 진실을 깔아뭉갤 수도 있다. 김정희의 그러한 생각을 얼마쯤은 완화시켜주어야 한다. 그것이 곧 내가 해야 할 책무이다. 그 책무를 다하기 위해서는 김정희하고 친해야 한다. 김정희 같은 선비 한 사람의 저러한 생각을 바꾼다는 것은 이 세상을 보다 살아갈 만한 세상으로 바꾸는 일이 될 터이다.

해붕 또한 나름대로의 오만에 빠져 있다고 초의는 생각했다. 해붕의 공에 대한 생각은 해붕 자신만의 것이 아니다. 석가모니의 말씀과 노자나 장자의 생각과 공자 맹자의 주장들을 한데 어우르고 조사들의 말을 끌어다가 자신의 어법으로 윤색을 했을 뿐이다.

김정희는 고개를 세차게 젓고 나서 말했다.

"해붕 스님의 공을 저는 납득할 수 없습니다. 해붕 스님의 공은 스님의 공일뿐입니다. 텅 비어 있음이 큰 깨달음을 낳는다는 것은 어긋난 해석입니다."

해붕과 김정희의 논쟁은 평행선을 긋고 있었다. 큰절에서 쇠북소리가 들려왔을 때 초의가 말했다. 일단 논의를 그쯤 해서 끝내놓아야 할 책무가 자기에게 있다 싶었다.

당시 지식인들 사이에서는 '선'에 대하여 남다른 생각을 가지고 있다는 해붕의 소문이 나돌고 있었다. 바야흐로 서른 살인 김정희는 오십 대의 해붕을 만나 한번 대토론을 해보고 싶던 차였는데 초의가 해붕에게 와 있다는 말을 듣고 달려온 것이었다.

"소승이 한 말씀 드리겠습니다. 공맹의 인仁은 전라도 지방의 '짠하다'는 말 한마디로 함축할 수 있습니다. 정약용은 그것을 효·제·자孝弟慈로 풀이했습니다. 인은 어디서부터 왔습니까? 우주가 만들어지기 이전 세상은 텅 비어 있었습니다. 그 세상에는 바람밖엔 아무것도 없었습니다. 우주를 만든 것은 바람이었습니다. 바람의 율동이 우주를 만들었습니다. 땅은 식물과 동물을 만들었고, 사람은 식물과 동물을 먹고 삽니다. 만물의 영장인 사람이 지금 공을 생각하고 있습니다. 공은 저 쪽빛 하늘 같은 텅 비어 있음인 것입니다. 우주가 생성되기 이전의 텅 비어 있음 그것입니다. 부처님의 깨달음도 거기에서 기인했고 그리로 돌아가는 것이라는 생각은 타당합니다. 짠하다는 한마디 말로 함축될 수 있는 어짊仁도 텅 비어 있음에 바탕을 두고 있습니다. 제가 말씀드리고자 하는 것은 해붕 스님과 김 공의 토론도 그 비어 있음을 바탕에 두고 있습니다. 날이 밝았습니다. 훗날 다시 만나 논의할 거리를 좀 남겨놓는 것이 어떠하겠습니까?"

초의의 말이 끝나자마자 김정희가 말했다.

"오래전부터 하고 싶었던 해붕 노스님하고의 공론空論은 저 한강물에다가 공론으로 흘려보내고, 이제는 날도 샜고 하므로 초의당을 붙잡아 가야겠습니다. 벼룩 서 말은 잡아가도 중 셋은 못 잡아간다고 했는데, 제가 이 자리에서 중 한 사람을 데리고 갈 수 있을 것인지 못 데리고 갈 것인지 시험을 해보아야겠습니다."

해붕은 빙그레 웃었지만 얼굴에는 불쾌한 그림자가 어렸다. 자기를 노스님이라고 한 것과, 자기에게 찾아온 초의를 데리고 가겠다고 하는 김정희의 오만방자한 태도가 불쾌한 것이었다. 그렇지만, 해붕은 강단진 체구인데다 곰 자국이 선연한 양 볼이 약간의 화색을 띤 김정희의 얼굴을 향해 고개를 끄덕거렸다.

김정희는 말을 끌고 산 아래로 내려가서, 말에 오르더니 초의를 향해 뒷자리에 타라고 했다. 초의가 걸어가겠다고 했지만 김정희는 어서 타라고 재촉했다.

그들이 간 곳은 기생집이었다. 종에게 말을 내주면서 달려가 정학연을 불러오라고 했다. 기생방으로 들어와 마주 섰다. 김정희가 먼저 초의의 가슴을 탁 쳤다. 초의가 놀라 김정희의 얼굴을 건너다보았다. 김정희가 다시 한번 초의의 가슴을 탁 치면서 웃었다. 초의의 가슴에 뜨거운 전율이 일어났다. 그것이 정수리로 번져갔다. 초의는 자기도 모른 사이에 김정희가 그랬듯 김정희의 앙가슴을 손바닥으로 탁 쳤다. 김정희가 초의의 두 어깨를 얼싸안으면서 으하하하하하 하고 웃었다. 초의는 김정희의 두 어깨를 두 손으로 잡았다. 초의도 따라 웃었다. 몇 년 만에 만난 벗이 반가워하듯이 그들은 서로를 끌어안았다. 가슴과 가슴이 닿았다. 그들은 서로의 가슴을 밀어내면서 얼굴을 들여다보고는 끌어당겨 안고 다시 밀어내면서 들여다보고는 안기를 거듭했다. 기생이 들어왔다. 초의가 먼저 김정희의 어깨를 놓고 윗목 쪽에 앉았다. 김정희가 초의를 아랫목 쪽에 앉히려고 했지만 초의가 사양했다. 김정희는 마지못해 아랫목 쪽에 앉으면서 말했다.

"늙은 해붕이 공空 놀음으로 우리들의 하룻밤을 통째로 빼어가 버렸소."

절을 하고 난 기생의 얼굴을 본 초의는 깜짝 놀랐다. 전날 정학연 정학유 김명희와 함께 선유를 했던 기생 이화였다.

술상이 들어왔다. 서로 무슨 말을 주고받지도 않았는데 그들은 십년지기보다 더 가까워져 있었다.

"보고 싶었소."

"마찬가지요."

"유산(정학연)이 나보다 초의가 더 좋다고 해서 화가 났소."

"유산거사, 그 사람 아마 빈도가 입고 있는 옷(풀옷)에 홀린 모양이오."

"오늘 밤에 초의당이 그렇게도 잘하신다는 범패 한번 들어봅시다. 바라춤도 한번 보여주시고…… 아니 언제 경 공부 참선 공부는 하고 또 금어 일 어장 일을 다 배웠소? 또 언제 그렇게 글씨는 쓰시고 그림도 그리시고 시 쓰시고 차 만들고…… 유산의 말이, 초의당은 삼절이라는 말로는 안 된다고, 범패 바라춤 탱화 다론茶論까지 한다면 칠절 팔절이라고나 해야 할 거라고, 그야말로 입이 닳게 칭송을 하는 바람에 내 초의당 만나게 될 날을 학수고대해오던 참이오."

초의는 묵묵히 듣고만 있었다.

김정희는 달변이었고 그 말들은 거침없었고 도도하게 흘러갔다. 거기에 번개처럼 번득이는 천재적인 감수성이 그 말들을 현란하게 도배하고 있었다. 시에서 글씨로, 글씨에서 금석학으로, 금석학에서 훈고학으로, 훈고학에서 조선의 우물 안 개구리들 같은 지식인들로, 또 그들에게서 연경에서 만난 옹방강에게로, 다시 거기에서 실사구시를 바탕으로 해서 세상을 바꾸는 이야기로 자유자재 건너뛰어 다녔다.

"이제 묵은 세상 묵은 인물들을 젖히고 우리 새 세대의 유능한 인재들이 세상을 싱싱하고 탄력 있게 바꾸어가야 합니다. 절집 안은 초의당 같은 스님이 바꾸어가야 하고, 마을은 진짜 튼튼하고 명명백백한 사실에 근거들을 제시할 줄 아는 우리들이 새로이 틀을 짜가야 하오. 절집에서는, 해붕처럼 가만히 앉아서 공 따위나 이야기하는 스님들의 이름을 초의당 같은 스님들의 이름이 덮어야 합니다. 내가 초의당을 좋아하는 것은 다만 입에 붙은 염불만 하지도 않고, 또 주장자 내리치고 악 소리나 지르는 선승도 아니고, 범패도 하고 바라춤도 추고, 시도  글씨도 그림도 다 잘하고 또 차 마시는 일에 대한 고고한 생각도 가지고 있다 하기 때문이오."

초의는 손사래를 쳤다. 과분한 찬사가 버거웠고 면구스러웠다.

"옛 선인들이 말씀하셨소. 여러 가지를 잘하는 사람은 그중 한 가지도 제대로 잘하는 일이 없다고. 빈도가 그런 땡중이 되지 않을까 걱정스럽소."

"아니오."

김정희는 강하게 부인하고 나서 연경에 가서 만난 옹방강에 대해서 말했다. 중국 사람임에도 불구하고 그가 얼마나 옛 사람들의 진짜 글씨를 찾아 제대로 된 길을 가려고 애쓰고 있는가를 말하고, 자기가 찾아낸 옛 비석들에 대한 이야기를 했다. 광개토왕비 진흥왕순수비들이 숨겨 가지고 있는 중요한 역사적인 사실과 그 글씨체의 비의를 하나하나 이야기해갔다.

"초의당도 아주 내친 김에 범어를 익히시지요. 범어에 눈멀고 훈고학에 눈먼 사람들에 의해서 굴절된 석가모니 부처님의 말씀을 제대로 바로잡아줄 사람은 초의당 같은 스님뿐이오. 내가 선승이란 사람들을 신뢰하지 않는 것은 무식한 자들에 의해서 주도되고 있기 때문이오. 말이 안 되면 악喝 소리나 치는…… 경전의 참뜻을 읽어내지도 못한 채…….”

김정희는 관우나 장비가 칼을 쓰듯이 가로로 세로로 허공으로 말을 휘둘러대고 있었다.

초의는 민망스러웠다. 김정희는 사실에 바탕을 둔 개혁이 이루어져야 한다는 뜻을 가졌을 뿐 한번도 참선을 제대로 해보지 않은 사람이다. 실참을 해보지 않는 자는 허깨비를 믿는다. 세상의 모든 사람은 다 자기 나름의 허깨비 하나씩을 가지고 산다. 특히 유학자들, 지식인이나 유지라고 자처하는 사람들, 유학 도학 불도의 모든 경전과 저서를 탐독했노라고 으스대는 선비들도 다 그러한 허깨비를 가지고 살게 마련이다. 그들에게서 그것을 벗겨주어야 하는 책무가 나에게 있다.

유학을 숭상하는 조선 조정은 머리 깎은 자들이 장안에 들어오면 무조건 목을 잘라버리라고 했다. 그러면서도 거기에 몸담은 유학자들은 알게 모르게 고명한 스님들을 가까이 두고 살고들 있다. 한다하는 유학자들은 자기 저서의 뒤에 붙이는 발문을 고명한 스님들에게 부탁하곤 한다.

그들은 두 겹으로 된 얼굴을 가지고 산다. 한 얼굴은 불교를 배

척하고 다른 한 얼굴은 부처님의 말씀을 가슴속에 감추고 산다. 천년을 흘러온 그 말씀이 그들의 뼛속 살 속 영혼 속에 숨배어 있는 것이다.

초의는 유학자라는 사람 선비라는 사람 관료질을 하는 사람들이 원하면 사귀리라 했다. 그러면서 그들의 이중적인 얼굴을 바꾸고 그들의 잘못된 생각과 삶을 제도하리라 했다.

그들과 가까이하려면 그들의 체취가 묻은 것, 그들의 말법, 그들의 시 짓는 법, 그들의 글씨와 그림 그리는 법에 능하지 않으면 안 된다고 생각했다.

정학연이 도착했고, 그들 셋은 기생과 함께 술을 마시고 운자를 던져주고 거기에 맞추어 시를 지었다. 김정희가 청하는 대로 초의는 범패를 부르고 바라춤을 추어 보였다. 초의는 원효를 생각했다. 원효가 원효 나름대로 세상을 구제하려고 들었듯이 자기도 자기 나름으로 지금의 세상을 구제해야 한다고 생각했다. 그들과 삶을 함께 하려면 술도 마시고 기생과 마주 앉기도 해야 하고 더불어 춤을 추기도 해야 한다.

## 해괴한 놀이

한밤중이 되어 돌아가면서 김정희와 정학연은 해괴한 일을 저질렀다. 기생에게 명주베 한 필을 가져오라고 했고, 초의와 기생을 서로 끌어안게 해놓은 다음 명주베로 칭칭 동여매놓았다. 초의는 저항하지 않았다.

"여봐라. 이 방에 아무도 근접하지 못하게 하거라."

김정희는 시종에게 돈 꾸러미 하나를 던져주며 엄히 명령했다.

그들이 돌아간 다음 기생은 동여매놓은 명주베를 풀어냈다. 그리고 잠자리를 마련했다. 봉황 그려진 꽃요 위에 봉황 그려진 이

불. 어디선가 닭이 울고 있었다. 전날 밤을 꼬박 새운 터라 취기와 함께 걷잡을 수 없도록 수마가 밀려들었으므로 초의는 눕자마자 잠이 들었다.

한낮에 깨어난 초의는 소스라쳐 놀라 일어났다. 옆에 누워 있던 기생이 따라 일어났다. 기생은 하얀 속치마 속저고리 바람이었다. 초의는 자신의 옷차림을 살폈다. 장삼을 입은 그대로였다. 윗목의 바랑을 집어들었다. 기생이 앞을 막아섰다.

"오실 때는 스님 마음대로 오셨지만 가실 때는 스님의 뜻대로 못 가십니다. 아침 공양을 하시고 저하고 차 한잔하시면서 소녀의 슬픈 이야기를 좀 들어주시고 상처받은 산짐승 같은 제 마음을 좀 쓰다듬어주시고 떠나시지요."

기생이 밖을 향해 밥상을 들이라고 명했다. 죽 한 그릇을 마시고 나자 기생이 차를 올리면서 말했다.

"소녀는 스님 옆에서 살지는 못할지라도 스님 계신 곳을 건너다 보고 쳐다보면서 사는 행운은 누리고 싶사옵니다."

그리고 장롱에서 흰 보자기 하나를 꺼내 초의 앞에 들이밀었다.

"소녀가 베를 떠다가 연경에서 들여온 참먹을 갈아 물에 풀어서 염색을 해가지고 지은 장삼이옵니다. 갈아입고 가시지요. 언젠가는 한양 땅 경기도 땅으로 나들이를 하실 거라 생각하고 기다리고 또 기다리면서…… 한 땀 한 땀 뜰 때마다 스님을 그리워했사옵니다. 시방 입고 계신 옷이 너무 헐었으니 갈아입고 가시옵소서."

초의는 이화와의 인연이 버거웠다. 이화에게 옷을 갈아입을 터이니 잠시 자리를 피해달라고 했다. 이화가 몸을 일으키고 밖으로 나갔다. 초의는 바랑을 짊어지고 몸을 일으키자 도망치듯이 나왔다. 옆방에서 이화가 달려나와서 앞을 막아섰다.

"이화 보살님 눈에는 보이지 않으시겠지만, 저는 이미 그 옷을 속에다가 고맙게 껴입고 나왔소."

이화는 초의에게 갈 길을 내주면서 쓸쓸히 웃었다. 초의는 총총 대문 밖으로 걸어갔다.

한데 월성위궁의 하인이 달려 들어와 초의에게 편지 한 통을 전했다. 펼쳐 보고 깜짝 놀랐다.

학림사에 백파 늙은이가 와 있다고 하니 오늘 밤 나하고 함께 거기에 갑시다. 이 좁은 조선 땅에서 내로라하는 그 케케묵은 선장 학장 율사 나부랑이들 모가지를 잡고 소쇄를 시켜주어야 합니다. 퇴청하는 대로 말을 타고 달려갈 터이니 그 이화의 집에 그대로 머물러 있으시오.

숭정금산인崇禎琴散人

짧은 편지 끝에 추사라고 쓰지 않고, 월성위궁에 있는 그의 서재 이름에 산인이라는 말을 덧붙여 쓴 것은 무엇을 말하는가. 그 편지에는 오만이 가득 차 있었다. 중화中華를 다녀온 조선 천재의 안하무인. 조선 땅 안에서 내로라하는 엄지들의 권력과 위엄을 우습게 알고 그들에게 얼음 같은 찬물을 끼얹으려는 오만.

그 오만이 싫으면서도 그것을 옹호해주고 싶었다. 동조하고 싶었다. 김정희의 오만은 우물 안 개구리들의 세상 보기에 대한 경종이고 발랄한 지성의 패기인 것이었다.

잠시 우두커니 서 있던 초의는 등 뒤에 서 있는 이화를 향해 말했다.

"이 중놈하고 함께 산적 노릇을 하자는 참으로 별난 놈이 나타났소이다. 산적다운 산적이 되려면은 그 사람 올 때까지 칼을 갈아두어야겠으니 그대 안방을 좀 쓰게 해주시오."

이화는 반색을 했다. 그를 안방으로 모시고 난 이화는 가슴을 쓸어내리며 심호흡을 하고 눈물을 글썽거리며 말했다.

"스님을 배웅할 때 가슴이 찢겨나가는 것처럼 쓰라려지더니 속에 이 주먹만 한 것 하나가 뭉쳐졌어요. 그런데 월성위궁 공자님께서 그것을 가시게 해주셨사옵니다. 아주 스님께서 이 방을 떠나지 못하도록 내내 붙잡아주셨으면 좋겠사옵니다."

"허랑한 소리 그만하십시오. 기생이 땡중 보듬고 돌아도 먹고 살 것 바리바리 실어다주는 시러베아들 놈이 어디에 있다고 하더이까."

"제 털 뽑아 비단을 짜내는 학각시 같은 재주가 소녀에게 있사옵니다."

"차라리 나뭇잎에 스치는 바람 한 오라기, 떠가는 흰 구름 한 장을 내 서방이라고 점찍어두는 것이 나을 것이오."

## 백파와 추사와 초의의 만남

해 질 무렵에 김정희는 말을 타고 왔다. 그는 이화에게 저녁을 청하여 먹은 다음 초의를 뒤에 태우고 달렸다. 강변의 갈숲 속을 달리고 들판길을 달렸다. 개활지의 자드락길을 달리고 시냇물을 건너뛰었다. 빽빽한 적송숲길 사이로 일주문이 보였다. 절 마당의 당간지주에 말을 묶어놓았다.

공양간에서 개숫물을 버리려고 나온 먹물색 누더기 일복의 행자가 그들을 흘긋 보았다. 김정희가 거연하게 물었다.

"백파 스님 계신 곳으로 안내하게."

"누구신지요?"

"그것은 이따가 백파한테 물어보고."

김정희의 위압적인 말에 행자가 앞장서서 갔다. 절 뒤편 산신각 옆에 자드락길이 나 있었다. 그 길은 골짜기로 내려갔다가 등성이를 치올라 거대한 부처님이 비스듬하게 누워 있는 듯싶은 바위들 밑의 자그마한 암자 앞에서 끝이 났다. 암자는 삼간초옥이었다. 부엌이 가운데 있고 방 둘이 양쪽에 한 개씩 있었다. 대문도 없고 마당도 없었다. 두 방 댓돌에 짚신 한 켤레씩이 놓여 있었다.

"큰스님, 손님 찾아오셨습니다."

행자가 서쪽 방 댓돌 앞에서 대오리문을 향해 말을 하자 동편 방문이 먼저 살풋 열렸다. 거기서 앳된 시봉의 얼굴이 나왔다. 댓돌로 내려서면서 어디서 오신 누구시냐고 물었다. 김정희는 대답해 주려 하지 않고

"여기 늙은 강백이 주석하고 있다 해서 왔느니라."

하고 무뚝뚝하게 말했다. 길을 안내한 행자와 시봉 상좌가 당황하여 김정희와 초의를 번갈아 보았다.

김정희가 너무 당돌하게 군다고 초의는 생각했다. 백파의 짚신 앞으로 나서면서 "스님, 저는 대둔사에서 온 초의입니다" 하고 말을 할까 하다가 소나무숲 사이로 하늘을 쳐다보았다.

시봉이 백파의 방문 앞으로 나아가서

"큰스님!"

하고 불렀다.

"모셔라."

백파의 방에서 걸걸한 목소리가 흘러나왔다. 시봉이 문을 열었고, 김정희가 먼저 안으로 들어가고 초의가 뒤따라 들어갔다.

방 안에는 차향이 맴돌고 있었다. 아랫목이 가득 찰 만큼 몸집이 큰데다 반백의 머리칼에 잔주름이 생기기 시작하는 얼굴 동글납작한 스님이 반가부좌를 하고 있었다. 앞에 다반이 놓여 있었다. 김정희는 주인에 대한 예를 갖추려 하지 않고 찻상 앞에 털썩 주저앉기부터 했다. 초의는 김정희의 그러함을 아랑곳하지 않고 주인을 향해 절을 했다. 삼배였다. 초의가 절을 하는 동안 주인은 반가부좌를 풀지 않은 채 윗몸을 약간 앞으로 수그린 채 합장을 하고 있을 뿐이었다. 김정희는 그게 못마땅하여 천장을 쳐다보며 으흠 하고 큰기침을 거듭했다.

초의가 절을 마치고 좌정한 다음

"소승은 대둔사에서 온 초의 의순입니다."

하고 말했다. 백파는 고개를 끄덕거리며

"그래그래, 초의가 한 번이나 나를 찾아오리라 생각하고 있었지."

하고 반말을 했다.

"나는 계동 월성위궁에 사는 승정금산인이라고 합니다."

김정희가 자기소개를 하자, 백파는 눈길을 천장으로 옮기면서 말없이 고개를 끄덕거리기만 했다.

"이리로 오는데 절 어구에서 한 떡 장사가 쑥떡을 팔고 있더군요. 한데 똑같은 쑥떡들을 늘어놓고, 이것은 격외떡이고 이것은 의리떡이고, 또 요것은 조사떡이고 요것은 여래떡이라고 하면서 가격에 차등을 두고 팔고 있었습니다. 이게 어디서 배워온 장사법이요, 물으니 이 절 늙은 스님한테서 배운 것이라고 하더군요."

김정희가 빈정거리듯이 말했다. 백파의 눈살은 찌푸려져 있었지만 입가에는 알 수 없는 미소가 담겨 있었다.

"그래 그 쑥떡 맛은 어떠하더이까?"

백파가 묻자 김정희가 엉뚱한 말을 했다.

"백파 강백은 시방 어디서 많이 본 듯한 장삼을 걸치고 계시는데, 아마 어쩌면 이미 오래전에 입적한 일우一愚 노장이 입던 것 아닙니까? 그렇다면 나는 지금 내 앞에 앉아 있는 노장을 백파 강백이라고 불러야 합니까, 아니면 일우 노장이라고 불러야 합니까?"

이렇게 말을 했을 때 백파의 한쪽 눈썹밭이 미세하게 움씰거리고 있었다. 백파는 불쾌함을 참고 있었다. 초의는 난처했다. 그러나 초의가 나서서 둘 사이를 조정하기에는 너무 늦었다. 다툼은 이미 고삐 풀린 두 마리의 말처럼 일사천리로 달려가고 있었다.

초의는 문득 고향 마을의 한 아낙을 떠올렸다. 그 아낙은 버젓이 지아비가 있는데도 불구하고, 여느 때 속곳과 속속곳을 입지 않고 홑치마만 입은 채 얼굴에 분 바르고 머리를 기름 발라 곱게 빗고 궁둥이를 흔들면서 들일을 하러 가곤 한다고 소문이 나 있었다. 어느 날 그 마을의 도둑 뱃사공처럼 생긴 머슴 하나가 산모퉁이 밭에서 김을 매고 있는 그 여자를 겁탈하려고 안고 뒹굴었다고 소동이 났었다. 마을 사람들은 그 여자가 그 머슴으로 하여금 덤벼들도록 방정을 떨고 다녔다고 입방아질을 했었다.

애초에 백파가 청한 바 없는데 김정희가 찾아와 공격을 하고 있는 것이지만, 실은 김정희로 하여금 그렇게 찾아와 덤비도록 단초를 제공한 것은 백파인 것이라고 초의는 생각했다.

"숭정금산인, 차나 한잔하시지요."

백파가 말했다. 김정희가 말을 이었다.

"석가모니 경전은 애초에 범어로 쓰여 있습니다. 그것이 중국으로 들어오면서 한문으로 옮겨졌고, 조선 사람들은 그 한문으로 된 경전을 가져다가 사용하고 있습니다. 그 경전도 이 사람이 옮긴 것 저 사람이 옮긴 것 구구각색입니다. 옮길 때마다 옮긴 사람, 전하는 사람의 생각에 따라 이렇게 저렇게 굴절되어 있습니다. 백파 강백은 범어를 아십니까? 모르신다면 결국 이렇게 저렇게 굴절된 것을 굴절되었다는 사실을 알지 못한 채 곧이곧대로 믿으면서 강의를 하고 있지 않으십니까? 굴절된 것을 또다시 굴절시키면서 자기가 굴절시키고 있다는 사실을 모르고 있는 것은 얼마나 어처구니없는 웃음거리입니까? 더구나 굴절되어 있는 일우 스님의 설을 조금도 의심하지 않고 그대로 보도 삼아 휘두르고 있는 것은 무엇입니까? 저는 이 땅에서 한다하는 노장들을 찬물 먹이러 다니는 호래자식이기는 하지만, 글씨를 쓰고 시 짓는데 있어서만은 금석학이나 훈고학을 공부하려고 애쓰는 사람입니다. 다만 입의 바다口海 출렁거리는 소리만 요란한 이 땅의 강백들은 반성해야 합니다."

김정희는 백파가 자기들 앞에서 백기 들고 꽁지 내리기를 기대하고 있었다.

백파는 빙그레 웃으면서 말했다.

"빈도는 승정금산인이 금석학이나 훈고학에 밝은 양반임을 넉넉하게 짐작할 수 있소. 그런데, 나는 그대가 승가僧伽 스님의 성은 하(어느) 씨이고 하국(어느 나라) 사람이라고 비문에 기록한 이옹이 될까 걱정스럽소."

초의는 김정희의 얼굴을 살폈다. 백파의 말은 모욕적인 것이었다. 기행으로 유명한 승가 스님에게 누군가가 스님은 어떤 성씨이냐고 물으니까 '하가(어느 성)'라고 대답했고, 어느 나라 사람이냐고 물으니까 '하국(어느 나라)'이라고 우스꽝스럽게 대답했다. 한데 승가 스님이 입적한 다음 이옹은 그의 비석을 세우면서 빗돌에 "승가 스님은 어느 성씨이고 어느 나라 사람"이라고 그대로 적은 것이었다. 이 이야기를 소개하면서 석혜홍은 "이것이 이른바 바보에게 꿈 이야기를 한다는 것이다"라고 했던 것이다.

그렇다면 백파는 김정희에게 '너 같은 놈에게 있어서 금석학이나 훈고학은 미련한 자에게 해준 꿈 이야기일 것이 분명하다' 하고 말을 한 것이었다.

김정희는 고개를 쳐들고 으허허허허 하고 웃었다. 초의가 따라 웃었고, 백파도 웃었다. 세 사람의 웃음소리가 암자의 방바닥과 지붕머리를 들썩거리게 했다. 첫판 싸움은 백파와 김정희 그 어느 쪽도 이기지 못한 것이었다.

차를 한 잔 마시고 나서 김정희의 두 번째 공격이 시작되었다.

"선을 이론적으로 강의하는 사람은 일차적으로 경전 공부에 통달해야 하는 것 아닙니까? 다만 입 바다口海의 파도 소리만 요란하게 할 일이 아니고, 이론을 위한 이론을 만들기에 급급한 공허한 공空 놀음을 할 일이 아니고, 실질적이 되어야 하는데 세상에는 그러한 선승들을 찾아보기 힘듭니다. 선사들은 불경에 대한 공부 부족, 외전(공맹 노장)에 대한 공부의 부족과 그 무식으로 말미암아 말이 막혔을 때 그것을 위장하기 위하여 주장자를 내리치며 악 하고 소리나 치곤 하는 것 아닙니까?"

김정희는 선사들의 허상을 따졌다. 선승들 속에 무식쟁이가 있는 현실, 또한 백파 당신도 그러한 무식쟁이이지 않느냐, 하고 윽박질렀다.

초의는 김정희의 태도가 위태위태하게 느껴졌다. 한양 구경을 하지 않은 사람이 남대문에 왜 문턱이 없느냐고, 실제로 한양 구경을 한 사람한테 우김질을 하여 이긴다는 말을 생각했다. 그렇지만 그는 김정희를 말리지 않았다. 김정희의 공격을 받음으로써 백파는 자기의 본성을 드러내고 있는 것이었고 초의는 뒤따라가면서 쏟아지는 열매를 수확하고 있는 것이었다.

백파는 김정희에게 선을 강의하기 시작했다. 김정희가 노린 것은 바로 그것이었을 터였다. 모든 존재하는 것은 적으로부터 아픈 부위를 공격받았을 때 본능적으로 방어 태도를 취하기 마련인 것이었다. 가장 이상적인 방어는 초기에 상대의 공격을 무력화시키는 것이고, 그러기 위해서는 상대의 약점을 공격하는 것이었다.

한데 공격은 공격을 유발시키고 그것은 다른 쪽에게 공격의 빌미를 주었다. 싸움의 본질이 되었던 것은 놔두고 말꼬리 잡기를 했다. 자연 신경질적인 반응을 하면서 곁가지로 나아갔다. 때문에 선장이자 학장인 백파와 젊은 귀재인 김정희의 우김질은 어떤 한 골목의 귀결점에 도달할 리 없었다. 평행선을 그으며 이리저리 표박하다가 한 연안의 암초에 얹히듯이 머물러 섰다.

날이 번히 밝았을 때 김정희는 아침 일찍이 입궐을 해야 한다면서 자리를 차고 일어났다. 초의는 기왕 찾아왔으니 잠시 더 머무르다 가겠다고 했다. 호랑이의 굴로 들어섰으니 호랑이를 잡아가야 하는 것이었다.

김정희는 서운해하면서 말에 올라탔다. 말머리를 돌리면서 그에게 빈정거리듯이 말했다.

"초의당, 노회한 그 늙은이한테 간이랑 쓸개랑 뽑히는 데 조심하시오."

## 백파에게도 김정희에게도 동전 두 닢을

그날 아침나절에 청계각에서 백파의 강이 있었다. 인근의 수좌들이 구름같이 몰려들었다. 조선 선류 속에서 한 획을 긋고 있다고 소문난 백파에 대하여 수좌들의 기대는 컸다.

백파는 첫 비두부터 열을 올려 강을 하고 있었다. 간밤 김정희가 건드려놓은 자존심 때문인지, 백파는 초의에게 보아란듯이 일사천리로 강을 해나갔다. 백파의 혀에는, 원통에 기름 잘 먹인 수레바퀴가 달려 있는 것 같았다. 그 수레바퀴는 거침없이 굴러갔다. 어떤 때는 여울물 소리를 내고 어떤 곳에서는 폭포수 떨어지는 소리를 내고, 어떤 데서는 고목 쓰러뜨리는 소리를 내고 또 어떤 곳에서는 불바람에 파도치는 소리를 내고, 다시 또 어떤 데서는 벼락치는 소리를 내고 어떤 데서는 장강처럼 조용한 도도함을 보이고, 야들거리는 버들숲에서 노래하는 꾀꼬리와 휘파람새들의 소리를 냈다.

강이 끝났을 무렵 초의는 고개를 저었다. 석가가 다자탑 앞에서 가섭과 자리를 나누어 앉을 때 살殺만 전하고 활活은 전하지 않았다면, 석가모니는 제자들에게 미진한 마음을 전한 것 아닌가. 또한 그것 말고도 선뜻 수긍할 수 없는 부분들이 많았다. 백파가 잘하기는 잘하지만 다 잘한 것은 아니다. 백파는 옛사람들이 만들어 전해준 거울을 깨고 있다.

먼 훗날 그 동전 두 닢 돌려주어야 할 사람이 따로 있을 거라고 한 아낙의 말이 떠올랐다. 백파 노장에게 내가 깨우쳐주어야 할 부분이 있다. 어떠어떠한 부분이 잘못되어 있는가를 알려면 여기 더 머무르면서 속속들이 백파를 알고 가야 한다.

학림사 객승실에 머무른 지 사흘째 되는 날 밤 초의는 달이 대낮처럼 밝아서 잠을 이루지 못하고 자드락길을 따라 백파의 암자로 올라갔다. 백파의 방에는 불이 환히 켜져 있었다. 방문 앞에 서서 백파의 숨결 소리를 들었다. 백파는 자지 않고 무슨 글인가를 쓰고 있었다. 방해하고 싶지 않아 발짝 소리를 죽이면서 몸을 돌렸다.

시냇물을 건너다가 아하, 그렇다, 하고 소리쳤다. 백파가 김정희에게 편지를 쓰고 있는지도 모른다. 여남은 걸음 걸어가다가 그럴 리 없다, 하고 고개를 저었다.

한데 그 예감이 들어맞은 것이었다. 열흘 뒤에 월성위궁 하인이 김정희의 편지를 가지고 왔는데 사연 속에 노사老師가 보낸 편지를 읽었다는 내용이 들어 있었다.

……돌아가는 주장자 소리가 멀리 울림 했으리라 했는데 뜻밖에 그동안 학림사에 그대로 머물러 있다니, 백파 늙은이의 교활하고 노회한 수단에 얽히고 감긴 모양이오그려. 그 늙은이가 설하는 강이란 것은, 이 설說 저 설에 남이 붙여놓은 주석註釋을 훔쳐다가 마치 자기의 말처럼 눈 하나도 깜박하지 않고 쓰는 것일 뿐이고, 그렇게 이골이 난만큼 입 바다口海의 물결이 어지럽게 뒤집히지만 선禪의 이치에 이르러서는 실로 그 깊고 옅음을 아직 모르고 있는 터이오.

……초의의 선은 금선金仙에 있고 또 대둔산 선맥에 뿌리하고 있으니 이밖에는 선이라 이름할 수 있는 다른 것이 없을 듯합니다…….

김정희의 속내를 넉넉히 짐작할 수 있었다. 김정희는, 세상이 진짜 아닌 사람들의 말과 의도하는 방향으로 굴러가고 있는 것을 바로잡고 싶어 하고 있었다. 중도 속도 아닌 자기의 벗 한 사람은 백파의 『선문수경』을 읽고 나서 입에 게거품을 물고 선에 대하여 아는 체하고 떠들어댄다는 것이었다.

닷새 뒤에 수종사를 거쳐서 대둔산으로 가려고 길을 나서는데 월성위궁 하인이 다시 허위허위 달려와 편지를 내밀었다. 김정희는 백파가 돌아간다던 백양산 운문암으로 돌아가지 않고 초의와 함께 있음에 대하여 신경을 곤두세우고 있었다.

길을 떠나면서 초의는 백파가 깨버린 옛 거울을 복원해놓을 사람은 자기라고 생각했다. 또한 김정희의 선禪에 대한 생각에는 바로잡아주어야 할 대목이 한두 곳이 아니라고 생각했다. 김정희의 선에 대한 생각은 굴절되어 있었다. 중국의 문화를 섭렵하고 돌아온 조선 젊은 지식인의 오만이 팽배해 있었다. 스스로의 예술과 선에 대한 생각이 가장 새롭고 실질적이라고 생각하고 있었다. 자기와 길을 같이하지 않는 자들은 모두 틀렸다고 생각해버리는 오만이 있었다. 조선 선승들을 마치 금석학이나 훈고학에 대하여 알지 못하면서 시와 글씨에 대하여 아는 체하는 사람들처럼 매도하려 하고 있었다.

## 오지 않는 모양새, 보지 않는 모양새

수종사와 학림사를 거쳐 대둔사로 돌아온 이후 두 해 사이에 슬퍼하지 않으면 안 되는 일이 연이어 벌어졌다. 그 때문에 백파에 대한 생각은 깜박 잊어버릴 수밖에 없었다.

혜장의 수제자인 백련사의 철경이 선지식들을 찾아 떠나갔다. 혜장과 철경은 세속 나이 겨우 다섯 살 차이이지만 서로 스승과 제자가 되었고, 철경은 기꺼이 혜장에게서 의발을 물려받았다. 혜장은, 찾아온 철경과 첫 대면을 하는 자리에서 말 몇 마디를 주고받고는 오매불망 짝사랑하던 여인을 얼싸안기라도 하듯이 철경을 부둥켜안았던 것이다. "철경아, 우리는 왜 인제 만났단 말이냐?" 하고 소리친 이야기는 절 안에 퍼져 있었다. 이십 대 초반에 개안을 한 혜장은 당대의 대강백인 연담 유일의 법문 말고는 다른 그 어떤 스님의 법문도 인정하려 하지 않았다. 그런데 혜장은 철경과 나눈 말 한마디 때문에 그를 끌어안은 것이었다.

"잘 오셨네. 한데 그대는 사실에 있어서 오지 않는 모양새로 오고, 보지 않는 모양새로 지금 나를 보고 있네."

이것은 유마거사가 문병 온 문수보살에게 던진 첫마디였다. 그러자 철경이 대꾸했다.

"그렇습니다. 만약 와버렸다면 다시 오지 못하고 만약 가버렸다면 다시 가지 못할 것입니다. 와도 온 곳이 없고 가도 간 곳이 없으며 보아도 다시 보지 못할 것이니까요."

물론 이것은 문수보살이 유마거사에게 대꾸한 말이었다.

철경은 깨어 있었다. 그 철경이 초의를 만나려고 대둔사엘 온 것이었다. 철경은 유학자들을 만나지 않았지만 혜장이 끔찍하게 우러르는 정약용만은 자주 찾아뵙곤 했다. 그 정약용이 무어라고 했기에 철경은 그 머나먼 길을 걸어서 자기보다 세속 나이가 십 년이나 아래인 나를 만나러 온 것인가.

철경은 초의의 방으로 들어가려고 하지 않았다. 소나무 그늘이 드리워진 연못 앞의 바위 위에 앉아 이야기를 나누고 싶어 했다. 초의와 나란히 앉았다. 철경은 연못 속의 노랑어리연꽃을 내려다보았다. 초의도 그 꽃을 보았다. 꽃송이 아래 수면에는 어슴푸레한 그림자가 투영되어 있었다. 그들의 눈은 그 그림자로 가 있었다.

"다른 연꽃님들은 다 희거나 붉거나 연분홍이거나 한데, 왜 저 처녀는 노란색입니까?"

철경이 혼잣말처럼 중얼거렸다. 그때 마당 남동쪽에서 바람이 달려왔다. 허리를 연못 위로 굽히고 있는 적송의 솔잎들이 바람이 지나가도록 길들을 터주고 있었고 그 가운데 불그레해진 잎사귀 하나가 수면으로 떨어지고 있었다. 초의는 '와도 온 곳이 없고 가도 간 곳이 없으며 보아도 다시 보지 못할 것'이라는 말을 떠올렸다. 부처님의 법은 시간이고 시간은 현기증 나게 명멸한다. 명멸 속에서 모든 것은 소멸하고 그 소멸 속에서 소생한다. 지금 그것은 노란 것으로 보일 뿐, 그것은 없다.

"한 스님을 만났는데, 그 스님은 동그라미 하나를 가지고 힘든 씨름을 하고 있었습니다. 그 일을 현란하게 설변하고 있었습니다."

초의는 뜸을 들였다. 이어 "태허太虛라고 하고 현玆이라고 하고…… 말은 말일 뿐인데" 하고 사족을 붙이려다가 그만두었다. 철경이 초의의 어깨를 툭 치고는 몸을 일으켰다. 뜻이 고래 같은 사람이었다. 한번 가려고 하면 그곳으로 가고 마는 고래 같은 고집을 가진 사람, 그 고래의 고집을 꺾어놓은 것은 혜장이었다. 혜장으로 말미암아 철경은 백련사에 머무르고 있었던 것이다.

초의는 연못을 내려다보며 말했다.

"조주 스님 나이 칠십에 다시 떠나는 걸음

주장자 하나 들고 하락 지방 떠돌았지

술자리 찻집 버드나무 거리에서

몸은 뜬 구름인 양 정처 없었소.

철경 스님이 가고 머무르는 일

그것은 기미를 따르는 것

높은 뜻 일찍이 얽매임을 벗었소.

……산이 깊어 소식 전하기 어렵지만

우리 앉은 이 자리의 꽃들은 철 따라 여전하겠지요."

철경이 쪽빛 하늘 저쪽으로 떠가는 흰 구름 한 장처럼 떠나간 뒤 초의는 스승 완호가 천불 조성을 감독하느라고 머물러 있는 경주 기림사엘 갔다. 초의로서는 도울 일이 없었다.

"돌아가 봉안할 준비나 하고 있도록 하거라."

완호는 초의를 머물러 있지 못하게 하고 그냥 돌려보냈다.

경주 불국사에 갔다가 마침 거기 와 있는 김정희 일행을 만나 시회를 했다. 시회에서 시 짓는 일은 별로 유쾌한 일이 아니었다. 운자에 맞추어 시 짓기는 억지스러운 일이었다. 마치 버선을 지어놓고 발의 크기를 거기에 맞추는 것처럼. 때문에 시다운 시는 지어지지 않는 것이었다. 그렇지만 선비들 사이에서는 그것이 사귐의 그물코였으므로 따르지 않을 수 없었다. 시회를 하고 나서는 늘 헛돌고 있는 수레 바퀫살에 걸려 있는 듯한 느낌에 사로잡히곤 했다.

## 경기도로 돌아가는 큰 산

대둔사로 돌아온 며칠 뒤 윤동이 머슴을 보내왔다. 정약용이 해배되어 고향으로 돌아간다는 것이었다. 초의는 강진 다산초당으로 달려갔다.

"승지 어르신, 감축드리옵니다."

초의가 절을 하고 나자 정약용은 그에게 다가앉으면서 두 손을 끌어다가 한데 모아 잡아 흔들었다. 고개를 거듭 끄덕거렸다.

"그동안 흔들리려 하는 이 늙은 몸을 한결같이 든든하게 붙들어 주신 초의당의 선은禪恩을 나는 백골이 되어도 잊지 못할 것이오.

아암(혜장)이 돌아간 뒤에 만일 초의당이 옆에 없었다면 나는 견딜 수 없었을 것이오. 고맙소. 부디 성불하시오. 그리고 멀긴 하지만 여유당에 자주 와서 나는 물론이고 우리 애들에게도 선향을 일으켜주시고……."

정학연 정학유 형제가 와서 한양으로 갈 이삿짐을 싸기 시작했다. 수레에 싣는다면 다섯 수레는 될 터였다. 그 가운데 한 수레는 모두 정약용이 지은 것들이었다. 문갑과 병풍과 이불 보따리와 옷 보따리 찻그릇 질그릇과 노구솥…… 이삿짐과 책 지고 갈 장정들이 서른 명이었다.

정학연 정학유는 초의에게 한양 주변의 어느 절로 와서 주석을 하라고 했다. 초의는 그냥 웃기만 했다. 마음은 자유자재였지만 대둔사를 떠나지 않을 참이었다. 대둔사가 그를 끌어당기는지 그가 그곳을 버리지 못하는지 알 수 없었다. 정학유가 집요하게 졸랐다.

"스님은 바람이나 구름 아닌가요? 경기 쪽으로 가십시다. 우리 벗들이 바라는 바입니다. 초의당을 오매불망 마음에 두고 있는 꽃 한 송이도 거기 있지 않습니까?"

벗들이란 김정희 김명희 홍현주들을 말하는 것이고 꽃이란 그 기생 이화를 말하는 것이었다. 초의가 말했다.

"빈도에게는 사명당 스님에게서 배운 도술이 있습니다. 시방 정승지 어른을 모시고 가는 벗들의 그림자가 되어 경기 땅까지 함께 갈 것입니다."

정약용과 두 아들은 그와 소매를 나누었다.

떠나는 정약용 일행을 배웅하기 위해 모여든 사람들은 구름 같았다. 따르던 제자들 말고도 해남 연동의 외척 편 사람들과 대둔사 백련사의 스님들과 장흥 강진 해남의 유생들 다수가 모여든 것이었다.

다신계를 묻은 윤동을 위시한 제자들은 열일곱 명이었다. 그들은 성전까지는 배웅해야 한다면서 줄줄이 뒤를 따랐다.

인심이란 것은 그러하다. 처음 유배되어 왔을 때는 모두들 죽음의 사자가 따라다니기라도 한 사람인 양 정약용을 피하던 사람들이 이제 해배되어 돌아가는 마당에서는 구름처럼 몰려들어 얼굴을 보이고 있는 것이다.

정약용이 떠나가고 나자 다산과 강진이 텅 비어버린 듯했다. 서운해하는 자기 마음을 웃었다. 본래에 정약용은 다산에 있지 않았다. 정약용은 본래의 고향으로 돌아가고 있는 것이다. 눈에 보이는 것 보이지 않는 것 모두가 다 본래의 고향으로 돌아간다. 텅 빈 곳으로.

## 천불 실은 배의 표류

그해 초겨울 십일월 십칠 일 저녁에 기림사 완호 스님에게서 기별이 왔다. 천불을 실은 배 두 척이 십육 일 아침 일찍이 대둔사를 향해 뜰 것이므로 남창 바닷가에서 운송할 준비를 하고 있으라는 것이었다.

북풍 철이므로 바람이 알맞게 불어주기만 하면 사나흘만에 오고 그렇지 않으면 칠팔일 걸릴 거라고 했다. 한데 배들은 열흘이 지났는데도 해남 바닷가로 들어오지 않고 있었다. 열하루째 되는 날 겨우 완호 스님이 탄 배만 들어왔다. 오는 도중에 서북풍을 만났다는 것이었다. 다행히 섬 어구로 피선을 한 까닭으로 큰 바다로 떠밀려가지 않았다는 것이었다. 한데 호의가 탄 큰 배는 돛대 끝의 용총줄이 끊어져 배질을 제대로 할 수 없게 되었고 바람에 떠밀려 가지 않을 수 없었다. 그 큰 배는 마침내 작은 배에 탄 사람들의 시야에서 사라졌다.

초의는 이때부터 법당에 꿇어앉아 부처님께 빌었다. 대둔사의 모든 스님이 다 그렇게 빌었다. 큰 배에 실은 불상과 호의 일행이 무사히 돌아오게 해달라고. 아무 데도 나가지 않고 찾아오는 사람을 만나지도 않고 어느 누구와도 말을 나누지 않고 기도를 했다.

부처님의 원력으로 말미암았는지, 조난당한 줄 알았던 호의의 큰 배는 이듬해 유월 십칠 일에 해남 관두포에 도착했다. 호의 일행은 물론 배에 실은 불상들도 모두 무사했다.

호의의 큰 배는 나가사키항에 표착한 것이었고, 일본인들은 옥불 싣고 온 스님들을 구금해놓고 자기들의 절에 그 옥불을 봉안하려 했었다. 한데 그곳 스님들이나 주민들의 꿈에 불상들이 나타나 이렇게 말을 한 것이었다.

"우리들은 모두 조선국의 해남 대둔사로 가는 중이니 이곳에 봉안해서는 안 된다."

일본인들은 하릴없이 아쉬워하면서 옥불과 함께 배에 탄 스님들을 돌려보낸 것이었다. 일본엘 거쳐온 불상 뒷면에는 날 일日 자가 새겨져 있었다.

연못을 파니 허공의 달이 훤하게 담기고

마음의 낚싯대 드리우니

까마득한 구름 샘에 닿는다

초의의 시

## 빛과 어둠의 밀어내기 싸움

날이 어두워지고 있었다. 빛과 어둠의 밀어내기 싸움이었다. 수없이 많은 거무스레한 그림자들이 미망처럼 겹겹이 빛 세상을 막아섰다. 그 그림자들을, 목화송이 같은 눈송이들과 지상에 쌓인 눈더미들이 빛 편을 들어 세상을 희게 밝히고 있었다. 산 아래쪽으로부터 눈 밟는 소리가 들렸다. 눈은 발목이 묻히도록 쌓여 있었다. 누군가가 비탈진 자드락길을 올라오고 있었다. 그는 미끄러지더라도 뒤로 넘어지지 않으려고 윗몸을 앞쪽으로 활처럼 굽힌 채 올라오고 있었다. 가끔 미끄러져 두 손을 짚고 네 발로 기듯이 조금씩 나아갔다. 가까스로 일지암 마당으로 들어서면서 후유 하고 가쁜 숨을 내쉬었다.

초의는 잠이 든 듯 눈을 감고 있었다. 선기가 문을 열고 나갔다.

“아니 처사님, 이 폭설을 헤치고……?”

선기의 목소리가 들렸다. 눈을 헤치고 온 사람은 갓과 목두리와 두루마기와 바지와 신에 묻은 눈을 떨고 나서 방 안으로 들어섰다. 그가 묻혀가지고 온 찬바람이 방 안에 퍼졌다. 들어선 그의 얼굴은 달갈형이었고 코의 운두가 높았다. 눈은 봉의 눈처럼 길게 찢어져 있고 입술은 두꺼웠다. 건장한 체구였고 머리칼은 반백이었고 입가와 이마에 잔주름살이 있었다. 그는 윗목에서 초의의 머리를 향해 무릎을 꿇고 앉았다. 눈을 감은 채로도 초의는 찾아온 사람이 누구인가를 알았다. 그는 진도에서 찾아온 소치 허련이었다. 소치는 무릎걸음으로 초의에게 가까이 다가갔다. 얼굴을 초의의 눈과 코앞에 가져다댔다.

“큰스님, 저 소치이구만이라우. 큰스님께서 갑자기 보고 잖어서…….”

초의가 눈을 뜨고 소치의 얼굴을 응시했다. 선기가 초의의 귀에 입을 대고 말했다.

“소치 화사를 알아보시겠습니까? 정강이가 빠지게 폭설이 내렸는데 오셨어요. 진도에서 여기까지요.”

초의가 얼굴을 찡그리면서 고개를 끄덕거렸다. 마른 입술에 침을 바르고 말했다.

"뭣 하러 왔어?"

소치는 한동안 겨드랑이에다가 넣어 녹이고 있던 두 손을 빼내서 초의의 손 하나를 감쌌다. 그 손 위에 이마를 올려놓았다. 거기에 볼과 입술을 비볐다. 초의는 소치에게 보냈던 눈길을 들어 천장으로 옮겼다. 어디선가 눈덩이 쏟아지는 소리가 들려왔다.

소치는 헌종이 승하하신 뒤로 이 고을 저 고을을 전전하다가 진도로 들어가 살고 있었다. 부자들의 사랑채에 묵으면서 병풍이나 족자 그림을 그려주고 호구를 면하며 사는 것을 부끄럽게 여기고 진도로 들어간 것이었다. 가난 때문인지 술 때문인지 겨울 혹한에 얼부풀어서인지 초췌해진 얼굴이 약간 부어 있었다.

"마음 비우고 살어. 밥하고 돈을 그리려 하지 말고……."

초의는 눈을 감으면서 말했다. 소치의 눈에 물이 고였다.

## 연못을 파니 허공중의 달이 훤하게 담기고

은사 완호대사가 한산전에서 입적했다. 완호 스님은 좌탈입망했다. 초의는 좌선에 든 듯한 완호 스님의 주검을 대하는 순간 대나무숲에 바람 지나가는 소리를 들었다. 그 스님의 입적은 초의에게 깊은 가르침을 주었다. 가랑잎 같은 삶을 정리하고 견고하면서도 물 흐르듯 꽃 피듯이 살라고 말하고 있었다.

그해 가을부터 대둔산 중턱의 일지암에서 '물 흐르듯이 꽃 피듯이水流花開'를 화두로 들고, 차 마시면서, 책 읽고 시 지으면서 살았다. 한 해 전에 지은 방 두 칸 부엌 한 칸인 자그마한 초가 암자였다. 소나무가 울창하고 산죽이 무성한 곳이었다. 마당 한복판에는 작은 연못을 팠다. 구절초꽃 쑥부장이꽃 금강초롱꽃들이 연못에 비쳤다. 연못에 투영된 꽃 그림자들이 꿈속 세상같이 고왔다. 처마 밑에 있는 편편한 바위 위에 다구를 마련해놓고 차를 마시면서 연못 속을 들여다보곤 했다. 할아버지가 그랬듯 연못 속에 투영된 스스로의 모습을 보고 있곤 했다.

> 연못을 파니 허공중의 달이 훤하게 담기고
> 마음의 낚싯대 드리우니 까마득한 구름 샘에 닿는구나
> 鑿沼明涵空界月 連竿遙取經雲泉
> ……
> 눈을 가리는 꽃가지 깎아내니
> 석양 하늘에 아름다운 산이 저리도 많았던가.
> 碍眼花枝剗却了 好山多在夕陽天

앞의 시는 해인禪定이고 뒷 시는 탐욕 버리기로 말미암은 개안을 읊은 것이었다. 찾아오는 손님들을 만나지 않았다.

그런 어느 날 머리와 수염을 아무렇게나 기른 청년 하나가 찾아와 뵙게 해달라고 통사정을 한다고 선기가 말했다.

"아무도 들이지 말라고 했지 않았더냐?"

초의가 꾸짖자 선기는 난처해하며 말했다.

"돌아가라고 해도 기어이 한번 뵙고 가겠다고, 아까 새벽녘부터 와서 가질 않고 떼를 씁니다요. 진도에서 왔다는데 참으로 순하고 착해보이구만요."

"나중에 오라고 해라."

"사실은 닷새 전부터 와서 뵙게 해달라고 청했는데 제가 그때마다 돌려보내곤 했습니다. 큰스님을 뵐라고 아마 절 아래 어느 민가에서 이때까지 기숙을 한 모양입니다요."

대관절 무슨 일로 나를 그렇게 만나려 한단 말인가. 머리를 깎겠다는 것인가. 한동안 생각다가 들여보내라고 했다.

안으로 들어온 것은 쑥대 같은 머리 위에 초립을 쓴 청년이었다. 청년은 들어오자 초의 앞에 삼배를 하고 나서 무릎을 꿇고 앉았다. 고개를 들어보라고 했다.

얼굴이 가무잡잡하기는 하지만 눈매가 곱고 입술이 얄따랬다. 얼굴 윤곽은 기름했다. 청년은 수줍어 눈을 내리깔았다. 그러나 초의는 청년의 눈망울에서 볼 것을 다 보았다. 해맑기가 숲속의 호수의 한가지였다. 그 속에 열정이 숨어 있었다. 걷잡을 수 없는 광기로 발전할 수도 있는 열정. 어디 사는 누구인데 무슨 일로 왔느냐니까 진도에 사는 허련인데 그림 공부를 하고 싶어 찾아왔다고 말했다.

"그림을 그리려면 화사를 찾아가야지 왜 산중에 사는 중을 찾아왔느냐?"

"숙부께서 반드시 초의 큰스님을 찾아뵙고 가르침을 청하라고……"

"숙부께서는 뭐하시는 분이시냐?"

"우리 윗마을에서 서당 훈장을 하시구만이라우."

"그림은 얼마나 그려보았느냐?"

"병풍 그림도 모사해보고, 『오륜행실도』도 모사해보고, 새들도 그려보고……."

"쉬운 일이 아닌데, 보통으로 열심히 해서는 안 되는 외롭고 험난한 고통의 길인데…… 그림은 정작 이루지도 못하고 팔자만 망칠 수도 있는 길인데 그 길을 끝까지 갈 수 있겠느냐?"

"가르쳐만 주신다면 죽기를 무릅쓰고 할 생각이옵니다요."

"해남 연동 녹우당이란 델 아느냐?"

청년은 고개를 저었다. 초의는 허련의 커다란 손과 허름한 초립과 허리까지 내려온 검은 머리채가 가엾게 느껴졌다. 허련을 건너다보면서 그 아낙이 하던 말을 떠올렸다. 먼 훗날 그 돈 돌려받을 사람이 따로 있을 것이오. 초의는 편지를 한 장을 써주면서 그것을 들고 해남 연동의 석표 공에게 찾아가라고 말했다. 허련은 몸을 일으키고 다시 삼배를 했다. 초의는 말했다.

"석표 공이 화첩을 빌려주거든 네 목숨보다 더 아끼되 그것 한 장 한 장을 두 번씩 세 번씩 네 번씩 다섯 번씩 한없이 모사를 하거라. 그런 다음 원 그림들하고 네가 모사한 그림하고 구분할 수가 없을 정도가 되면은 그것들을 모두 들고 오너라."

"여부 있겠사옵니까!"

허련은 엎드려 절을 하면서 울음 섞인 소리로 말을 하고 나서 돌아갔다. 초의는 괴나리봇짐 속에 소중하게 넣어가지고 온 화첩을 내놓으면서 모사를 하라고 하던 할아버지의 모습이 떠올라 가슴이 쓰라렸다.

한 해를 일지암에서 보내고 초겨울 들어 칠불암으로 스승을 뵈러 갔다. 그 무렵 칠불암에 와 있는 벽봉이 한 행자를 통해 편지를 보내왔던 것이다.

'나도 이제 돌아갈 날이 가까웠다. 나 숨이 붙어 있을 적에 차 한 잔을 나누도록 하자. 여기 쌍계사 칠불암에서 나는 차향에는 두견새 노랫소리가 어려 있느니라.'

초의는 그동안 찾아뵙지 못한 것이 죄스러웠다. 외로워하는 사람을 외로워하게 그냥 두고 있으면 극락왕생을 하지 못한다. 만사를 젖혀놓고 길을 나섰다.

정약용도 강진에 유배살이를 할 때 늘 그를 필요로 했었다. 외로움과 그리움이 사무치면 한이 된다. 한이 맺히기 전에 다스려야 한다. 관세음보살이 따로 있는 것이 아니다. 외롭지 않게 하고 그리움이 풀리게 해주는 자가 관세음보살이다. 철경선사와 혜장이 한번 마주 앉자마자 사제로 맺어져버린 것은 외로움 때문이었다. 사람들은 자기의 외로움과 그리움을 알아주는 사람에게 목숨을 바치는 동물이다.

초겨울이었다. 상수리나무 떡깔나무들은 황갈색으로 변해 있었고, 산벚나무 진달래나무들은 모두 나목이 되어 있었다. 쌍계사 주위의 골짜기와 너덜겅 주위에는 차나무들이 지천으로 널려 있었다. 차나무들은 흰 꽃들을 달고들 있었다. 흰쌀 밥알 여남은 개를 한데 뭉쳐놓은 것만 한 꽃송이들이었다. 초의는 쪼그려 앉아 그 꽃에 코를 대고 킁킁 냄새를 맡았다. 새콤하고 달크므레한 향이 폐부에 스며들었다. 차 잎사귀들을 두 손바닥으로 감싸 쓸었다. 찻잎은 단단해진 채 겨울을 견디고 있었다. 운흥사 다감 스님의 말이 떠올랐다.

"차나무는 골짜기면 골짜기, 너덜겅이면 너덜겅, 음지면 음지, 등성이면 등성이…… 그 어디든지 다 좋아한다. 이 나무뿌리가 얼마나 깊이 들어가 있는지 아냐? 자기 키 세 배쯤이나 들어가 있어. 옆으로 뻗는 것이 아니고, 반듯하게 직립으로. 그래서 차나무는 옮겨 심으면은 죽어버린다. 예로부터 이 차나무 성정을 아는 선비들은 딸 시집 보낼 때 혼수 속에 차 씨를 넣어 보내서 시가 집 뜨락이나 장독대 옆에 심게 했단다. 차나무는 옮기면 죽기 때문에 여자들의 굳은 절개를 상징하기도 한다."

차나무들 사이를 걸어 칠불암을 향해 갔다. 초겨울 계곡 물소리 바람소리에는 쇳소리가 들어 있었다. 계곡의 깊은 소沼는 청록색이었다. 저기에 이무기가 살까. 천 년을 살면 용이 된다는 이무기. 세상은 알 수 없는 것들로 가득 차 있다. 차나무의 잎사귀도 그 알 수 없는 것들 가운데 하나라고 초의는 생각했다.

"차나무의 잎사귀가 요란하지 않은 깊은 맛과 향기를 내는 것은 직립의 깊은 뿌리 때문이다. 사람도 뿌리가 이래야 한다."

# 낡아가지 않고 늙어가는 보석

벽봉은 탱화를 그리고 있었다. 초의가 들어와 절을 하고 나자 벽봉이

"대둔산에도 요즘 별이 뜨더냐?"

하고 물었다.

늙은 벽봉은 예전과 달리 체구가 작아져 있다 싶었다. 누더기 같은 일옷 자락과 손에 물감이 묻어 있었다. 머리는 파 뿌리처럼 희어져 있었다. 깊은 주름살 속에서 형형한 눈빛이 뻗어나와 초의의 눈 속으로 파고들었다.

"제가 오면서 이리로 다 가져와버렸사옵니다."

"오늘 밤은 달이 없어도 밤이 온통 낮같이 환할 것 같구나."

"사실은, 제가 가져온 것들 모두 큰스님께서 운흥사에 계실 적에 주신 것들이옵니다."

"이 자식!" 하더니 벽봉은 초의를 가까이 오라고 일렀다. 초의가 가까이 다가가자 귀를 잡아당기면서 흔들어댔다.

"이 자식, 내 옆에 붙어 있었으면은 기껏 금어 노릇하고 바라춤 추고 범패나 불러주러 다니는 어장 노릇이나 하고…… 그렇게 살고 있을 터인데, 으흐흐흐……."

벽봉은 얼굴을 일그러뜨리면서 웃었다. 초의도 따라 웃었다. 그러면서 벽봉의 주름살 깊고 눈썹과 머리털이 하얘진 깡마른 얼굴을 건너다보았다. 초의는 벽봉의 삶을 훤히 짐작하고 있었다. 벽봉은 늙고 힘없음을 앞세워 상좌들에게서 대접받으며 살려 하지 않았다. 일을 하지 않고는 살지 못하는 성정은 여전할 터이었다. 백발이 성성한 그 몸으로 단청을 하러 다니고 탱화를 그리러 다니고, 봄이면 손수 찻잎을 따서 덖어 말리고, 그러면서 일 아니하고 먹을 수 있는가, 중이 염불도 않고 범패도 않고 바라춤도 추지 않고 어떻게 벙어리처럼 앉은뱅이처럼 산단 말이냐, 하고 시봉들을 꾸짖곤 할 것이었다.

초의가 말했다.

"큰스님, 이제는 이런 일들 상좌들한테 이렇게 저렇게 하라고 시키시고 좀 편히 쉬며 지내시지요."

"무슨 소리냐?"

벽봉은 고개를 저으며 단호하게 말했다.

"모든 것은 쉬면 썩고, 썩으면 죽어. 나한테서 배울 일 다 배운 상좌놈들은 다 뿔뿔이 흩어져 제 갈 길을 가야지, 왜 이 늙은이 밑에서 시키는 대로 하고 멍청하게 살아간단 말이냐? 나 아직 쉬고 썩어가지 않는다. 사람이 낡아가는 것하고 늙어가는 것하고는 천양지차다. 낡아가는 것은 닳아지고 썩고 녹슬어서 더 못쓰게 되는 것이지만, 늙어가는 것은 몸속에 부처님의 진신사리 같은 지혜가 앙금 지는 것이여. 나는 평생 사막길을 걸어다니신 부처님처럼 그렇게 늙어가고 싶구나."

그 말이 초의를 전율하게 했다. 초의는 일어나 벽봉에게 큰절을 했다.

"아니 이놈! 너 벌써 돌아가려고 하직 인사를 하는 것이냐? 어허허……."

벽봉은 초의의 얼굴을 건너다보며 껄껄거렸다. 초의는 말없이 머리를 조아렸다. 가슴속에 알 수 없는 뜨거운 물결이 소용돌이치고 있었다.

상좌가 차를 내왔다. 차를 마시면서 벽봉이 말했다.

"초의가 할 일이 있느니라."

"하명하시옵소서."

"중국 『다경茶經』에서 간추려 대중들이 알기 쉽게 『다신전茶神傳』을 써라. 차를 온전하게 마시는 전범 말이다."

"아, 네, 유가의 벗 가운데 해거도인이라는 자가 있는데 그이가 그 일을 저에게 청한 바 있사옵니다. 유생들도 차를 제대로 마시는 법 아는 사람이 없습니다. 정약용 선생을 통해 『다경』을 접한 바 있습니다. 고려 때부터 전해오는 『다경』은 중국 것을 그대로 베낀 것이라 조선 땅 사람들의 성정에 맞지 않습니다."

"잘 왔느니라. 여기에 청나라 모문환이 엮은 『만보전서萬寶全書』 중에 「다경채요茶經採要」가 있으니 참조해서 조선 처지에 맞는 『다신전』을 하나 만들도록 하거라."

## 다신전茶神傳 초록

주지는 이튿날부터 아자방亞字房을 초의에게 내주었다. 세 개의 아궁이에 불을 때게 되어 있는 아자방이었다. 그 방의 구들은 고려 때 구들도사가 놓은 것인데 한번 불을 때면 사십구 일 동안 따뜻하다는 신비로운 방이었다.

초의는 그 방에서 차 끓이는 화로를 옆에 두고 찬 손을 녹여가면서 「다경채요」를 깊이 읽고 『다신전』을 초록하기 시작했다.

중국과 조선은 풍토가 전혀 다르다. 그곳은 대륙이고 사철이 없는데, 조선은 삼면이 바다로 둘러싸인 반섬인데다가 사철이 있다.

조선에서는 이른 봄에 움터난 찻잎이 참새의 혓바닥 같다. 중국에서는 곡우 전후에 따낸 차가 향기롭다지만, 조선에서는 곡우에서 입하 사이에 딴 차가 가장 향기롭다. 그 찻잎의 향기는 중국의 차 향하고 다르다. 중국의 차는 씁쓸하고 떫은 맛이 있고 향은 숭늉의 향 정도가 고작이다. 오직 조선의 차에서 배릿한 배냇향이 날 뿐이다. 배냇향이야말로 차향 가운데서 꽃인 것이다. 배냇향은 갓난아기를 막 멱 감겨 수건으로 물기를 제거해놓았을 때 그 몸에서 나는 향이다. 세상에서 가장 생명력이 강하고 그윽한 향이다. 차를 마실 때 그 향을 맡는 것은 그 생명력을 들이켜는 것이다. 선禪이란, 쉽게 말한다면 사람의 성정 속에 잠자고 있는 생명력을 활성화시키는 것이다.

차 마시기와 선禪은 둘이 아니다. 선은 물 흐르듯 꽃이 피듯 순리를 가르치는 것이다. 순리는 논리를 깨부수고 지름길로 나아가 진리에 단박 도달하기 아닌가. 경전 읽기라는 문을 통하고도 깨닫지 못했을 때, 선을 통하면 이를 수 있는 경계이다. 선禪과 교敎는 둘이 아니다. 모든 법은 둘이 아니다. 부처와 중생이 둘이 아니고, 시와 그림이 둘이 아니고, 시와 선이 둘이 아니고, 시와 글씨가 둘이 아니고, 글씨와 선이 둘이 아니다.

『다경』을 모두 훑어 읽고 『다신전』을 초록하기 시작했을 때 초의는 심한 감기에 시달렸다. 여느 때 그는 감기가 걸리면 약을 따로 지어다가 먹는 것이 아니었다. 차를 여느 때보다 더 진하고 뜨겁게 많이 자주 마시곤 했다. 그러면 다른 때보다 더 자주 오줌을 누지 않으면 안 되는데, 그 오줌을 통해 감기로 말미암은 몸 안의 독소들이 빠져 나가는 것일 터였다.

차를 마시며 생각했다. 『다신전』을 기술하는 나를 앓게 하는 것은 무엇일까. 일찍이 이규보는 말했다. 양반 관료들과 승려들이 고대광실이나 선선한 정자에서 가부좌하고 마시는 차를 따기 위하여 다소茶所 근동의 남녀 종복들은 이른 봄 보릿고개 때에 고픈 배를 움켜쥔다. 양반들과 관료들은 승려에게 차를 달라고 손을 벌리고, 좋은 차를 마셔야 할 승려들은 차를 빼앗기고 거칠고 좋은 향 없는 차만 마신다. 차나무는 애물단지이다. 그것을 차라리 불질러버린다면 가엾은 백성들이 허리를 펴고 살게 되지 않을까. 그러나 그 신비로운 나무를 불질러버릴 수는 없다.

차를 마시는 자는 차 따는 하층민들의 배고픔과 고달픔을 생각하고 고맙게 여겨야 한다. 차 맛은 깨달음의 맛이고 그 맛은 텅 빔의 맛이고, 그 텅 빔의 맛은 부처님 마음의 향기이자 중생들의 슬픔의 향기, 가난한 마음의 향기이다.

"승지 어르신, 가마를 메보지 않고 어떻게 가마 타는 진짜 맛을 알 수 있사옵니까? 고픈 배를 움켜쥐고 허리와 다리와 고개가 아프게 어린 찻잎을 따보지 않고, 그 찻잎을 땀 뻘뻘 흘리면서 덖어 말려보지 않고 어떻게 진짜 차 맛과 향기를 안다고 할 수 있습니까?"

정약용에게 이렇게 말을 했었다. 정약용은 찻잔을 두 손으로 받쳐 든 채 고개를 몇 번이든지 끄덕거렸었다. 그때 정약용의 눈에는 물이 어려 있었다. 정약용이 초의를 보고 싶다고 제자 윤동을 대둔사로 보내곤 한 것은 초의가 그 말을 한 뒤부터였다.

초의는 자기 마실 차를 자기가 만들곤 했다. 찻잎을 따는 일, 그것을 가마솥에 덖는 일, 말려 창지로 포장해서 질그릇에 넣어 보관하는 일을 상좌에게 시키지 않고 손수 다 했다. 다른 절이나 암자에 가서 마신 어떤 차보다도 그가 손수 빚어 우린 차 맛이 좋았다. 벗 김정희도 그가 빚은 차와 다른 사람들에게서 얻은 차 맛을 귀신같이 짚어 구별해냈다.

차의 차다운 맛과 향기를 위하여 나는 『다신전』을 기술한다.

찻잎을 따는 데 있어서는 그 시기를 귀히 여겨야 한다. 너무 이르면 향기가 찻잎에 온전히 배어 있지 않고 너무 늦으면 찻잎에서 신비한 향이 사라지는 것이다. 곡우를 기준하여 그 전 오 일에 따는 것이 품질이 제일 좋고 그 뒤 오 일 안에 따는 것은 그에 버금간다. 다시 그다음 오 일 안에 딴 것을 세 번째로 친다.

잎은 발그레한 자색이 가장 으뜸이고 주름이 약간 있는 잎이 그다음이며, 잎 끄트머리가 살짝 말려 있는 것이 그에 버금가며, 윤기가 많이 나고 가는 댓잎 같은 것은 저급한 것이다. 밤새 구름 한 점 없이 맑은 밤에 이슬을 흠뻑 받은 잎이 가장 으뜸이고, 한낮에 따는 것이 그다음이고, 비오는 날은 따지 않을 일이다.

햇살과 음음한 그늘이 잘 조화된 산골짜기에서 자란 것이 가장 좋고, 대나무숲에서 댓잎에 맺혔다가 떨어진 이슬을 받고 자란 찻잎이 그다음이고, 물이 잘 빠지는 사약질의 토양에서 자란 것이 그다음이며, 노란 순모래땅에서 자란 것이 또 그다음이다.

여기서 초의는 고심했다. 『다경』에는 곡우를 전후하여 딴 것이 가장 고급한 것이라고 하지만, 그가 해본 나름으로는 그게 아니었다. 곡우 전에 딴 잎차는 비리기만 하고 다신茶神이 제대로 발생하지 않는 것이었다. 다신은 차의 최고의 맛과 향을 말한다. 곡우를 표준하는 것은 중국 풍토에 알맞은 것이다. 조선 풍토에 알맞은 것은 입하 전후라고 해야 한다.

그렇지만 그는 입하 전후라고 쓰지 않고 곡우 전후라고 썼다. 그가 쓰고 있는 『다신전』은 『다경』에 근거를 두고 있는 초록이었다. 그리고 바다가 가깝고 지대가 낮은 곳에서는 곡우 전후가 맞을 터이고 산악지대인데다 높은 곳은 입하가 맞을 터이다.

이어서 가마솥에 찻잎을 넣고 불을 때서 덖음차 만드는 법을 초록했다.

불 뜨겁기의 조절을 잘하여 덖으면 차의 진한 녹색翡翠色과 신비하고 그윽한 배냇향 같은 차의 향기가 발생하는데, 그것은 다만 오묘하다고밖엔 표현할 길이 없다.

곁들여, 좋은 차 식별하는 법, 만든 차를 잘 보관하는 법, 차를 우릴 때의 불 가늠하는 법, 끓는 물을 식별하는 법, 차 끓이는 법, 찻주전자에 차 넣는 법을 썼다.

이것들은 모두 어떻게 하면 다신茶神이 잘 발생하게 할 것인가 하는 묘를 중심으로 한 것이었다.

다음은 차 마시는 우아한 향취에 대한 것을 썼다. 『다경』 가운데서 가장 마음에 드는 부분은 이것이었다.

차를 혼자 마시는 것은 제일 제대로 마시는 것, 그것은 깨달음의 차 마시기이고, 둘이서 마시는 것은 잘 마시는 것이고, 삼사 인이 함께 마시는 것은 그저 맛을 보는 정도이고, 오륙 인이 마시는 것은 제대로 마신다고 할 수 없고, 칠팔 인이 둘러앉아 마시면 차를 보시하는 것이다.

이어 차향, 차 색깔, 차의 맛, 오염된 차에 대한 것, 변질된 차를 마셔서는 안 된다는 것, 물의 품질에 대한 것, 우물물의 적절치 못함에 대하여 쓰고 받아놓은 물에 대하여, 다구에 대하여, 찻잔과 행주 헝겊에 대하여, 차의 위생 관리에 대하여, 차 낼 때의 정성에 대하여 썼다.

초고를 끝냈을 때는 겨울이 다 지나 있었다. 두견새가 피를 토하듯이 울어대고 그 울음으로 말미암아 진달래꽃들이 피처럼 피어나고 있었다.

## 소치 허련 가르치기

그리던 탱화를 마무리 지은 벽봉은 운흥사로 돌아가고 초의는 대둔산으로 돌아왔다. 이후 몇 해 동안 초의는 바쁜 나날을 보냈다.

한산정으로 거처를 옮겼을 때에 허련이 찾아왔다. 허련은 그동안 공재 삼대의 그림들을 열정적으로 모사한 것들과, 그렇게 수련한 솜씨로 그린 창작화들 한 꾸러미를 바랑에 넣어가지고 왔다. 초의는 허련이 펼쳐 보이는 그림들을 하나하나 살폈다. 공재 삼대의 그림을 능가할 기미가 보이는 준재이다 싶었다. 그러나 서권기書

卷氣가 부족한 것이 흠이었다. 허련으로 하여금 일지암에 머물면서 경전 읽기와 선 공부와 그림 그리기를 함께하게 했다.

"황대치는 아흔 살이 되었는데도 아이들처럼 얼굴이 발그스레했고, 미우인은 팔순이 되었는데도 신명이 젊은이 못지않았는데, 그 까닭이 무언지 아느냐? 다 그림 중의 어슴프레한 안개구름을 먹고 산 때문이었어. 그 안개구름이 무엇이냐."

초의는 옛날 할아버지에게서 듣고 신갑사의 월명에게서 들은 말을 허련에게 해주고 있었다. 그것은 화두話頭였다.

"너 화두가 무언지 아느냐?"

허련은 대꾸를 하지 못하고 고개를 떨어뜨리고만 있었다.

"여기 호랑이 굴이 있다고 하자. 다람쥐 토끼 고라니 노루 사슴 여우 멧돼지 한 마리 한 마리가 그 굴로 들어간다면 어찌 되겠느냐. 들어가기는 들어가는데 나오지 않을 것 아니냐. 왜 그러것냐?"

"다 잡아먹기 때문일테지라우."

"맞다. 화두는 잡생각을 다 잡아먹어버리는 금강 같은 큰 진리이다. 금강이란 것은 뇌성번개 같은 것이다. 번개 칠 때 어쩌더냐? 하늘을 찌익 갈라치면서 푸르딩딩한 빛을 드러내지 않더냐? 화두라는 것은 멍청이들의 생각을 둘로 갈라치기 하고 진리를 보여주는 것이다. 그림 솜씨의 신묘함은 안개구름의 변멸變滅 속에 있다."

이 말을 하면서 새삼스럽게 그 말을 되씹었다. 그림에 있어서 안

개구름이란 무엇인가. 우리 삶에 있어서 안개구름이란 무엇인가. 자잘한 선線을 가려주고 큰 선만 드러나게 하는 삶, 그것은 선禪이다. 그림에 있어서 선은 서권기로 말미암아 솟아오르는 안개구름 같은 것이다. 안개구름 저 너머에 있는 그윽한 신비의 세계. 그윽하고 신묘玆玆한 하늘, 우주가 나왔으며 그 우주가 되돌아갈 텅 비어 있는 시공, 태허太虛 그 자체이다. 그 안개구름은 사람을 늙지 않게 하고 아미타의 영원을 살게 하는 힘이다. 진흙소가 강물을 헤엄쳐 건너갈지라도 몸에 물 한 방울 묻지 않게 하는 초월의 배이다. 시와 글씨와 그림에는 그것이 있어야 한다. 차에도 그게 있어야 하고, 그것을 마시는 사람에게도 그게 있어야 한다. 차와 사람은 그것을 한가운데 두고 하나가 되는 것이다. 차선일미茶禪一味가 그것이다.

허련의 그림은 날로 좋아지고 있었다. 놀라운 열정, 끈질긴 집착의 사내였다. 한번 그림붓을 잡으면 날이 저무는 것을 느끼지 못했다. 책을 들면 줄줄 외울 때까지 읽고, 글씨를 받아주면 들기름 먹인 서판에다가 열 번씩 스무 번씩 써 익혔다. 이백과 두보와 도연명과 소동파와 굴원과 백낙천을 암송하고 운자 맞추는 법을 익혔다. 새벽 찬물 목욕을 하고 도량석에 참례하고 예불을 하고 불경들을 암송하고 조사들의 게송도 익히고 썼다.

한 인간의 치열한 집착과 열정을 옆에서 구경하는 것은 흥미로운 일이었다. 그것은 마치 적송 한 그루가 장차 낙락장송이 될 기미를 보이면서 무럭무럭 자라는 것을 보는 것과 같았다.

## 세상의 모든 선비에게 던져주는 동전 두 닢

초의는 허련의 집착을 모른 체하고 『동다송東茶頌』을 집필했다. 조선 차의 덕을 칭송하는 글이었다. 그것도 해거도인 홍현주가 부탁한 것이었다. 홍현주는 정조대왕의 왕녀 숙선옹주의 부마였는데 시문에 능했고, 초의와 마음 깊은 우정을 나누고 살아오는 사이였다.

차를 마시고 운에 맞추어 시를 짓던 해거도인이

"초의당에게 내 솔직하게 고백을 하는데, 나는 차 맛을 확실하게 알지를 못하오. 향도 모르고, 색깔도 모르고…… 그러니 차의 의미를 알 까닭이 없지요. 내가 늘 차와 선은 한가지茶禪一味라고 말은 그럴 듯하게 하곤 하지만, 사실은 빈 말이오. 내로라하는 선비들 가운데 어찌 나 같은 자들이 없다 하겠소? 초의당께서 차 맛과 맹물 맛을 구별하지 못하는 나 같은 속인들을 위해서 진정한 차 맛을 좀 가르쳐줄 수 없겠소? 그거야말로 중생제도를 위한 최상급의 현묘한 법문 아니겠소?"

말을 하고 나서 초의를 바라보는 홍현주의 눈에는 진정이 어려 있었으므로 초의는 고개를 끄덕거리며

"영명위의 뜻이 그러하다면 빈도 한번 견마지로를 다 해보리다."

하고 말했다. 도포 자락 펄럭거리며 살아가는 자들을 제도할 좋은 기회라고 생각했다. 차를 올바르게 마시는 것은 세상을 올바르게 살아가는 것 아닌가. 이때부터 그는 차에 관한 문헌들을 모으기 시작했다. 중국의 『다경』은 말할 것 없고, 심지어 정약용의 『동다기東茶記』, 「걸명소乞茗疏」 '차문답茶問答'까지도 구해 보았다.

그리고 시의 첫머리에 어떤 말을 놓을까 하고 오랫동안 숙고하여 오던 끝에 어느 날 문득 이렇게 썼다.

> 우주 만물을 만든 늙은이가
> 아름다운 향의 차나무를 귤의 덕과 짝지으니
> 소명召命 따라 남녘땅에 자란다

배디 밴 잎사귀 싸락눈과 몸 비비며 겨우내 푸르르고
흰 꽃은 서리에 씻기며 가을에 핀다.

이제 글의 문을 열었으므로 일사천리로 쓰여질 터였다. 초의의 글은 늘 그랬다. 첫머리 끄집어내기가 어려웠다. 실마리를 이끌어내기만 하면 천리마처럼 한달음에 종주를 하곤 했다.

첫 비두를 끌어낸 축하를 하고 싶어 초의는 허련에게 곡차를 받아오라고 일렀다. "네에!" 허련은 언제 어느 때든지 초의가 말을 꺼내놓기만 하면 재빨리 대답을 하고는 줄달음질을 쳤다.

그날 밤 스승과 세속의 제자는 곡차를 앞에 놓고 앉았다. 말없이. 말없는 가운데 말이 오고갔다. 밖에서는 바람이 불었다. 풍경이 뎅그렁거렸다. 산이 울었다. 겨울바람은 어웅한 대둔산 골짜기들을 흔들면서 내달리고 있었다.

초의는 할아버지를 떠올렸다. 그 이야기를 허련에게 남의 이야기처럼 하기 시작했다.

"옛날 한 집에 할아버지하고 손자가 살었는디, 어느 날 어디엘 갔다가 닷새 만에 허위허위 돌아온 할아버지는 굉장히 먼 길을 다녀온 것 같았는데, 지친 기색 하나 보이지 않고, 아직 짚신을 신고 행전을 친 채로 툇마루에다 짊어지고 온 괴나리봇짐을 놓고 푸는구나. 손자는 할아버지가 자기를 위해서 맛있는 떡이나 엿을 사온 모양이라고 생각을 하고, 군침을 꿀꺽 삼키고 봇짐 속을 들여다보았지. 그런데 할아버지가 꺼내놓은 것은 엿도 떡도 아니고 화첩 뭉치 화선지 뭉치란 말이다. 그것을 손자 앞에 내보이는 할아버지의 손은 떨고 있었지. 숨결도 떨리고 있었고. 사랑하는 손자를 위해 사지에 들어가 도둑질해온 소중한 것을 손자에게 내보이는 할아버지 도둑이 그랬을지……."

초의는 쓸쓸하게 웃었다. 허련은 초의의 얼굴을 건너다보면서 초의가 말을 잇기를 기다렸다.

"그게 뭣이냐 하면은, 네가 연동에서 빌어다가 모사를 한 그 윤두서 화첩이다. 할아버지는 손자에게 날이면 날마다 그것을 모사하라고 시키는구나. 할아버지는 그것을 석 달 열흘 동안의 말미로 빌려온 것이었지. 손자를 시에 능하고 글씨와 그림에 능한 삼절로 키우고 싶었던 거지. 중은 절대로 만들지 않으려고 했어. 그런데 그 손자는 할아버지가 돌아가신 뒤로 중이 되었다."

밖에서는 겨울 찬바람이 휘돌아 달리고 있었다. 대둔산 바람 자락은 명주실처럼 가느다랗거나 여리지를 않고 신화 속의 거대한 독수리의 부리와 날개와 발톱처럼 거칠고 아귀찼다. 그 바람은 어웅한 계곡 속에 머리를 처박고 몸부림치면서 으르릉거렸다. 사실은 바람이 소리를 내는 것이 아니고 우주 속에 뚫려 있는 거대한 구멍들이 소리를 내고 있었다.

그래 세상에서 소리를 내는 것들은 다 텅 빈 구멍들이다. 쇠북도 나발도 피리도 사람도 짐승들도 다 구멍이 뚫려 있는 것들이다. 바람이 모든 것에게 숨을 터나게 한다. 그래 숨구멍이다, 그 숨구멍은 우주처럼 생겼다, 하고 생각하며 초의는 길다랗게 한숨을 쉬었다. 그리고 중얼거리듯 말했다.

"이상스럽게 불안하고 슬픈 생각이 드는구나. 나하고 인연의 끈이 묶여 있는 누구인가가 그 끈을 끊고 어디론가 멀리멀리 떠나가려 하고 있어."

허련이 눈을 빛내며 스승 초의의 안색을 살폈다.

# 다산 장약용의 부음

그로부터 닷새가 지난 삼월 초닷샛날 윤동이 머슴을 보내왔다. 머슴이 편지 한 통을 내놓았다. 정약용의 부음이 왔으므로 제자들끼리 서둘러 한양엘 가려 하는데 함께 가지 않겠느냐, 가고 싶으면 빨리 강진 다산으로 오라는 사연이었다.

세상이 아득해지고 가슴이 하얗게 텅 비어지고 있었다. 그 빈 곳 어디인가에서 차가운 바람이 일어나고 있었다. 거대한 산 하나가 사라져간다. 그렇지만 그 산은 사라져가지 않는다. 그의 가슴에, 정약용과 인연한 모든 사람 속에 살아 숨쉬고 있게 될 것이다. 정약용의 삶의 역정은 보석 같은 사리를 앙금지게 하는 한길이었다. 훨씬 연하인 아암 혜장과 아들 같은 그를 정신적인 벗으로 여기며 유배살이의 외로움을 견디던 모습이 눈에 선했다.

한번은, 다산에서 대둔사로 돌아온 지 닷새 만에 다시 뵈러 갔을 때 정약용은 "초의당 다녀간 지가 석삼년은 된 것 같소이다" 하고 농담 아닌 농담을 하며 쓸쓸하게 웃었었다.

"어찌하시겠습니까, 큰스님?"

허련이 물었다. 정약용 공의 빈소에 조문을 가겠느냐는 것이었다. 초의는 정약용하고는 말할 것 없고, 그의 두 아들 학연과 학유하고는 막역지간이었다. 그러므로 당연히 초의가 경기도 빈소에 조문을 가리라고 생각하고 물은 것이었고, 초의가 가겠다고 하면 수행할 생각이었다.

초의는 사연 가지고 온 머슴을 그냥 돌려보냈다. 산봉우리 쪽 등성이로 올라가 경기도를 향해 재배를 했다. 쾌년각은 서북쪽 대둔산 머리의 병풍 같은 봉우리들을 오른쪽에 두고 어웅한 산골짜기를 왼쪽에 둔 채 앉아 있었다. 그가 가지 않더라도 정약용의 혼령은 그를 원망하지 않을 터였다. 정학연 정학유도 당연히 오지 않으리라 생각하고 있을 터였다.

뒤따라온 허련이 초의와 마찬가지로 재배를 했다. 바람이 북으로 달려가고 있었다. 나무들이 그 바람을 비껴주느라고 전후좌우로 몸을 외틀어댔다.

법당으로 가서 그 어른을 위해 염불을 할까 하다가 방으로 들어갔다. 북쪽 바람벽을 향해 앉았다.

## 면벽참선

여느 때 그는, 면벽참선은 허랑한 것이라 여겨왔다. 달마 스님이 가르쳤다는 면벽참선의 방법이 '벽을 향해 앉아 참선하는 것'이라는 말은 어디에도 쓰여 있지 않았다.

벽이란 바람벽만 벽이 아니다. 나를 둘러싸고 있는 세상은 모두 벽이다. 나의 참을 참으로 받아들여주지 않은 모든 것은 다 벽이다. 사람도 벽이고, 짐승도 벽이다. 부처도 벽이고 조사도 벽이고 중생도 벽이다. 우주의 시공 모두가 다 벽이다.

벽이 벽 아니게 하려면 어떻게 해야 하는가. 먼저 내 몸에 물이

새들어오지 않도록 견고하게 만들어야 하는 것이다. 강심을 흐르는 물이 벽이다. 그 물속에 몸을 담가도 내 진흙으로 만든 몸이 물에 풀리지 않아야 한다. 물을 견디지 못하는 자는 우선은 물이 내 몸에 묻지 않도록 통을 둘러쳐서 막아야 한다. 물이 들어오지 않을 동안 내 몸을 견고하게 만들어야 한다.

비바람이 몰아치고 홍수가 밀려들고 사람들의 도끼질 괭이질 톱질에도 허물어지거나 꺾이거나 무너지지 않게 되었을 때 막았던 통을 제거하고 세상과 만나야 한다. 그러한 과정이 면벽참선이다. 그 참선을 해야 물을 건너도 허물어지지 않는 진흙소가 되는 것이다.

그러나 이날 그는 벽을 향해 앉았다. 바람벽에는 글씨를 쓰고 또 쓰고 그림을 그리고 또 그렸기 때문에 새까맣게 얼룩덜룩해진 종이들이 발려 있었다. 어떤 글씨는 알아볼 수 있고 어떤 것들은 겹치고 또 겹친 것들이어서 알아볼 수가 없었다. 까만 바윗덩이 같고 지옥으로 들어가는 구멍 같았다. 온통 새까만 세상이었다. 원래 검은 것이 아니고 먹물을 칠해서 검어진 세상이었다.

검은 벽에 그의 가사가 걸려 있었다. 밖에서 날아온 빛이 그것의 그림자를 만들고 있었다. 그림자 드리워진 부분은 더욱 검어보였다. 한데 어찌된 일인가. 그 검은 부분 속에 도포 차림의 노인 한 사람이 걸어오고 있었다. 정약용 노인이었다. 자세히 보니 그의 할아버지였다. 등에 괴나리봇짐을 지고 있었다. 지고 온 봇짐을 툇마루에 놓더니 거기에서 화첩 뭉치를 꺼내 어린 손자에게 내밀었다. 그게 엿이나 떡 아닌 것을 알아차린 손자가 서운해하며 그것을 받아들고 들여다보았다. 이 나라에서 가장 귀한 보물을 이 할아부지가 가져왔느니라. 당장에 오늘부터 모사하기 시작해라. 부지런히 하면은 할아부지가 잔칫집에서 엿이랑 과자랑 홍시감이랑 얻어다가 주께. 할아버지는 소년의 머리를 쓰다듬기도 하고 엉덩이를 토닥거리기도 했다.

그 옆에 한 여인이 밥을 짓고 있었다. 노구솥에서 김이 솟아올랐다. 시래깃국과 김치와 밥이 놓인 밥상을 들고 와서 툇마루에 놓았다. 할아버지와 손자가 밥상에 마주 앉았다. 그들은 달게 밥을 먹고 있었다. 손자가 게 눈 감추듯이 밥을 먹어치우고 할아버지의 밥그릇을 넘겨다보았다. 할아버지는 며느리가 보는지 안 보는지 살피고는 재빨리 숟가락으로 밥을 퍼서 손자의 밥그릇에 담아주었다. 손자가 코를 훌쩍거리면서 그것을 떠먹었다. 여인이 부엌에서 숭늉을 떠가지고 나오면서 어린 아들을 꾸짖었다. 너 또 할아버지 밥 빼앗아 먹고 있구나. 그 여인이 기생 이화로 바뀌고 있었다. 고이 접힌 새 장삼 한 벌을 한 스님 앞에 내놓으며 갈아입으라고 했다. 소녀, 초의 스님의 등을 바라보면서 살아갈 것이옵니다. 여인은 눈물을 훔치면서 말하고 있었다. 배에 탄 벗들이 여인과 스님을 향해 너털거렸다. 해붕과 밤새워 공을 가지고 입씨름을 한 김정희도 보이고 정약용도 보였다. 곡차에 취해 비틀거리는 혜장도 보였다. 혜장의 주검을 불태우던 불길도 보이고 한양 근처의 절로 떠나가는 철경도 보였다.

나는 무엇인가. 중이면서 내로라하는 유학자들과 사귀고 시회를 하고 시와 그림과 선과 삶과 우주를 논하고 곡차를 홀짝거리며 우쭐거리고 거들먹거릴 수 있는 운명을 즐기는 나는 무엇인가. 이 땅에서 제일가는 선승이다. 그냥 선승이 아니고, 남종화도 그리고 탱화 그리고 단청도 하고, 범패 하고 바라춤 추고 시와 글씨와 선과 경과 차를 다 잘 아는 선사다, 하는 오만에 빠져 으스대는 나는 누구인가. 아니다. 저들을 제도하기 위해 태어났다. 천수천안 관세음보살은 제도해야 할 대상에 따라 얼굴과 손을 바꾼다. 시 짓고 글씨 쓰고 묵화 치는 선비나 관리들을 제도하기 위해서는 시서화와 차 마시는 생활에 능해야 한다.

내 가슴은 그들을 즐겁게 해주어야 하는 슬픈 정성으로 가득 차 있어야 한다. 나만을 위해 수도하는 졸부 같은 옹졸한 승려가 되어서는 안 된다. 가난한 자들을 위해 돈을 쓰는 인자한 부자 장사꾼처럼, 선과 차와 자비로운 삶에 대해서 모르는 자들에게 참된 길을 보여주어야 한다.

조물주가 이 세상을 만들 적에, 그가 가장 귀한 것들은 가난하고 착하고 외롭고 높고 쓸쓸하게 그리고 언제나 사랑과 슬픔 속에 살도록 만들었다. 초승달과 당나귀와 말들과 박새와 가마꾼들과 차 따는 배고픈 자들과 농부들이 그러하듯이 유마거사가 그러하듯이 함께 아프면서 살아야 하는 것이다.

## 차향, 우주적인 순리의 맛

정약용의 부음을 들은 뒤부터 두문불출 근신했다.

아침 공양을 하고 차를 마시는데 산까치들이 시끄럽게 울어댔다. 까치들도 울어댔다. 그들은 집을 가지고 싸우고 있는 것이었다. 문득 그 소란으로부터 벗어나는 법을 알고 있었다. 어떤 일에든지 몰두하면 모든 소란은 사라진다. 올바르게 마신 차 한 잔이 세상의 시끄러움에 덩달아 달뜨곤 하는 사람들의 마음을 가라앉히게 하는 차의 노래를 짓자. 그게 어찌 해거도인 한 사람이 준 숙제일 뿐이겠는가.

허련이 그림에 몰두하고 있는 동안 그는 참고 서책들을 끌어당겼다. 먼저 차의 맛과 신통한 효능을 한 수 한 수의 시로 쓰고 그 뒤에 일일이 해설을 달기로 했다.

고야산 신선의 분 바른 듯한 살결마냥 고결한 꽃잎에
연부단금 같은 금빛 꽃술 맺혔구나
해맑은 이슬에 젖으니 가지는 푸른 벽옥이고
아침 안개가 머금어주니 파랑새의 혀로구나.

이어 차는 하늘의 선녀와 사람과 귀신이 모두 사랑한다는 것을 노래하고, 차를 마시면 사람에게 힘이 생기고 정신이 빛난다는 것, 술을 깨게 하고 잠을 줄여준다는 것, 머릿골 아픈 것을 낫게 한다는 것을 노래했다.

맛과 향기와 색깔이 그윽하고 신비로운 차를 칭송하고, "아침 햇살에 일어나니 맑은 하늘에 구름이 둥실거리고 낮잠에서 깨어나니 향 맑은 시냇물에 흰 달이 어른거리네" 하고 노래한 정약용의 「걸명소(차를 구걸하는 말씀)」의 한 대목을 인용했다.

이 땅에서 나는 차가 중국차에 비하여 손색없음을 노래하고 정약용의 『동다기』의 한 대목을 인용했다. "어떤 이는 우리나라 차의 효능이 중국 월주에서 생산되는 차에 미치지 못한다고 의심하는

데, 내가 보기로는 색깔 향기 맛에서 모두 별다른 차이가 없다. 다서에 육안차는 맛으로 뛰어나고 몽산차는 약효가 높다 하였으나, 우리나라 차는 이 두 가지를 모두 겸하고 있다."

이 대목을 쓰다가 붓을 던졌다. 생각 하나가 뒤통수를 쳤다. 마음이 전부는 아니라는 생각이었다. 마음을 앞세우는 것은 도를 닦는 불자만의 입장에서 하는 행위이다. 몸이 가야 마음이 따르는 수도 있다. 세속 사람들을 제도하기 위해서는 몸을 앞장세워야 한다. 나의 행보를 필요로 하는 사람들이 지금 경기 땅에 있다. 어디 경기 땅뿐이겠는가.

## 다산 정약용 무덤 참배

일지암을 나섰다. 정약용의 무덤에 가서 절하고 정학연 정학유를 위로해주어야 한다고 생각했다. 철쭉과 산벚꽃이 지고 있었다. 산야에는 연초록의 물결이 일어나기 시작했고 꾀꼬리 휘파람새들이 백양숲과 느티나무숲에서 울어댔다.

부지런히 걸었다. 힘이 들면 『반야바라밀다심경』을 외고 『금강경』『화엄경』을 외었다. 범패를 부르고 이태백의 시 두보의 시 도연명의 시를 외고 즉흥시를 읊었다. 배가 고프면 물을 마시고 암자나 절이 나타나면 들어가서 밥을 얻어먹고 하룻밤 잤고, 그렇지 않으면 주막집 봉놋방에서 자고 산중에서 날이 저물면 바위틈에서 낙엽을 덮고 잤다. 짚신 열 켤레가 모두 닳아버렸다. 발싸개 둘을 번갈아 빨아 봇짐 뒤에 걸고 가다가 마르면 갈아 신곤 했다.

경기도 와부 말재 아래의 여유당에 도착한 것은 열흘 뒤였다. 상방에 있던 정학연 정학유 형제는 달려나와 말없이 초의를 맞아들였다. 상방에는 정약용의 초상과 신위가 세워져 있었다. 초의는 무릎을 꿇은 채 반야경을 염송하고 나서 재배를 했다. 정학연 정학유는 눈물을 흘리면서 그의 손 하나씩을 잡았다. 그는 그들의 손을 맞잡아주며 눈물 가득하게 괸 그들의 눈을 바라보았다. 양쪽 그 어느 누구도 입을 열지 않았다.

사람들은 누구든지 다 어리광을 피우고 싶어 한다고 초의는 생각했다. 어린이든지 여자든지 남자든지 성인이든지 졸부든지 왕이든지 난장이든지 천하장사든지, 누구나 다 외롭기 때문이다. 때문에 그들은 외로움에 찌들면 자기를 감싸 안아줄 어머니를 찾고, 부처님을 찾고, 공자님을 찾고, 천주를 찾는 것이다. 유생들이 중들을 하시하면서도 은밀하게 뜻있는 스님들과 사귀려 하는 것은 마음 커 보이는 스님들에게 마음을 의탁할 수 있기 때문이다. 유생들의 세상은 숲이 없는 들판에 지은 기와집 한 채처럼 음음한 그늘이 없다. 그들은 햇볕에 노출되어 있는 이끼나 음지식물들처럼 불안해한다. 정약용이 『주역』과 원효의 『대승기신론』에 빠져든 채 술주정을 하곤 한 혜장의 번뜩거리는 형안을 기특해하고 아들뻘인 초의에게서 위안을 얻으려 한 것도 그것이다. 더러운 현실을 바로잡을 수 있는 것은 유학이라고 내세우고 불교의 무와 공을 비판하면서도 혜장과 철경과 초의를 가까이하려 한 것은 유현한 그늘을 만들어 그 속에서 햇볕을 피하려는 것이었다.

정약용은 아들 나이의 초의를 늘 고마워하곤 했다. 무슨 말을 나누지 않고 그냥 한 방에 마주 앉아 있는 것만으로도 편안해하였다. 초의가 찾아오면 제자들을 물리치곤 했다.

사미 시절에 현감 아내의 가마를 메고 가느라고 어깨에서 피가 비죽거렸다는 이야기를 듣고 다산은 몇 차례든지 고개를 끄덕거렸었다.

차를 마시다가, 녹차 한 방울 한 방울이 허리띠를 졸라매며 찻잎을 하나하나 따는 어린 행자들이나 사하촌 가엾은 백성들의 슬픈 땀 한 방울 한 방울이라는 말을 들으며 그의 손을 꼭 쥐어주었었다. 이후 정약용은 백련사에서 다산 초막으로 내려오는 자드락길에 지천으로 널려 있는 차나무들에서 손수 차를 따서 덖어 말리곤 했었다. 계단밭을 만들어 채소를 갈고 벌레 먹지 않은 것들을 뽑아 마을 노인들의 집에 나누어주고 벌레 먹은 것은 자기가 먹곤 했었다.

그들은 서로의 손을 잡는 것으로써 마음속으로 그것을 되뇌이며 슬퍼하고 있었다.

정학연이 하인을 월성위궁으로 보냈다. 추사 김정희에게 초의가 와 있음을 알리려는 것이었다. 그때 김정희는 성균관대사성이 되어 있었다.

그날 밤 초의와 김정희는 곡차를 마시면서 회포를 풀었다.

## 팔순 노인을 회춘하게 하는 차

대둔사로 돌아온 초의는 『동다송』을 이어 쓰기 시작했다.

차에는 마른 가지에서 떨치고 어린아이로 되돌아가는 신통스러운 영험이 있어 팔순 노인이 마시면 뺨이 덜 익은 복숭아처럼 붉어진다는 것을 시로 읊었다.

이어, 차 만들기에서 마시는 법 터득하기까지의 아홉 가지 어려운 일과 그것의 현묘함을 노래하고, 『만보전서』의 말을 빌려 차에 들어 있는 참향기, 난초 향기, 해맑은 향기, 순박한 향기에 대하여 말하고, 녹색의 차 향기 몸과 마음에 습배이면 총명이 탁 트여 막

힘이 없어진다고 노래했다.

돌자갈 틈에서 솟아올라온 녹색의 눈, 오랑캐의 가죽신 들소의 가죽 같은 물결주름 생겨 있는 자색의 순에 향 맑은 이슬 내려앉은 찻잎으로 빚은 차를 마시면 삼매에 든 몸과 마음에 신기한 향이 슴배인다고 읊었다.

차 맛의 가장 신묘하고 참된 정수는 물맛과 다향이 분리되지 않아야 함을 노래하고, 제다법을 말하고,

"차는 물의 신이고 물은 차의 체이니, 좋은 물이 아니면 다신을 오르게 할 수 없고 좋은 차가 아니면 물의 참뜻을 나타낼 수 없다" 하고 설했다. 그리고 『동다송』을 이렇게 마무리 지었다.

> 꽃물 차 한 잔 기울이니 겨드랑이에 바람이 일듯 몸 가벼워지고 마음 맑은 경지에 오르고, 대숲 소리 물결 소리 같은 솔바람 소리 다 서늘하고 해맑고 차가운 기운 뼈에 슴배이고 마음과 애간장을 서늘하게 일깨워주네.

상좌 선기로 하여금 『동다송』을 정서하게 해놓고 잠시 바람을 쐬러 나오는데, 초립을 쓰고 괴나리봇짐을 짊어진 앳된 사내 하나가 절름거리며 산을 올라왔다. 초파일 부처님 오신 날이 지난 지닷새째 되는 날 해 저물 녘이었다. 월성위궁의 하인 바우였다. 바우가 내민 것은 김정희의 아버지 김노경의 부고였다.

좋은 분들이 다 이렇게 돌아가는구나, 하고 생각하며 하늘을 쳐다보았다. 짙푸른 하늘이었다. 구름 한 점 없었다. 유배 풀리어 돌아가는 길에 일지암에 들른 김노경의 창백한 얼굴이 떠올랐다. 가슴이 쓰라렸다. 항상 가서 우두커니 앉아 쉬곤 하는 등성이숲으로 올라가 한양을 향해 절을 했다. 다산 정약용이 돌아갔다는 말을 들었을 때 했듯이.

바우를 하루 쉬게 했다가 돌려보내고 『동다송』을 한번 더 훑어 읽으며 추고를 했다. 추고를 마치고 나자 조울증이 일어났다. 단박에 경기 땅을 향해 떠나고 싶었다. 거듭되는 귀인들의 떠나감이 그를 암자 안에 가만 머물러 있게 놔두지 않았다. 벗 김정희의 아버지 김노경의 명복을 빌어주고 벗의 상처받은 마음을 위로해주고 싶었다. 그리고 홍현주를 만나 『동다송』을 전할 참이었다. 지난번 보내온 편지에 바야흐로 시집 출간을 준비 중이라고 했었다. 그 시집도 궁금했다. 아주 한양에 가는 김에 허련의 그림을 가지고 가서 김정희에게 보이고 싶었다. 허련의 방으로 갔다.

"어디 요즘 그린 것들 좀 보자."

허련이 그림들을 모두 내다놓고는 무릎을 꿇고 앉아 머리를 조아렸다. 초의는 그림들을 하나하나 펼쳐보았다. 그림들이 다 좋아 보였다. 공재의 해룡 그림과 백마도를 모사한 것, 안개 낀 강에서 어옹이 빈 낚시를 들고 있는 것이 다 좋았다. 한데 미심쩍은 구석이 있었다. 공재의 아들 낙서나 손자 청고의 수준을 벗어나고 있는 듯싶기는 한데 공재의 그늘을 벗어나지 못하고 있다 싶었다.

"이제는 공재 선생이나 낙서나 청고가 아닌 허련이 니 그림을 그려야 하는 것인디 그것이 쪼금 서운하다. 이제는 니가 사숙한 스승들을 쳐 죽일 때가 왔다. 고명한 스님들이 수좌들한테 두고 쓰는 말이 있다. 부처를 만나면 부처를 죽이고 조사를 만나면 조사를 죽이라고. 쳐 죽이지 않으면 내가 죽어. 부처와 조사와 은사만 있지 나는 어디에도 없단 말이다. 알것냐? 내 실체를 터득하거라. 알아듣것냐?"

허련은 고개를 깊이 숙인 채 눈을 끔벅거리고만 있었다.

"웬만하면은 니놈 그림을 들고 한양으로 가서 부자들한테 팔아 갖고 주유천하나 조끔 할까 했드니 아직은 안 되것다야. 나 경기도로 한양으로 좀 다녀올 테니께 그때까지 몇 점만 더 그려봐라."

## 한밤의 월성위궁 조문

초의가 한양의 월성위궁에 당도한 것은 삼월 스무이튿날 밤이었다.

그러기 이전에 초의는 청량사로 먼저 가서 유발행자 하나를 월성위궁으로 보내 김정희에게 편지를 전하게 했고 김정희는 먼 일갓집 아우를 시켜 초의를 모셔오게 했다. 그게 밤이었다. 이목 때문이었다. 장안에는 중이 출입할 수 없도록 법으로 금하고 있었다.

월성위궁은 으리으리했다. 여덟 척 높이는 될 듯싶은 담 한가운데에 솟을대문이 있고, 그 안에 종들이 사는 문간채가 있고, 그 너머에 사랑채가 있었다. 사랑채 앞에 다섯 척 높이의 담장이 있고, 담장 저쪽에 안채가 있었다.

사랑채 안쪽 구석에 사당이 있었는데 상방은 그 옆에 마련되어 있었다. 사십구재가 지나지 않았으므로 아직 사당 안으로 신위를 모시지 않고 있었다.

김정희 형제는 초의를 정중하게 상방 안으로 모셨다. 초의는 신위 앞에 분향하고 술을 따라 올렸다. 반야경을 암송하고 상주들과 절을 나누었다. 김정희와 김명희는 초의의 두 손을 하나씩 나누어 잡고 눈으로 인사를 나누었다.  멀리서 달려와 준 벗에게 진심으로 고마운 마음을 전하고 있었다. 막내인 김상희는 공손하게 합장을 했다.

김정희와 김명희와 초의는 김정희의 서재인 숭정금실崇禎琴室에서 마주 앉아 차를 마셨다. 서로의 사이에 이야기가 끊어졌다. 기나긴 침묵이 흘렀다. 이윽고 김명희가 아버지의 유해를 과천에 모신 이야기로 침묵을 깼다. 한데 김정희가 아우에게 눈짓을 했다. 둘의 눈길이 허공에서 무슨 이야기인가를 주고받았다. 김명희가 알아들었다는 듯이 고개를 끄덕거렸다.

김정희가 몸을 일으키면서 초의에게 말했다.

"초의당하고 잠시 가야 할 데가 있소이다."

초의가 김명희를 보았다. 김명희가 초의에게 빙그레 웃으면서 고개를 끄덕거렸다. 자기를 괘념하지 말고 따라가보라는 것이었다.

밤이 깊어지고 있었다. 멀지 않아 성문이 닫힐 것이었다. 김정희는 밖으로 나오자마자 말에 올라탔다. 초의를 뒤에 태웠다. 내 허리를 단단히 안으시오. 그리고 말을 달렸다. 목멱산 아랫마을에 이르렀다. 거기 해거도인 홍현주의 집이 있었다. 월성위궁보다 더 큰 집이었다. 홍현주가 정조대왕의 옹주의 부마라는 사실이 실감났다. 그 집에서 찬바람이 불어오는 듯싶었다. 풀옷의 정서로 살아가는 초의는 으리으리한 집들이 싫었다. 거기에 사는 사람들에게서는 싫은 정이 느껴졌다. 그렇지만 그는 그들에게 왼고개를 틀지 않았다. 그들에게 아부 아첨함으로써 그들로부터 차진 밥과 기름진 고기와 곡차를 얻어먹기 위해서가 아니었다. 그들을 제도해야 할 책무가 자기에게 주어져 있다고 초의는 생각하곤 했다. 나라도 어찌할 수 없는 백성들의 가난을 해소하는데 선비 한 사람 한 사람이 나서야 한다는 생각을 심어주기 위함이었다. 마음 비운 가난함 속에 향기가 솟고, 차지고 기름진 밥을 먹기 위해 애쓰는 부자들 속에 고약한 냄새가 풍긴다는 생각.

홍현주는 버선발로 뛰어나와 초의와 김정희를 맞아들였다. 상주인 김정희가 초의와 함께 찾아온 것은 그야말로 귀재 김정희다운 파격이었다. 돌아가신 아버지에 대한 불효를 기꺼이 감수하려 할 만큼 초의의 먼 길 조문은 그를 달뜨게 했다.

홍현주가 차를 내려 하는 것을 김정희가 막았다. 차를 마셔야 할 때가 있고 술을 마셔야 할 때가 있다고 말했다. "차는 깨어나게 하고 술은 취하게 하는데, 나는 시방 초의당의 향기로 말미암아 취한 가슴을 오늘 밤 깨어나게 하고 싶지 않소이다."

홍현주는 고개를 끄덕거리고 시종을 불렀다.

"주안상을 특별히 잘 봐오도록 하거라. 오늘 여기 동방 제일의 군자들이 오셨느니라."

초의는 바랑 속에서 『동다송』을 꺼내 건넸다. 홍현주는 "아니 이게 뭐요?" 하고 소리치며 그 책을 열쳐보고 "아하, 이제는 나도 차 무식쟁이가 되지 않겠구려!" 하고 거듭 경탄을 했다. 홍현주는 동안이었다.

술이 한 순배 돌고 얼근해졌을 때 홍현주가 시집 편집이 거의 끝나가고 있음을 말했다.

"해거도인, 욕심이 좀 지나치지 않소? 하필이면 초의당이 찾아온 때에 그 말씀을 하시는 것을 보니, 필시 초의당에게 발문을 부탁하고자 함인 듯싶구려."

김정희의 말에 홍현주가 수긍했다.

"추사가 내 속을 환히 뚫어보시고 내가 해야 할 말을 미리 하시니 나는 그저 고맙다는 말밖에 더 할 게 없소이다, 어허허허……."

"그렇다면 이 술 가지고는 안 되오. 말하는 꽃밭으로 가야 합니다."

기생집에 가서 한잔하면서 풍월을 해야 한다는 것이었다. 초의가 고개를 가로저었다. 조문 온 그를 위해 집을 나온 김정희에게 더 이상의 불효를 저지르지 않게 해야 하는 것이었다.

"마음먹기 달린 것 아닙니까? 오늘 밤은 밤도 깊어지고 했으니, 옆에 꽃 한 송이씩이 앉아 있는 것으로 치고 시나 한 수씩 짓도록 하시지요."

홍현주가 떨치고 일어서며 밖으로 나가자고 말했고, 김정희도 초의를 일으키려고 들었지만 초의가 한사코 마다했다. 초의가 주빈이므로 초의의 의사를 따를 수밖에 없어 그들은 다시 좌정했다.

"오늘 밤에는 특별한 시를 짓도록 하지요. 운자에 연연하지 말고 자유자재로 짓는 겁니다. 순 우리 조선말로 지을 사람은 또 그렇게 짓고요."

김정희가 찬성했다. 홍현주가

"가히 천하의 초사草師요."

하고 초의에게 말했다.

"제안을 하신 만큼 먼저 한 수를 읊조리시지요."

초의는 즉흥적으로 읊기 시작했다. 그에게 있어서 시 짓기는 어려운 일이 아니었다. 말이 시이고 시가 말이었다. 뱉어내는 말이 곧 시가 되도록 마음이 갖추어지면 되는 것이었다. 마음을 텅 비우면 되었다. 텅 빈 마음에 투영된 것은 모두 시 아닌 것이 없었다.

"사람들은 어찌하여 한사코 큰 집을 지으려 하나

뱁새는 오직 한 가지만을 써서 집을 짓되
자기 한 몸이 새끼들을 품을 수 있으면 족한 것을
사람들은 어찌하여 차진 밥에 비단옷을 먹으려 하나……"
여기까지 읊었을 때 김정희가 받아 읊었다.
"초의당은 잡곡밥에 산나물에도 넉넉하게 배부르고
누덕누덕한 옷으로 살아도 흰 구름 속에 노니는 것을."
그들은 동시에 껄껄거렸다.

눈을 가리는 꽃가지 잘라내니

석양 하늘에 아름다운 산이 저리도 많았던가

초의의 시

## 금강산 장안사의 또 하나의 초의

금강산 장안사에 대단한 선지식이 주석하고 있다는 소문이 있었다. 그 선지식 이름이 초의草衣라고 했다. 춘란꽃은 한 송이만 피어도 온 산에 그 그윽한 향이 가득 차는 법이었다. 왜 하필 이름이 초의인가. 조선 땅 안에 초의가 둘이면 어떻고 열이면 어떠하랴. 초의는 금강산 장안사의 한 암자에 주석하고 있다는 초의의 실체를 확인하고 싶었다. 장안사의 그 초의가 넉넉하게 그럴만한 대덕이면, 자기가 이때껏 하여온 살림살이를 점검받고 싶었다. 그의 살림살이는 가난이야말로 이 세상에서 가장 향기로운 삶이라는 것이었다. 마음이 깨끗하고 가난한 사람들로 가득 차 있는 세상이 곧 불국토라는 생각.

이듬해 봄 초의는 금강산 장안사를 향해 길을 나서려 하면서 허련을 불렀다.

"너 그림 그린 것 몇 장 가지고 오너라."

무릎을 꿇고 앉은 허련이 초의를 놀란 눈으로 건너다보았다.

"놀라지 마라. 한양 가는 길에 노자가 떨어지면 팔아 쓸 참이다."

허련은 어리둥절하여 초의를 건너다보았다. 초의는 추궁했다.

"왜 아깝냐? 아까우면은 그만두고."

"아니올시다. 몽땅 다 드리겠사옵니다."

허련은 그동안 정성스럽게 그린 그림 열 폭을 가져다주었다. 초의는 그 그림들을 한 장씩 펼쳐보았다.

"이것이 최근에 그린 것들이고, 니가 가장 아끼는 것들이냐? 얼마 전에 완성한 안개 자욱한 산 밑에서 어옹의 배 한 척 떠 있는 것하고 푸른 바다에서 해룡 두 마리가 사랑하는 것은 왜 안 가져왔느냐?"

"그것은 마음에 안 들어서…… 공재 선생 그림 냄새도 나는 것 같고 그래서요."

"뭘 그래 이놈아! 그것들은 내놓기가 아까운 모양이구나."

"아니옵니다. 가져다드리겠사옵니다."

허련은 제 방으로 달려가서 그 그림들을 가지고 달려왔다. 초의는 그 그림들을 한데 합쳐 둘둘 말아서 바랑 속에 넣고 몸을 일으켰다.

"나 니놈 그림 덕택에 주유천하하게 생겼다이. 금강산 장안사 유점사 묘향산 보현사까지 다녀올라면은 한참 걸릴 것이다. 나 없는 동안 게으름 피우지 말고 부지런히 공부하고 있거라. 마음이란 것은 소라는 놈하고 똑같다. 가만 놔두면 일을 안 해. 주인이 잠깐만 헛눈을 팔아도 남의 곡식밭에 들어가고. 한사코 고삐 놓지 말고 풀 잘 뜯겨라."

허련은 초의의 뒤를 따라 일주문 앞까지 나왔다. 초의는 허련을 돌려세우고 등을 밀어 들여보내고 걸었다.

"큰스님, 몸 조심허심스롬 다녀오십시오."

허련이 목 메인 소리로 말을 했지만 초의는 뒤도 돌아보지 않았다. 신명을 다해 그린 그림들을 모두 싸가지고 가버리기 때문일까.

오래전부터 작정한 여정이었다. 바랑이 무거웠다. 그렇지만 발걸음은 가벼웠다. 김정희에게 허련의 그림을 감식해달라고 할 참이었다. 허련이 그린 그림들을 보면 늘 가슴이 벅차오르곤 했다. 생긴 것이나 하는 짓이나 말씨가 투박한 그놈의 그림 그리는 재주는 어디에서 나오는 것일까. 그놈은 전생에 환쟁이였음에 틀림없었다. 이놈에게 서권기書卷氣와 선심禪心이 넉넉하게 더해진다면 대단한 환쟁이가 될 것이다. 뒤를 잘 받쳐주면 중국의 대치大癡를 능가하는 화가가 될 것이라고 그는 믿었다.

딱 지르륵 딱 지르륵 대지팡이가 걸음의 장단을 맞춰주었다. 바랑 뒤에 매단 주먹밥 넣은 대나무 도시락과 표주박 하나와 갈아 신을 짚신 열 켤레가 달랑거렸다.

배고프면 탁발을 하거나 근처의 암자나 절에 들러 공양을 하고, 잠은 가까운 절의 객승실이나 봉놋방 신세를 졌다. 여벌 발싸개 하나를 빨아 괴나리봇짐 뒤에 걸고 가다가 마르면 찬물로 발을 씻은 다음 바꾸어 감쳤고, 피곤하면 그늘에 쓰러져 늘어지게 잤고, 땀에 젖은 옷에서 쉰 냄새가 나면 시냇물에서 빨아 바위에 널어 말려서 입었다.

한양 장동의 월성위궁에 들러 하룻밤을 자고 김정희에게 허련의 그림을 내밀면서 말했다.

"어느 어리미친 놈 하나가 와서 그림을 가르쳐달라고 하면서 가져온 그림이오. 혹시 어디에 팔 데 있으면 좀 팔아주시오. 이 땡중이 금강산 유람하면서 노자로나 좀 보태 쓸라니께."

하고 눙치고 나서 슬쩍 김정희의 얼굴을 살폈다. 그림들을 펼쳐 든 김정희의 얼굴색이 환해지고 눈이 커지고 있었다.

"아니 이 자가 누구요?"

"어떻소? 몇 푼이나 받을 수 있을 것 같소?"

"아아, 어디선가 많이 본 그림, 흡사 공재, 그 아드님이신 낙서를 대하는 듯싶소이다. 서권기가 약간 부족한 것이 흠이기는 하지만,

장차 아주 대성할 것 같소이다. 지금 당장 팔아도 아주 비싼 값을 받을 수 있을 것이오. 그렇지만 지금 팔기에는 너무 아깝소."

김정희는 벌써 초의의 속셈을 환히 짐작하고 있었다.

"그놈의 그림들 팔아서 노자로나 쓰려고 했드니…… 추사 하는 소리 들으니 이 땡중 호강하면서 유람하기는 틀린 성 싶소그려."

"이 자 나이가 얼마나 되었소? 내가 보기로는 아직 젊은 듯싶은데, 나한테 한번 보내주시오. 내가 시험하고 길을 들여보겠소."

"추사는 웬 욕심이 그렇게도 많으시오? 그래 이 중놈이 눈 올바로 박힌 제자 하나 가지고 있는 것이 샘이 나서 빼앗으려 든단 말이오? 추사의 생각이 정 그러시다면, 이 땡중 금강산 다녀올 때까지 그놈한테 편지나 한 장 써놓으시오. 추사 편지 받고 나면 그놈 아마 하늘 닿게 날뛸 것이오."

초의는 몸을 일으키면서 바랑을 짊어졌다. 월성위궁을 나서는 초의의 발걸음은 날아갈듯이 가벼웠다. 김정희가 허련의 그림을 저당 잡아 놓은 값이라면서 바랑 속에다가 노자를 두둑하게 넣어준 것이었다.

한양에서 금강산은 반 천리였다. 한양을 벗어난 초의는 두험천豆驗川을 따라가다가 포천 안기安奇의 한 주막과 영평 불곡산佛谷山 자락의 한 암자에서 하룻밤씩, 이튿날 해질 무렵에 철원의 한 암자에서 다시 하룻밤을 묵었다. 이튿날 김화내재吳峴를 넘고 가운데 고개 아래 주막 봉놋방에서 하룻밤, 아현을 넘고 금성의 굴파재 밑의 암자에서 또 하룻밤을 묵었다. 창도昌道를 지나고 다경진多慶津을 건너면서부터 산협은 더욱 깊어지고 산줄기들은 우뚝우뚝 드높아졌다. 통구와 추정촌을 지나서 해질 무렵에야 단발령斷髮嶺 높은 고개를 허위허위 넘었는데 그 꼭대기에 올라서자 금강산의 기기묘묘한 봉우리들이 눈앞에 다가서며 그를 어서 오라고 손짓하고들 있었다.

초의를 앞장서서 가던 유람객 넷이 고개 꼭대기 납작한 바위에 다 엉덩이를 붙이고 앉아 쉬었다. 갓 쓰고 도포 차림을 한 선비 두 사람과 쑥대머리에 바지저고리 차림인 노복 둘이었다. 키 호리호리한 선비가

"여기가 바로 단발령이네."

하고 말했다. 옆의 작달막한 선비가

"자네, 맘 단단히 먹게나. 수많은 선남선녀들이 유람차 왔다가 금강산 봉우리 봉우리들을 막 보고는 속세로 다시 돌아가려 하지 않고 머리를 깎고 출가를 해버린 곳이 바로 이 고개라네."

종복 둘이 자기들끼리 얼굴을 마주치며

"우리 쓰팔 것 아무 절에나 가서 머리 깎고 중노릇이나 해버릴 거나?"

하고 속닥거렸다. 키 호리호리한 선비가 그것을 엿듣고

"얼빠진 네놈들을 받아주는 절도 있다더냐?"

하고 퉁명스럽게 말했다.

"중노릇 못 하면은 불목하니 노릇이나 하지 어째요?"

"마당 쓸고 목탁이나 깎아주겠다고 하면은 밥을 멕여주지 않을까라우?"

"하아, 우리 이놈들 데리고 유람 왔다가 이놈들 놓치고 맨몸으로 돌아가게 생겼네이."

초의는 마치 마디마디 자라나는 옥순玉筍 여남은 타래씩을 한데 가지런히 묶어 늘어놓은 듯한 산봉우리들이 성스럽게 솟구쳐 있는 것을 보면서 입이 벌어졌다.

산의 자태를 보면서는 말이 필요 없어질 수밖에 없었다. 말로써 형용한다는 것은 오히려 이 산의 장엄하고 성스럽고 신비함에 대하여 격을 떨어뜨리는 죄를 짓는 것이었다. 말로써 찬탄할 일이 아니고 가슴으로 영혼으로 느끼기만 할 일이었다. 경전으로써 다 깨닫지 못한 드높은 부처님의 말씀과 마음을 선禪으로써 헤아리고 터득하듯.

고개 아래로 내려가다가 건너다보이는 암자를 향해 나아갔다. 거기에서 하룻밤을 묵고 이튿날 정오쯤에 금강천을 따라 장안사를 향해 갔다. 금강천은 장북천 송평천과 합수하여 흘러 한강물이 되어 제물포 앞바다로 가는 것이라고 들었다. 쪼그려 앉아 손을 물에 담그고 씻었다. 얼음처럼 차가워 진저리가 쳐졌다. 나의 손 씻은 물은 언제쯤 흘러 마현의 정학연의 여유당 앞으로 흘러가게 될까.

정학연이나 정학유 가운데 어느 한 벗과 함께 유람을 왔으면 얼마나 좋을까. 아니다. 차는 혼자 마셔야 그 향과 맛을 잘 알 수 있다. 벗은 멀리 떨어져 있을 때 더욱 값지게 된다. 보석은 손에 닿지 않는 곳에 두고 있어야 빛이 나는 것이다.

천리재를 넘다가 밟아온 길을 되돌아보니 철령으로부터 뻗쳐 나온 금강산 서쪽 벽인 봉우리들이 웅휘하게 겹쳐진 모양이 마치 거대한 갑옷 입은 장수들이 늘어서 있는 듯싶었다.

탑거리에 들어서자 금강산의 한 식구가 된 듯싶고, 눈을 들자 관음봉이 엄전하게 앞장서 있어 그는 공손하게 합장을 했다. 신라의 고찰인 장연사는 오른편 작은 언덕에 정교한 석탑 하나만 남긴 채 사라지고 없었다. 시간 앞에서 모든 것은 영원할 수 없는데도 불구하고 사람들은 터럭만 한 것을 다투면서 내일을 기약하려 한다. 탑은 두 개의 기단 위에 얹은 삼층 석탑 위쪽 네 면에 호법신상을 새겼는데 그 분위기가 매우 장중했다.

길을 안내하던 송림이 다하고 늙은 전나무들이 대신 길을 안내할 무렵부터 그윽하고 웅숭한 맛이 더해졌다. 그 사이로 뚫린 길이 마치 거대한 동물의 목구멍처럼 그를 금강산 속으로 삼키고 있었다. 금강천을 왼쪽으로 건너고 그것을 다시 오른쪽으로 건너면서 나아갔다.

장경봉 이하의 초입 몇 봉이 우뚝우뚝 모양을 드러내놓았다. 잎새마다 태고의 기운을 드리운 거무죽죽한 전나무들이 짓궂게 가리고 감싸는데도 그 사이사이로 삐어져나오는 금강의 모습은 초의를 취하게 하였다.

들리는 것 보이는 것이 단순한 경색뿐만이 아니므로, 짐작하여 들어가는 대로 얼굴에 달린 눈과 귀 이외의 또 다른 새 눈과 새 귀가 열리는 줄 모르게 조금씩 열리고 있었다. 이 눈과 귀의 열림에 따라 금강산에 대한 인식이 진짜 확실을 더하여, 마침내 우뚝우뚝한 산색과 졸졸 흐르는 시냇물 소리가 점차 그대로 진신여래의 화설법인 줄을 알아보게 되었다. 초의는 진저리를 쳤다. 금강산이 옷을 벗어 속살을 드러내 보여주고 있었다.

드디어 장안사의 산문이 길을 가로막았다. 기둥에는 '일도산문 만사휴一到山門萬事休'라고 쓰여 있었다. 백천골 시내의 장안사 턱 밑에 놓은 다리를 만천이라 일컫는다고 했다. 뇌괴磊塊한 개울 바닥에 우렁차게 지껄거리는 물을 디디고 서서 아늑한 수림 가운데 금전벽우를 들여다보고 있는 만천 다리의 모습은 분명 그림일 듯한데, 그러나 그림으로는 도저히 따를 수 없는 아름다운 경관이었다.

장안사는 신라 법흥왕 때의 고찰이었다. 그 절의 황금시대는 원 순제 황후가 된 고려 여자가 황제와 태자의 복을 빌기 위해 여러 해 동안 내탕금과 솜씨 좋은 중국 공인들을 보내 전각과 불상들을 새로이 조성한 때인데, 비로자나 이하로 오십삼불, 일만 오천불 등 어마어마한 규모였다. 그게 임란 때 소실되었는데 그 이후 조금씩

중건했다. 대법당 왼쪽 지성지전에 봉안된 나한상들은 크기도 굉장하고 수법이 보통 솜씨를 뛰어넘어 자유자재한 변화와 살아 움직이는 듯한 신의神意가 자못 넋을 잃게 했다.

더욱 놀라운 것은 장경, 관음, 지장 등 여러 산봉우리들이 죽순처럼 빼어나고, 그 봉우리마다 봉우리 이름 그대로를 따 지칭한 암자들이 있었다.

고명하다고 소문난 장안사의 초의는 장경암에 주석하고 있었다. 초의는 그 선지식을 찾아가서 만날까 말까 하고 망설였다.

장경암은 봉우리 중턱 전나무 숲속에 숨어 있었다. 그 암자에서 건너다보면 관음암과 지장암의 모습이 한눈에 보일 터이다. 그 옥순 묶어놓은 타래들을 곧추 세워놓은 듯한 봉우리들을 보며 무얼 깨달았을까. 깨달았다면 내려와야지 그 속에 혼자 고고하게 앉아 무얼 하고 있다는 것인가. 그러한 선지식이란 초의에게서 나는 무얼 얻으려고 허위허위 찾아 올라간다는 것인가.

금강산은 우주 창조한 할아버지가 다른 어떠한 산을 만들 때보다 더욱 기기묘묘한 재주를 부려 만든 것이다. 신묘한 스스로의 재주에 취하여 바느질 흔적을 여기저기에 남겨놓은 것이다. 신묘하고 변화무쌍하기는 하지만 흔적들은 흔적들일 뿐이다. 천사들의 옷에는 바느질 흔적이 없다지 않는가. 재주 부린 것들 하나하나는 보는 사람의 눈을 즐겁게 하고 달뜨게 하고 놀라게 하면서도 시리고 아리게 하기도 한다. 만일 여기에 살면서 날마다 저 봉우리들을 바라본다면 똑같은 감흥이 일어날까. 지긋지긋하지 않을까.

참으로 기묘한 것은 만든 흔적이 없이 만들어진 것이다. 그것은 착하고 부드럽고 순하고 요란하지 않게 가라앉은 것이다. 어지럽게 재주를 넘는 세상만사 속에서 순하고 착한 도리를 창출하는 것이 선禪 아닌가. 선으로 들어앉은 자리에 차의 그윽한 향기가 피어오르고 있는 것 아닌가.

초의가 찾아가는 장경암의 초의는 다만 다른 사람에게 보여주기 위해 모양만 그럴 듯하게 갖추고 있는 등신(현상) 아닐까. 먹음직스러워 입속에 넣은 음식이 곯아 있는 열매처럼 구역질만 나게 하면 어떻게 할 것인가. 가파른 비탈길을 오르는 초의의 발걸음은 무거웠다. 그냥 돌아가버리자. 그러나 반 천리 길 달려온 걸음걸음들이 아까워 안간힘을 쓰며 올라갔다.

장경암은 대문도 울도 없는 방 두 칸 부엌 한 칸의 조그마한 암자였다. 암자 모퉁이의 바위틈에 발을 묻은 대롱 하나가 마당으로 머리를 두른 채 졸졸 맑은 물을 뱉어내고 있었다. 두 개의 방 댓돌에는 짚신 한 켤레씩이 놓여 있었다. 초의를 뒤따라 올라온 바람이 전나무숲을 흔들었다. 박새 한 마리가 비오, 비이오오 하고 울어 주인에게 손님 왔음을 알렸다. 초의는 암자를 등진 채 심호흡을 하면서 숲 사이로 건너다보이는 관음봉과 지장봉을 바라보았다. 장안사 마당에서 보던 모습과는 전혀 다른 낯선 얼굴들이었다.

초의는 댓돌 앞으로 다가가 으흠 하고 인기척을 했다. 부엌 옆방의 문이 살풋 열리고 키 작달막한 앳된 스님이 나와서 합장을 하면서 초의를 맞았다.

"초의 스님을 찾아왔느니라."

초의의 목소리는 가라앉아 있었다. 앳된 스님은 초의의 얼굴과 행색을 살피고 머리와 허리를 약간 굽히면서 말했다.

"방금 전에 잠이 드셨으니 잠시 제 방에 들어가서……."

"세상이 어지럽고 또 어지러운데 이 암자 노장은 태평스럽기도 하구나. 낮잠을 주무시다니."

초의의 말은 건너다보이는 관음봉의 옥순들처럼 자라오르고 있었다. 앳된 스님이 어찌할 바를 모르고 안절부절했다. 옆방 문을 돌아보기도 하고 초의의 얼굴을 살피기도 했다.

"누구시라고 이를까요?"

"천리 밖에서 찾아온 땡초라고 일러라."

초의는 무뚝뚝하게 말했다.

그때 옆방에서 부스럭거리는 소리가 들리면서 굵지만 약간 쉰 듯한 목소리가 들려왔다.

"들어오시라고 하여라."

초의는 곧바로 들어가려 하지 않고 뒤돌아서서 모퉁이로 돌아가 지장봉을 건너다보았다. 앳된 스님이 마당으로 내려와서 초의의 뒤통수를 향해 말했다.

"들어오시랍니다, 스님."

초의는 천천히 몸을 돌려 앳된 스님이 안내하는 대로 따랐다. 앳된 스님이 방문을 열어주었다. 아랫목에 덩치 우람한 중늙은이 스님이 가부좌를 하고 있었다. 눈을 지그시 감은 채였다. 초의는 문 앞에 선 채로 앉아 있는 중늙은이 스님을 내려다보았다. 깎은 지 오래된 머리카락들은 손가락 한 마디 길이쯤 자라 있고, 반백인 구레나룻과 수염은 손바닥 길이쯤이나 길어 있었다. 이 털보 초의는 손님맞이하는 법을 모르는구나. 절을 받기만 할 뿐 할 줄은 모른다. 법랍이 어떠한지 모르지만 세속 나이는 그와 비슷할 듯싶었다. 그렇다면 손님으로 온 그가 혼자서만 절을 할 이유가 없는 것이었다. 그렇지만 그것을 참고 털보 초의에게 삼배를 했다. 그가 절을 하고 나서 바로 앉자 털보 초의가 눈을 거슴츠레하게 뜨고 앞에 앉은 초의의 얼굴을 살폈다. 저러한 오만이 어디에서 왔을까. 저 오만이 저 털보의 이름을 천하에 퍼지게 한 것일까. 그렇다면 나는 이 장경암엘 잘 올라왔고 삼배를 잘 한 것이다.

"어디에서 온 누구시오?"

털보 초의가 고개를 위쪽으로 치켜들면서 근엄하지만 약간 경박한 데가 있는 목소리로 물었다. 초의가 되받아 물었다.

"어지럽고 어지러운 세상에 태평스럽게 낮잠이나 즐기는 그대는 어디에서 온 누구시오?"

순간 털보 초의의 거슴츠레하던 눈이 커지면서 반짝 빛을 발했다. 털보 초의가 가라앉은 목소리로 대꾸했다.

"나는 한 오라기 바람일 뿐인데, 그런데 그대는?"

초의가 꾸짖듯이 말했다.

"나는 그런 어리미친 바람 잡으러 다니는 신장神將이요."

털보 초의가 고개를 쳐들고 어허허허 하고 너털거렸다.

"내 바람은 그런 신장을 포박해버리는 그물이 되기도 합니다."

초의는 고개를 숙였다. 털보 초의하고 입씨름을 한다는 것은 무의미하다 싶었다. 고개를 끄덕거렸다. 털보 초의는 빙그레 웃었다. 찾아온 초의가 자기에게 승복을 한 모양이라고 생각한 것이었다.

초의는 낮고 부드럽게

"노장께서는 우주의 드높고 깊은 속을 다 꿰뚫으신 듯싶습니다. 저 태허太虛의 한복판까지도."

하고 말했다.

"스님은 어디에서 오신 누구시오?"

하고 주인인 털보 초의가 다시 거연하게 물었다.

"고명하신 노장께 한 가지 여쭙겠사옵니다. 노장께서도 언제인가는 열반에 드실 것이고, 그리하면 저 아미타 세상의 부처님 앞으로 가실 것 아니옵니까?"

"아마 그러리라 생각됩니다만은……."

"그때 부처님께서는 털보 초의 노장에게 무어라고 하실 것 같소이까?"

털보 초의는 얼른 대답을 못 했다. 초의가 천천히 말했다.

"아마 이러실 것이 틀림없습니다. '너 이놈, 너는 오만해서 틀렸어. 저 밑에 있는 지옥에 열두 겁 동안만 가 있다가 오너라.'"

순간 털보의 얼굴이 해쓱해졌다. 초의는 전율하고 있는 털보의 두 눈을 보았다. 털보 초의는 몸을 일으키더니 문 쪽으로 두어 걸음 비켜서 초의를 향해 큰절을 했다. 무릎을 꿇고 앉아 머리를 조아리며

"천하의 초의 스님을 몰라 뵈었사옵니다."

하고 말했다.

순간 초의는 구역질이 났다. 털보 초의에게서 날아오는 고약한 냄새 때문이었다. 초의는 문득

"털보 초의, 그대는 알고 있소? 그대에게서 꼭 이런 냄새가 난다는 것!"

하고 말하면서, 자기의 바랑 속에서 더러워진 발싸개를 꺼내 털보 초의에게로 던졌다. 털보 초의는 앞에 떨어진 발싸개를 들어서 코에 대고 킁킁 냄새를 맡더니 다시 일어나 초의를 향해 큰절을 했다. 그리고 진정으로 말했다.

"앞으로 저는 대둔사 초의 스님을 빈도의 가장 큰 스승으로 모시겠사옵니다. 저의 오만을 깨부셔준 사람은 이 세상에 아무도 없었사옵니다. 모두들 제 앞에 오면 벌레처럼 왜소해져서 설설 기기만 했사옵니다."

이튿날 초의는 바랑을 짊어지고 길을 나섰다. 돌아갈 생각이었다. 한데 털보 초의가 앞을 막아섰다.

"그냥 가시다니요? 소승이 속속들이 안내를 할 터이니 구경하시고 가시옵소서. 업장대業鏡臺 태자성 영원동靈源洞 시왕백천동 수렴동 백탑동 다보탑 토솔암 표훈사 정양사 해금강까지……."

초의는 털보 초의를 뿌리쳤다.

"볼 것을 다 보아버렸고 알 것 다 알아버렸는데 더 머물러 있어 무얼 하겠소? 색이 공이 되고 공이 색이 된다면, 가는 것이 곧 오는 것 아니겠소?"

털보 초의는 더 붙잡으려 하지 않고 친히 초의를 장안사 일주문까지 배웅해주었다. 바삐 흐르는 금강천 물을 따라 총총히 발을 옮기는데 털보 초의는 자꾸 주춤주춤 뒤따라오면서 헤어짐을 아쉬워했다.

초의는 금강산을 뒤에 두고 걸으면서 속으로 읊었다.

산 첩첩 물 철철

겹치고 쌓인 위에 음울하게 업힌 원융

……

경계 깊어 발길은 막혀도 근원은 뚫려

……

새들의 노래에 꽃은 질탕하게 춤으로 즐긴다

함께 살면서도 관자재를 알지 못하고

만나서도 묘길상에 절하지 못했어라

만일 누가 나에게 다른 길 묻는다면

오직 금강과 인연하여 터득했을 뿐이라 하리라.

## 메뚜기 뒷다리를 말의 뒷다리보다 크게 보는 눈

대상을 보는 시각과 거리 조종을 잘 못하면 메뚜기 뒷다리를 말의 뒷다리보다 크게 볼 수도 있고, 자기 이름 내려고 하는 곡식 몇 됫박의 보시나 큰 돈 들이미는 불사를 부처님의 자비와 사랑하고 맞바꾸려 할 수도 있을 터이다.

세상에는 마음에 가뭄이 들어 거북 등처럼 쩍쩍 벌어져 있는 사람들이 쌔고 쌨다. 초의는 그런 사람에게 시로써 보시를 하고, 시로써 제도를 일삼았다. 그리하여 의미 별로 없는 시들을 많이 썼고, 일단 그 시를 지어 건넨 다음에는 그것을 까맣게 잊어버렸다.

오래 담고 있으면 포만해지고, 포만해지면 싱싱한 감성이 샘솟지 않았다. 말끔하게 품어 내버려야 텅 비어지고, 텅 비어야 영혼이 향 맑아지는 것이었다.

선비들은 초의를 차茶보살이나 시詩보살 바라춤보살 범패보살 쯤으로 생각했다. 그들은 초의를 만나면 차를 마시자 하거나 시를 짓자고 하거나 바라춤을 보여달라고 하거나 범패를 들려달라고 했다.

금강산에서 돌아오는 대로 목멱산 아래 있는 해거도인의 집으로 찾아갔다. 그사이에 해거도인은 시집 원고를 한데 모아놓고 있었다. 단숨에 읽었고, 그 자리에서 발문을 써주었다. 발문을 읽고 난 해거도인이 말했다.

"아아, 이것은 선문禪文 중의 선문입니다. 그런데, 하나 걱정이 있습니다. 해거인의 시 좋다는 사람은 없고 초의선사의 발문 좋다는 사람들만 득시글거리면 어찌합니까?"

김정희에게 들러 김정희가 허련에게 써놓은 편지를 받아 들고 대둔사로 돌아왔다.

허련은 진도로 가고 없었다. 아버지가 편찮다는 전갈이 왔기 때문이라고 선기가 말했다. 행자 편에 김정희의 편지를 진도로 보내주었다.

편지를 받은 허련이 대둔사로 달려왔다. 팔월 추석을 닷새 앞둔

날 한낮이었다. 한양에 갈 차비를 단단히 하고 왔다. 괴나리봇짐에 짚신 여남은 켤레를 걸어 짊어지고 행전을 치고 갓을 쓰고. 초의를 보자 허련는 땅바닥에 넙죽 엎드려 절을 하고 또 했다.

"대사성 어른의 사연을 받고는 이놈 그냥 혼절을 할 뻔했구만이라우."

하고는 눈물을 질금거렸다.

"이놈 한양 월성위궁에 가면은 두 눈알이 빠져뿔고 두 손가락들이 다 모질어질 때까지 참말로 부지런히 그리고 또 그려갖고 큰스님 은혜를 기어코 갚을 참이구만이라우."

"이 사람아, 추석이나 쇠고 갈 일이지……."

허련은 여느 때 잘 웃곤 하는 호인스러운 웃음을 모자란 사람처럼 온 얼굴에 흠뻑 바르며

"가다가 그냥 거지 추석 쇠어뿔랍니다요."

하고 나서 넙죽 엎드려 하직 인사를 하고는 일주문을 향해 내달렸다. 괴나리봇짐 뒤에 매단 짚신과 표주박이 떨어져 나갈 듯이 달랑거렸다.

十一

산 첩첩 물 철철

겹치고 쌓인 위에 음울하게 업힌 원융

새들의 노래에 꽃은 질탕하게 춤으로 즐긴다

초의의 시

# 하얀 구운 세상을 노니는 백발 선승

초의는 잠든 듯 누워 있었다. 밖에는 계속 눈이 내리고 있었다. 멀지 않은 곳에서 설해목 꺾이는 소리가 들려왔다. 자운 스님이 차를 내다가 허련 무릎 앞에 놓았다. 차향이 초의의 코에 스쳤다. 배릿한 배냇향으로 보아 곡우와 하지 사이에 딴 것일 터였다. 초의도 마시고 싶었다. 그러나 일어나 앉지 않았다. 일어나 앉을 기력이 없었다.

“차 식는다” 하고 허련을 향해 말하려다가 고개만 모로 젓히고 말았다.

"저 혼자서만 마실까요, 큰스님?"

허련의 말에 초의는 고개를 끄덕거렸다. 허련이 찻잔을 들어 향을 맡고 나서

"큰스님, 오면서 보니까 이 대둔산 천지가 온통 구운九雲 세상이 되어버렸습디다요. 수미산 위에 있다는 그 세상에서, 지팡이 짚고 한 발쯤 되는 백발 휘날림스롬 산책하는 큰스님 모습을 그려드리고 싶사옵니다."

하고 말했다. 초의가 고개를 끄덕거렸다. 그거 정말로 좋은 그림이 될 것 같다. 소치 그대는 역시 타고난 환쟁이다. 허련은 차를 성급하게 마셔버리고 자운에게 말했다.

"자운 스님, 지필묵을 좀 준비해주실라요? 저 웃목 구석에다가?"

자운이 찻주전자를 놓고 몸을 일으키고는 허련을 향해 합장을 했다. 윗목 구석에다가 종이를 펼치고 그 옆에 벼루와 붓통을 가져다 놓았다. 벼루에 물을 붓고 먹을 갈려고 하자 허련이 손사래를 치고 먹을 받아들고 갈기 시작했다. 허련은 어디서든지 화신畵神이 동하면 참지 못했다. 항상 지필묵을 준비해가지고 다니는 것이지만, 종이가 떨어진 경우에는 자기 두루마기 자락에다가라도 그렸다.

묵향이 방 안에 퍼졌다. 김정희가 중국에서 가져와 선물한 먹이었다. 묵향이 독특했다. 사향 같기도 하고 재스민향 같기도 하고

성장한 여인네의 몸에서 풍기는 분향내 같기도 하고 산난초향 같기도 하고 합환화향 같기도 하고 밤꽃향 같기도 했다. 그 묵향은 글씨를 쓰거나 시를 짓거나 그림을 그리고 싶게 충동질하였다. 초의는 자기도 모르는 사이에 흠흠하고 묵향을 맡았다.

"큰스님, 시신詩神이 일어나시면 읊으십시오. 받아 적겠사옵니다."

허련이 말했다.

초의는 고개를 저었다. 석가모니 부처님께서 열반하실 때 최후에 아난에게 하신 말씀이 '우리는 하나하나의 섬이다. 악마에게도 신에게도 의탁 말고, 내 등불 내가 켜들고 나아가라. 우리 법은 괴법이다. 정진하거라'라고 전하기도 하지만, 그보다 더 뒤에 하신 말씀은 '나는 아무 말도 하지 않았다'라고 전하기도 한다고 들었다. 내 가랑잎 같은 삶은 진즉 끝이 났다. 그 가랑잎은 썩어 소리를 낼 수 없게 되었느니라.

허련은 그림을 그리기 시작했다. 신선들이 사는 극락(구운)의 눈 세상이었다. 괴석 하나가 눈 속에서 거무스레한 옆구리를 드러내고 있었고, 난초 이파리 몇 개가 그 옆에서 눈 뒤집어쓴 얼굴을 내밀었다. 그 옆에 성성한 백발과 길다란 수염을 휘날리며 지팡이를 짚고 거니는 신선을 그렸다. 신선의 등 뒤로 일지암을 원경으로 그려 넣었다.

허련은 완성된 그림을 두 손으로 받쳐들고

"큰스님, 눈 뜨시고 이 그림 증명을 좀 해주십시오. 요즘 큰스님의 증명을 듣지 못해서 제 그림은 이제 완전히 진도 섬 구석에 처박혀 사는 갯투성이놈의 그렇고 그런 속된 병풍 그림 같은 것들이 되어버렸사옵니다요."

하고 말하며 울먹거렸다.

초의가 눈을 떴다. 허련이 초의의 눈앞 멀찍한 곳에 그림을 펼쳐주었다. 초의는 눈을 거슴츠레하게 뜨고 그림을 완상했다. 붓의 움직임이 경쾌했고 먹의 번짐이 서권기를 아련하게 머금고 있었다. 먼 데 하늘을 향하고 있는 신선의 눈이 그윽하게 느껴졌다. 그림이 선풍禪風에 젖어 있었다. 진도에 박혀 있기 아까운 화가인데 대체 사람들은 왜 소치를 찾아주지 않을까. 초의는 고개를 끄덕거렸다. 허련이 초의 앞에 엎드리면서 말했다.

"목구멍이 포도청이라, 정말로 그리고 싶은 그림은 젖혀놓고 졸부들이 좋아하는 병풍 그림이나 그리고 삽니다요. 큰스님께서 가르쳐주시고, 추사 어른께서 가르쳐주신 대로 서권기 눅진한 그림을 그리면 실제로 닮지 않았다고 그들은 싫어합니다요."

초의는 울먹거리는 허련의 손을 잡았다. 허련의 손은 떨고 있었다. 초의는 눈을 감은 채 속삭이듯이 말했다.

"좀 덜 먹고 살어. 배고픔을 참을 수는 있지만 치욕은 참을 수 없는 법 아닌가. 후회가 될 일을 했다 싶으면은 당장 자르고 새로이 시작을 해. 새로운 삶은 중이 머리를 깎듯이, 뱀이 허물을 벗듯이 자르고 벗으면 되는 법이여."

허련은 초의의 두 손을 감싸 쥐며 소리 죽여 오열했다. 어디선가 설해목 꺾이는 소리가 다시 들려왔다.

## 다신전이 일으킨 소란

허련이 한양으로 떠난 날 한낮에 호의 스님이 일지암으로 찾아왔다. 한 절 안에서 도 닦고 사는 처지이지만 실로 오랜만의 만남이었다.

"사제 얼굴 잊어버리겠네."

"죄송합니다. 바람에 이리저리 휩쓸려다니면서 가랑잎처럼 소리만 내느라고 그만……."

"그런데 사제한테 섭섭한 이야기를 좀 하려고 왔네. 『다신전』 때문에 난리가 났어. 관아 사람들이 너도 나도 그 책을 읽고는 차를 찾네. 안방 마님네들이 더 찾는 모양이여. 그래 갖고 해남 안통에 다소가 생겼네. 그리고 알음알음으로 차를 구해달라고 하는 통에 우리 부처님께서는 이제 변변한 차 한 잔도 드시지를 못하게 생겼어. 여기저기 다 주어버리고 없다고 해도 내놓으라고 성화여. 원님은 원님대로 아전들은 또 아전들대로, 첨사 만호 수사는 또 그들대로…… 으레이 한양으로 보내는 선물에는 차 봉지를 끼워 넣으려고 하는 통에, 우리 주지 가엾어 못 견디겠네. 주지가 오죽하면 한여름에 부드러운 찻잎을 따서 덖었겠는가? 차가 차 아니고 이제는 애물단지가 될 참이네. 그것이 모두 초의 사제 때문이라고들 숙덕거리네. 『다신전』이 필사되어갖고 선비들 사이에 나돌고 있다네. 속세에서 먼지 끼어 사는 주제에 선은 무슨 쥐뿔같은 선이라고 다 선일미니 어쩌니 지껄이고…… 들으니까 사제 소문이 벌써 대궐에까지도 들어갔다는구만. 초의 사제 얼굴 한번만 본 사람은 다 착해지고 시신詩神 서신書神 화신畵神이 동해서 삼절이 된다고. 어쩌면은 상감께서 초의 사제를 한번 부르지 않을지…… 우리 사제야말로 휴정 스님(서산대사)의 음덕을 제일로 많이 받은 중이 될 듯싶네."

초의는 송구스러워하며

"중한테 칭찬은 지옥에 갈 가마를 일찍이 마련해놓는 일이라는데, 사형, 이제부터 가랑잎처럼 사는 짓거리 접어버리고 조신 또 조신하겠습니다."

"아니야. 이번에 자네가 해거도인한테 준 『동다송』까지 여기저기 유포되고 나면 그야말로 차밭이란 차밭은 모두 불나게 될 것 같네."

초의는 대꾸하지 못하고 머리를 조아렸다. 호의 스님은 앞날을 진정으로 걱정하고 있었다.

"초봄 보릿고개에는 절에 사는 것들이면, 심지어 고양이 새끼 한 마리까지도 모두 나서서 찻잎을 따지 않는가. 배가 고픈 까닭으로 흘러내리는 바지를 끌어올리고 허리띠를 다시 몇 번이든지 조이고 식은땀 흘리면서…… 또 차를 덖고 말리면서는 얼마나 허기져 하고 허한을 흘리는가. 그런데도 그 차를 마시는 자들은 그 고달픔과 땀은 생각지 않고…… 내 생각으로는 차나무들을 모두 베어버리고 그 뿌리까지를 파내버렸으면 좋겠어. 이 땅 선비들 관리들 양반이란 사람들은 차를 마실 자격이 없네. 가마를 타는 사람은 적어도 가마꾼들의 고달픔을 헤아려, 비탈진 고갯길을 올라갈 적에는 내려서 걸어주는 미덕쯤은 보여주어야 하지 않는가."

초의는 속으로 부르짖었다. 『다신전』과 『동다송』에 바로 이런 슬픈 내막을 기술했어야 하는 것을, 하고 후회했다. 그렇지만 그 두 가지 글들은 이미 그의 손을 떠난 채 필사되어 유포에 유포를 거듭하고 있을 터였다. 아, 이 업장을 어이할까. 이 죄업을 덕으로 되돌려놓을 수 있는 길이 무엇일까. 다신과 시신을 더 적확하게 알기 위해 찾아오는 선비들을 귀찮아하지 말고 부지런히 제도하리

라. 호의 사형이 한 말대로 찻잎 따서 덖고 말리는 천한 사람들의 피땀과 고달픔을 가마 메는 사람들의 아픔에 비유하여 이야기해주리라.

그러한 생각으로 그 해를 열심히 살았다. 만소 이희에게 시를 지어 보내면서 차와 그 차 따고 덖는 아픔에 대하여 말하여 보내고, 사문 김금룡과 수재 이창애가 보낸 시에 차운하여 아홉 수를 보내고, 안일인의 시에도 그렇게 하고, 찾아온 진도 사람 우당을 또 그렇게 대접해보냈다.

죄짓지 않고 사는 길은 얼마나 비탈진 길인가. 남에게 죄짓지 않고 길을 가게 하는 일은 얼마나 유쾌한 일인가. 곡식 억만 석 재화 억만금을 보시하는 것보다는 참되게 사는 길로 들어서게 가르쳐주는 것이 가장 잘하는 보시 아닌가.

## 나는 머리카락이 무거워 깎아버린 중이다

경자년 초봄에 해남 관아 이방이 포졸 둘을 데리고 일지암으로 찾아왔다.

"나는 이 고을 이방인데, 우리 원님께서 초의 큰스님을 모시고 오라 해서 왔네."

이방은 안으로 들어와 예를 표하려 하지 않고 댓돌에 선 채로 선기를 향해 말했다. 초의는 방 안에서 이방의 건방진 말을 다 듣고 있었다. 여우라는 놈은 호랑이를 등에 업고 미물들에게 으스대는 것 아닌가.

무안현감도 그런 자였다. 무안 승달산 법천사에 가서 부처님 점안을 하고 오다가 현감을 만났었다. 현감은 이방 호방과 더불어 말을 타고 사냥을 갔다가 돌아가는 길이었다. 들에서 일을 하던 농부들과 길을 가던 사람들은 현감을 향해 땅에 엎드렸다. 그러나 초의는 땅에 엎드리지 않고 잠시 발을 멈추고 합장을 해주기만 하고는 한결같은 걸음으로 발을 재촉했다. 현감 일행은 초의 앞에서 말을 멈추었다. 초의를 알고 있는 호방이, 저 스님이 천하의 초의라고 귀띔을 해주었는데, 현감은 말 위에 앉은 채

"승달산 다녀가는 중놈아, 니놈은 승달僧達이나 제대로 하고 돌아가느냐?"

하고 거연하게 말을 던졌다. 승달산은 원나라 스님 원명이 건너와 법천사에 주석하고 있자 제자들이 구름같이 몰려들어 모두 깨달음達道을 얻었으므로 이름을 그렇게 지은 것이라 전해오고 있었다. 초의는 현감처럼 거연하게

"무안현감 놈아, 너는 무안務安이나 제대로 하고 나서 사냥을 다니느냐?"

하고 대꾸했다. 현의 이름 '무안'은 '백성들을 편안하게 다스린다'는 뜻인 것이었다.

초의의 말을 듣고 난 현감은 곧 말에서 내려 초의 앞으로 다가가 정중하게 머리와 허리를 굽히고 합장을 하면서 사죄를 했다.

선기가 들어와 고했을 때 초의는 밖에 서 있는 이방의 귀에 훤히

들리도록 "무슨 일 때문인지 모를 일이지만, 나는 죄지은 일 없으니 원님을 관아로 찾아가 만날 일이 없다고 일러라" 하고 말하려 했다가 곧 몸을 일으켰다. 쥐새끼 한 마리의 찍찍거리며 내달리는 소리에 태산이 준동하면 안 된다. 초의는 밖으로 나갔고, 댓돌로 내려서서 이방에게 허리 굽혀 합장을 한 다음 부드러운 어조로 말했다.

"산에서 수도하는 자가 어찌 산 밖으로 나갈 수 있겠사옵니까? 돌아가서 원님께 빈도의 말을 그대로 전하십시오."

놀란 이방이 말했다.

"시방 우리 원님이 스님을 그냥 오라 가라 하시는 것이 아니고, 나라님께서 스님에게 사호賜號를 내려보내셨기 땜에 그것을 받으러 나오라시는 것입니다요."

"임금님께서 주신 것이라 해도 그렇습니다. 받는 사람이 나아가 덥석 받는 법이 어디 있습니까? 그리고 빈도는 머리카락이 무거워서 깎았습니다. 그 사호 너무 무거운 것이라 별로 받고 싶지 않습니다."

"산에서만 박혀 산다고 이렇게 세상물정이 깜깜 절벽이어서야…… 허허" 하고 이방은 기막혀하면서 돌아갔다.

한데 그날 해 저물 녘에 해남현감이 육방관속과 포졸들을 거느리고 일지암으로 찾아왔다. 아침나절에는 꼿꼿이 선 채 거만스럽게 굴던 이방이 빨간 보자기에 싼 사호를 정중하게 들고 현감의 뒤를 따라왔다.

초의는 눈썹 하나도 까딱하지 않고 천천히 가사에 장삼을 차리고 말없이 산을 내려갔다. 현감 일행은 초의의 뒤를 따르지 않을 수 없었다. 초의는 대적광전 안으로 들어가 부처님께 삼배를 한 다음 현감을 안으로 들게 하고 부처님께 삼배를 하게 했다. 초의가 시키는 대로 하고 난 현감이 이방의 손에서 사호를 받아 펼쳐 들었다. 초의는 북쪽 임금님 계신 곳을 향해 재배하고 나서 그것을 받아들었다. 현감이 펼쳐 든 사호를 읽어내렸다.

"짐은 크게 깨달아 중생제도에 온 힘을 다하는 초의 의순에게 대각등계보제존자초의선사大覺登階普濟尊者草衣禪師라는 호를 내리노라."

옆에서 지켜보는 두 도반 호의 하의와 주지와 여러 수좌들이 합장을 하며 초의에게 축하해주었다. 그러나 그것을 받아든 초의는 혀를 아프게 깨물었다. 그의 얼굴은 굳어진 채 어두워지고 있었다. 부처님의 제자가 남으로부터 칭찬을 받고 가슴이 두근거려짐은 지옥으로 가는 가마를 마련해놓는 일이라는 생각을 다시 했다.

## 거듭되는 불행

김정희에게 형조참판이 제수되었다는 소식이 온 지 오래지 않아 동지부사가 제수되었다는 소식이 또 왔다. 초의는 불길한 예감에 사로잡혔다. 저렇게 하늘 높은 줄 모르고 벋어 올라가서 정승 반열에 오른다면 좋기야 하련만…… 거듭되는 좋은 일에는 반드시 마가 따르는 법인데.

아니나 다를까, 그해 가을 어느 날 정학연에게서 그립다는 편지와 함께 시 한 편이 왔기에 화답하는 시를 써 보내고 났을 때 허련이 달려왔다. 김정희가 예산으로 귀향 갔다가 다시 제주도로 가서 위리안치된다는 소식을 가지고. 사람의 운명은 손바닥 한 번 뒤집는 것하고 똑같이 쉽고 가볍다.

슬픈 일은 터지면 거듭 터지는 것인가. 초의를 따르곤 하던 니지 현순 비구니가 돌아간 것이었다. 니지의 상좌가 와서 초의에게 남겼다는 유언을 전했다.

"초의 스님께서 이 몸과 마음 다비하기 직전에 오셔서 범패를 한 소절만이라도 불러주시어, 소승으로 하여금 무간지옥을 면하게 해주시라고 부탁을 해보도록 하거라. 참되게 부처님의 길을 따르지 않고 한 남정만을 생각하며 살아온 이 미욱한 여자를 위해서……."

초의는 선기를 앞세우고 두륜산 동남쪽 골짜기에 엎드려 있는 초막 같은 암자로 가서 밤새워 그니를 위해 범패를 불러주고 바라춤을 추어주었다.

## 제주도로 유배되어 가는 벗

김정희와 초의는 밤새도록 곡차를 나누었다. 그 옆에는 허련이 무릎을 꿇고 앉아 있었고 옆방에는 선기가 들어 있었다. 김정희는 날이 새면 해남 관두포에서 나뭇잎 같은 배를 타고 제주를 향해 떠나야 하는 것이었고 초의는 그를 보내주지 않으면 안 되었다. 김정희를 압송해온 금부도사와 나졸 둘은 수사 심낙신이 보낸 장수와 더불어 큰절의 객승실에서 자고 있었다. 초의와 김정희의 만남을 주선한 것은 수사 심낙신이었다. 심낙신은 시인이었고, 초의와 김정희의 친분을 잘 알고 있었다. 휘하 장수 하나를 해남으로 보내서, 바야흐로 당도하는 김정희를 은밀하게 대둔사 일지암으로 데리고 가게 한 것이었다.

그것은 김정희의 인덕으로 말미암음이라기보다는 심낙신과 초의의 도타운 인연과 신뢰로 인한 것이었다. 훗날 들리는 바로는, 수사 심낙신이 자기에게 보내온 초의의 시에 감복한 나머지, 시고를 가슴에 안고 눈물을 흘렸다고 했다.

비단 돛과 상앗대 들고 저녁 하늘에 걸터앉으니
난간 너머 연이어진 풍경 넋을 잃게 한다
배를 젓긴 하지만 남녘 연안까지 나아가지 않는 것은
버들숲 저쪽에 잠든 기러기 깨어 날아갈까 함이다

예부터 물병 속의 별천지를 사랑해서
옥절이 구름 가에 머물기를 바랐어라
산꽃은 집을 에워싸고 산새들 지저귀니
현묘한 진여眞如에 취해 책상에 엎드려 잠든다.

"초의당, 우리 다시 언제 만날까!"

김정희는 술에 취하자 격앙된 목소리로 말하고 울먹거렸다. 해남에서 제주까지의 바다는 몇 억만 경의 험악한 물너울인가. 제주로 유배를 보내는 것은 그 험한 물너울을 건너가고 건너오다가 난

파되어 죽어버리라는 뜻이 내포되어 있는 것 아닌가.

초의는 김정희의 두 손을 모아 잡았다. 강진에서 유배살이를 하던 정약용도 문득 불안해하는 경우가 있었다. 바야흐로 어느 정적이 자기에게 사약을 내리라고 소를 올리고 있지나 않을까.

김정희도 사약을 두려워하고 있었다. 그는 예산으로 귀향을 갔다가 거기에서 다시 제주도로 유배되기에 이른 것이었다. 더구나 위리안치圍籬安置였다. 죄인을 달아나지 못하도록 가시울타리를 치고 가두어두는 형벌. 정적들은 위리안치만으로는 숨에 차지 않아 사약을 내리라고 왕을 들쑤셔댈지도 모르는 일이었다. 정약용이 불안해할 때 초의가 해주곤 한 말이 있었다. 그 말을 똑같이 김정희에게 해주었다.

"나 그렇게 오래 살지는 않았지만, 이글거리는 해를 입에 물고 잠수하여 바다를 건너가는 진흙소 한 마리를 보았소."

"아아 초의당! 그 진흙소 한 마리를 나한테 구해주시오. 그놈을 타고 건너간다면 저 억만 경의 험악한 격랑이 한걸음에 건너뛸 수 있는 개여울보다 못한 물목이 될 것이오."

김정희는 초의를 얼싸안았다. 그런 채로 몸부림을 쳤다. 허련이 으흑으흑 하고 흐느껴 울었다.

"선기야, 곡차가 떨어졌느니라."

초의가 옆방을 향해 말했다. 허련이 벌떡 일어나면서

"아니라우. 지가 철환같이 달려가서 받아올랍니다요."

하고 말했다. 바람이 숲속을 달려가고 있었다. 밖으로 나간 허련의 발짝 소리는 그 바람 소리와 함께 산 아래로 사라지고 있었다.

김정희가 제주도로 떠나는 날 아침에는 가을 날씨답지 않게 눈물처럼 궂은비가 내렸다. 밤새 대둔산 골짜기에 머물러 있던 흰 안개가 봉우리 쪽으로 거대한 흰 짐승처럼 기어올라갔다. 초의가 길 안내를 하며 앞장서서 가고 김정희가 뒤를 따랐다. 그 뒤를 선기와 허련이 따라갔고 맨 뒤에 시종 바우가 짐을 지고 따랐다. 금부도사와 나졸 둘은 네댓 걸음 뒤처져서 갔다. 마치 다섯 사람의 죄인을 압송하고 있는 것 같았다. 그들은 바다 쪽으로 난 고개를 넘어가고 있었다.

수사의 군졸들은 관두館頭 연안포구에다 김정희를 싣고 갈 배를 정박해놓고 있었다. 제주도와 해남 사이를 왕래하는 돛배들 네댓 척이 관두포에 머물러 있었다. 김정희와 초의는 말없이 걸었다. 고개를 넘자 비가 그쳤다. 시계가 맑아지고 나지막한 산마루 너머로 푸른 바다가 펼쳐졌다. 먼 바다에는 묽은 안개가 끼어 있었다. 바다에는 돛단배들 서너 척이 어디론가 제 갈 길들을 가고 있었다.

정오쯤에 관두포에 이르렀다. 허련이 금부도사에게

"우리 스승님께 마지막으로 점심을 드시게 하고 싶은데 허락해 주십시오. 포구 주막에 들어가 국밥을 시키겠습니다요."

하고 청했다. 금부도사가 고개를 끄덕거려주었다.

김정희와 초의가 겸상을 하고 허련과 선기는 금부도사와 함께 너른 상에서 점심을 들었다. 나졸들과 바우는 바깥 평상에서 먹었다.

허련은 금부도사에게 허락을 받고 주모에게 막걸리 석 되를 달라고 했다. 김정희와 초의 상에 한됫병을 드리고 금부도사와 나졸들에게도 한 병씩을 안겨주었다. 김정희가 선기와 허련에게 술을 권했지만 그들은 한사코 사양을 했다. 김정희는 술잔을 거듭 비웠다.

"초의당, 진흙소가 제대로 바다를 건너려면은 얼근해져야 하는 것 아니오?"

초의가 맞대작을 하며 말했다.

"김 판서, 멀미를 하면은 관세음보살님을 부르시오."

먼 바다에서 달려온 파도들은 갯바위와 모래톱에서 재주를 넘으면서 철썩철썩 하얗게 부서지고들 있었다.

"저 파도란 놈들이 지금 추사에게 참고 또 참아야 한다고, '참을성!' '참을성!' 하고 소리치고 있소."

김정희가 잔을 비우면 초의가 흰 탁배기를 주르르 채워주고 비우면 또 채워주었다. 김정희는 말없이 술을 들이켰다. 초의가 그를 달래듯이 말했다.

"곧 허련을 보내 수발을 들게 하기도 하고, 빈도가 건너가서 동무를 해드리기도 하겠으니 조바심하지 말고 느긋하게 기다리시오."

김정희는 고개를 수그린 채 머리를 끄덕거렸다. 그가 속으로 울고 있음을 초의는 다 짐작하고 있었다. 그들은 동갑이었지만, 언제든지 아우처럼 투정을 하는 쪽은 김정희이고 형처럼 달래는 쪽은 초의였다.

"배냇향 나는 맛 좋은 차 달라고 보채는 사람 멀리 멀리 떠나가버리니 이제 초의당 혼자서 그 향기로운 차 다 마시겠네."

"『주역』에, 깊은 곳으로 들어가면 반드시 쉬 나오게 된다고 했어요. 그것을 말해주는 것이 '손巽괘' 아니오? 정다산 선생의 형 약전이 처음에는 우이도에 있다가 흑산도로 더 깊이 들어간 것이 그 까닭이었던 것 같아요. 흑산도로 들어가면서부터 스스로 붙인 호가 손암巽菴이었는데, 그것은 『주역』의 손괘에서 따온 것입니다. 우리 김 판서도 제주도로 깊이 들어가니까 금방 나오게 될 것이고, 그래 가지고는 또 거듭 내가 아끼는 곡우차 다 빼앗아다가 마시게 될 것이오."

김정희가 제일 먼저 배에 올라탔다. 배의 기우뚱거림 때문에 몸의 균형을 잡지 못하고 비틀거리다가 이물 덕판 앞으로 가서 앉았다. 배는 돛대가 둘 있는 중선이었다. 수사가 특별하게 배려한 결과였다. 뱃사람은 둘이었다. 한 사람은 앞쪽에서 삿대로 배가 돌아가지 못하게 짚고 있었고, 다른 한 사람은 금부도사와 나졸과 바우가 오르게 도와주고 있었다. 모래톱에서는 초의와 선기와 허련이 나란히 서서 김정희를 배웅하고 있었다.

금부도사가 빨리 가자고 재촉을 했고, 뱃사람들은 서둘러 배를 바다 쪽으로 띄우고 돛을 올렸다. 산 쪽에서 바람이 불었고, 돛은 바람을 불룩하게 담았다. 배는 살같이 나아갔다.

"대감마님, 스승니임!"

허련이 목매인 소리로 불렀다. 김정희가 돛대에 몸을 기댄 채 엉거주춤 일어나서 모래밭의 세 사람을 향해 두 손을 저어댔다.

"초의당, 나 금방 꾀꼬리 소리 같은 신명 하나를 생각해냈소. 내 옆에 시방 초의당의 넋을 태우고 가고 있는 것이오. 그 모래밭에 남아 있는 것은 초의당의 등신일 뿐이오, 어허허허허ㅎㅎㅎ……."

파도 소리의 갈피갈피를 헤치고 날아온 그 울음 머금은 웃음소리가 초의의 가슴을 흔들고 있었다. 초의는 손을 젓기만 했다. 그러는 초의의 머릿속에 불길한 예감이 회오리바람처럼 일어났다. 김정희를 태운 배가 바다 한가운데 이르렀을 때, 불바람이 일어나면서 파도가 높아지고 배의 돛이 찢기고 돛대가 꺾이고 배가 파도 속으로 기울어지고 김정희가 허우적거리다가 죽어가는 모습이 눈앞에 그려졌다. 나무아미타불 관세음보살, 하고 속으로 부르짖었다. 이 무슨 불길한 상상인가. 이 무슨 죄와 벌이란 말인가.

"저 금방 뵈러 갈게요. 스승니임."

허련은 모래밭에 선 채 소매로 눈물을 훔쳤다. 김정희를 실은 배가 멀어져가고 있었다. 황소만 해졌다가 송아지만 해졌다가 삽살

개만 해졌다가 마침내 고개를 모로 외튼 불곰처럼 생긴 섬 뒤쪽으로 사라졌다. 초의는 하늘을 쳐다보았다. 홑이불 같은 흰 구름 한 장이 김정희의 배 사라진 섬 쪽으로 날아가고 있었다. 초의는 평정을 찾을 수 없을 때 늘 하늘을 쳐다보곤 했다. 아, 외롭고 답답하고 슬플 때면 하늘을 쳐다보라는 말을 김정희에게 해줄 것을 깜빡 잊었구나. 텅 빈 하늘, 그것은 얼마나 좋은 위안처인가. 우리들이 온 곳도 그 텅 빈 곳이고 돌아갈 곳도 그 텅 빈자리 아닌가. 텅 빔은 큰 깨달음을 낳고, 큰 깨달음은 텅 빔을 향해 나아가는 것인데.

김정희가 제주도로 간 지 한 달 뒤에 초의는 허련을 제주도로 보냈다. 편지에 '텅 빔은 큰 깨달음을 낳고, 큰 깨달음은 텅 빔을 향해 나아간다'는 말을 담아 보냈다. 이듬해 날이 풀리면 제주도엘 한번 찾아가겠다는 말과 함께.

열흘을 머물다가 돌아온 허련에게 초의는 하나하나 시시콜콜이 캐물었다. 잠자리는 불편하지 않더냐, 방에 불 따스하게 지피고 잠을 자더냐, 잡숫는 것은 어떠하더냐, 찾아오는 사람은 있더냐, 그곳 목사는 관심을 보이지 않더냐, 괄시를 하지는 않는다더냐…….

"위리안치라고는 하지만, 목사가 안채 별채 바깥채가 있는 큰 집을 쓰게 해주었대요. 불은 나무하고 말똥 말린 것을 때는데 춥지는 않았고, 밥은 보리하고 기장하고 쌀이 섞인 것이었습니다. 반찬은 장하고 김치뿐이었습니다. 바우란 놈이 성근지고 싹싹하고 머리가 명석한 놈이기는 하지만 사내놈 솜씨라 어디 넉넉해야지라우? 제가 가지고 간 육포를 불에다가 구워서 아주 많이 잡수셨어요. 여느 때 고기를 아주 좋아하시는 어른이신데…… 그 모습을 보고 있다가 울음이 터져 나와서 밖으로 나와 소리 죽여 울었습니다. 봄 되면 큰스님께서 한번 건너오시겠다 하더라고 말씀드렸더니 제가 뱃머리로 나오는데 글쎄 벌써부터 스님을 기다리시는 눈치였구만요."

이듬해 정월 열닷새 날 김정희 본가 하인이 일지암으로 찾아왔다. 제주도엘 다녀오는 참에 들러 편지를 전하려는 것이었다.

서둘러 편지부터 뜯어보았다. 눈에 익은 필체와 아릿한 묵향이 김정희의 모습과 체취인 듯 가슴이 뜨거워졌다.

……뱃머리에서 이별을 나눴으니, 모르괘라 해인海印이 빛을 발할 적에도 이와 같은 한 경지가 있었는지요. 의당 터럭이 큰 바다를 삼키고 겨자가 수미산을 들이켜 막힘없는 원융圓融으로써 녹여내리라 생각는데 초의당은 어떻다 이르는지요?

바다 가운데로 들어온 이후로 이미 백일이 가까워졌는데…… 허소치는 이제까지 돌아오지 않고 있으니 무척 기다려지는군요.

섣달도 다 가게 되니 오직 실상 여의 불선佛禪을 이루시기 바라오. 두 가지 장醬은 다 받았으니 감사하오. 꾸러미에 들었다는 버섯은 아무리 뒤적거려보아도 보이지 않소.

이월 중순 허련이 제주도엘 가겠다고 왔다. 육포 장 된장 김치를 갖추갖추 싸가지고 한 짐 짊어지고 왔는데, 그것을 절 아랫마을 주막에 맡겨놓고 올라왔다고 했다. 초의는 버섯 말린 것과 인삼과 손수 캔 약초들을 싸서 보냈다. 그리고 제주목사에게 억울하게 위리안치된 불행한 죄인을 목민의 너그러운 마음으로 가엾게 여겨주기를 바란다는 편지를 써주었다. 김정희에게는 매우 짧은 편지를 써 보냈다.

"슬픈 괴로움과 외로움에 젖어들면 참글씨가 쓰여지는 법이니 그사이 정말로 잘 쓰여진 명품이 나왔으면 허소치 편에 보내서 우직한 중놈의 눈이 번쩍 트이게 해주기 바라오."

제주도에서 허련이 돌아왔다.

"옥체는 어떠시더냐?"

허련은 말없이 삼배를 하고 나서 편지와 참종이로 소중하게 감싼 것을 내놓았다. 편지부터 읽었다.

……초의당의 서신 한 장만 보아도 다행스러운 일인데 어찌 그 층층 바다를 넘어 멀리 오기를 바라겠소. 비록 대승 법문으로써 자처하고 있지만 보통 사람의 눈으로 본다면 어찌 대승이 장

벽이나 와력에 얽힌 바가 되어 동서로 분주하며 버려 던질 수 없는 일이 있으리오.

여러 말 필요치 않고 빨리 나 같은 범부에게 와서 한번 금강봉을 맞아야만 비로소 정진하여 한소식을 얻게 될 것이오. 이 몸은 돌이고 나무일 따름이오. 보내준 차는 과히 훌륭한 제품이오. 초의당의 차 만드는 솜씨는 능히 차의 삼매를 통달한 것 같소.

글씨란 본시 날과 달을 다해도 마치기 어려운 것인데 어떻게 쉽사리 성취하기를 맨손으로 용 잡듯이 할 수가 있겠소. 어느 때를 막론하고 초의당이 모르미 들어와 가져가야만 되오. 깨달음과 선을 성취하소서.

여느 때의 편지보다 더 투정과 어리광이 넘쳐나고 있었다. 글씨는 허소치 편에 보내줄 수 없으니 직접 와서 가져가라고 한 끄트머리의 말에 초의는 빙그레 웃었다. 한데 허소치가 편지와 함께 내놓은 이것은 무엇인가. 그는 창지로 겹겹이 싼 것을 펼쳐보았다.

까만 획 하나하나가 살아 꿈틀거리고 있었다. 글씨가 아니고 그것은 한데 뭉쳐진 김정희의 영혼이었다. 절망과 외로움과 슬픔과 분노와 참으라고 외치는 파도와 덮은 먹구름을 뚫고 해를 향해 뻗어나가려 하는 오기를 먹고 자란 한 괴물이 토해놓은 으악喔 소리였다. 그것은 선禪, 그것이었다. '일로향실一爐香室', 그 네 글자를 초의는 넋을 잃은 채 내려다보고 있다가 한참 만에 물었다.

"요즘은 무엇으로 소일하시더냐?"

"아마 백파 스님하고 논전을 하고 계시는 듯싶었구만요. 굉장히 긴 서한을 쓰고 계셨습니다. 슬쩍 넘겨다보니 그것이 벌써 두 번째의 글인 듯싶었습니다. 제가 확실하게 뚫어 알 수는 없었지만, 아마 선禪에 대한 다툼 같았구만이라우."

초의는 걱정이 앞섰다. 김정희의 선에 대한 생각에는 무리가 있었다. 선을 금석학이나 훈고학처럼 생각하고 있는 부분이 있었다. 경전 공부 글씨 공부는 그와 같이 할 일이지만 선은 그렇지 않은 것이었다. 한데, 김정희는 그와 같이 옹고집을 부렸다. 그 때문에 초의와 입씨름을 한 적이 한두 번 아니었다. 얼른 달려가 김정희가 더 큰 실수를 하지 않게 깨우쳐주어야 한다고 생각하니 조급해졌다. 실참 하지 않은 자가 선을 이론으로 따지고 가리기만 하려는 것은 얼마나 우스운 일인가. 비린내 나는 갈치속젓갈을 먹어보지 않은 중이 그것에 대하여 왈가왈부하는 것하고 무엇이 다르겠는가.

초의의 얼굴은 어두워졌다. 그도 백파 강백의 이론에 문제가 있다고 생각하고 있었고, 그것에 대해서는 그가 한번 차분하게 따지고 가릴 참이었다. 한데 김정희가 먼저 소매를 걷어붙이고 나선 것이었다. 가뜩이나 외로움과 울분으로 말미암아 마음이 앙당그러져 있는 판에 벌인 선에 대한 싸움은 억지스러워질 우려가 있었다. 한시바삐 제주도엘 다녀와야겠다고 생각을 하는데, 허련이 또 한 장의 편지를 내놓았다. 제주목사 이원조가 시 한 수 지어주기를 부탁한 편지였다.

초의선사의 고명을 들어 한번 뵙게 되기를 희망해오던 차에 스님의 편지를 받고 가슴이 두근거렸다는 것, 이렇게 인연을 맺은 김에 초의선사의 선향 물씬한 시 한 편을 얻고 싶다는 것, 기왕이면 자기의 번다스럽고 탐욕에 차 있는 벼슬아치의 마음을 늘 편안하게 해주는 시였으면 좋겠다는 다소 무례한 청이었다.

시의 마음은 보시하는 마음이고 중생들을 제도하는 보살심이다. 시가 속된 사람의 마음을 교화할 수 있다면 백 편인들 써주지 못하랴.

## 제주도로 날아가는 새

열흘 뒤 김정희 보고 싶은 마음이 불같이 일어 관두로 나가서 제주도행 배를 탔다. 가면서 제주목사 이원조에게 줄 시를 머릿속에서 일구었다.

하늘은 구름 한 장 없이 짙푸르렀고 바다는 잔잔했다. 밋밋하지만 폭 넓은 파도가 천천히 밀려오곤 했다. 강의 나룻배는 많이 타보았지만 바다 배는 처음 타보는 초의였다. 파도가 뱃머리를 어루만지듯이 스쳤고 배는 게으르게 기우뚱거렸고 초의는 가벼운 어지럼증이 일었다.

배가 바다 한가운데로 나왔을 때 작달막한 뱃사람이

"오늘도 일래 잠잠하지는 않을 것 같네이."

하고 말했다. 무얼 보고 그렇게 말을 할까. 청명한 하늘을 이리저리 둘러보았다. 동북쪽 하늘에 기다란 흰 망사댕기 같기도 하고 비백飛白 속의 흰 빛살 같기도 한 구름자락 네 개가 땅에 누운 난초잎들처럼 뻗쳐 있었다. 아, 저것이구나. 불길한 흰색 깃발 같은 구름자락을 쳐다보며 마른침을 삼켰다.

뱃사람의 말마따나 한나절쯤 배를 저어갔을 때 불바람이 일어났다. 파도가 뱃전을 넘어와 갑판을 휩쓸었다.

"스님, 돛대를 단단히 붙잡으시오. 저승이 따로 없소잉. 이 바닷속이 지옥이요잉."

하고 뱃사람이 소리쳤다.

그러나 초의는 뱃사람이 시키는 대로 돛대를 붙잡지 않았다. 아무리 두렵다 한들 호랑이를 만나 그놈하고 함께 고개를 넘는 일만큼 두렵고 어지러울까. 처음 경기도엘 가다가 장성 산골짜기에서 호랑이 한 마리를 만났었다. 그렇지만 그는 관세음보살님과 오른손에 쥐인 주장자 하나를 믿고 천천히 나아갔다. 호랑이는 두 눈에 새파란 인광을 켠 채 그를 따라 걸었다. 저놈은 지금 관세음보살의 화신인지 모른다고, 나를 지켜주려고 현신한 것인지도 모른다고 생각했다. 어흠 하고 큰기침을 했다. 큰기침 소리가 어웅한 산골짜기를 쩌릉 울렸다. 범패 하던 때에 키운 목청이었다. 그 쩌릉

하는 울림이 머리끝을 곤두서게 했고 온몸에 전율이 일어나게 했다. 자기도 모르는 사이에 목청을 높여 범패를 부르기 시작했다. 아아으으으아이이이…… 고갯마루에 올라갈 때까지 줄곧 범패를 불렀다. 고개 꼭대기에 오른 호랑이가 쪼그려 앉았고, 그는 호랑이 옆을 지나쳐갔다. 고개를 넘어왔을 때 그의 몸은 땀에 흥건히 젖어 있었다.

두려워할 것은 없다. 겨자씨 하나가 사해를 다 마시고 수미산을 삼킨다. 여여하게 견디는 것이다. 죽고 사는 것은 하늘과 부처님의 마음에 달려 있다. 아니 내 마음에 달려 있다. 절망하고 불안해하는 중생 한 사람을 제도하는 것은 곧 사해동포를 다 구제하는 것과 같다. 김정희를 구제하는 것은 이 땅의 시와 글씨와 그림 한 기둥을 받쳐주는 일이다. 어지러운 세상을 바로잡는 길은 기예技藝를 진실로 기예답게 아는 이들의 기를 살리는 일이다. 기예는 짙푸른 하늘과 부처님 마음의 또 다른 형상이다.

멀미로 말미암아 속에서 울컥 역한 기운이 동했다. 토할 것 같았다. 이를 악물고 참았다. 이겨내기 위해서는 상체를 움직거려야 할 것 같았다. 앞뒤로 흔들고 양옆으로 흔들었다. 그 움직임이 일정한 가락을 만들고 있었다. 파도를 타기도 하고 깨부수기도 하면서 나아가는 배도 나름대로의 율동을 가지고 있었다. 파도와 배의 율동에 그의 율동이 어우러지고 있었다. 그 율동에 젖어들면서 입속으로 범패를 불렀다. 앞뒤 좌우로의 움직임만으로 만족할 수 없었다.

어깨와 몸통과 고개와 다리를 바라춤의 춤사위로 너울거렸다. "아으으이이이이, 아아아……." 뱃사람들은 초의의 얼굴을 흘긋거렸다. 한동안 새파랗게 질리는 듯싶던 안색과 흐려지던 눈빛은 언제부터인가 화색이 돌았고 형형하게 빛을 발하기 시작했다. 초의는 어지럼증이 가셨다. 구토증도 가셨다. 그렇다, 선이란 것, 깨달음이란 것은 일정한 규격품이 아니다. 파도에게서 배에게서, 어부가 쳐다본 비백 같은 구름장에게서, 멀미 앓는 몸뚱이에게서 배우고 깨닫는다. 보임補任이란 것은 가부좌 틀고 하는 것이 아니다. 우주 속에 존재하는 모든 것하고의 만남을 통해 해야 한다. 보임, 그 먼지와 습기 앉아 얼룩지곤 하는 마음의 거울 닦아내기는, 이름 없는 선지식들, 이슬방울, 기는 벌레, 하늘을 나는 새, 무식한 뱃사람들의 말 한마디, 그들의 엉덩이짓 하나 방귀 소리 하나에서도 성취된다.

초의는 자신감이 생겼다. 키를 잡은 채 힘들어하는 뱃사람을 도와주겠다고 고물로 갔다. 뱃사람은 키를 초의에게 맡기고 턱으로 돛폭을 가리키며 말했다.

"저기 돛폭을 보시오. 돛폭이 바람을 빵빵하게 담고 있도록 키를 조종하면 돼요."

초의는 뱃사람이 맡겨준 키를 잡았다. 키 잡던 뱃사람은 앞돛을 보러 갔다. 뒷돛을 보는 오동통한 뱃사람이 말했다.

"스님, 언제 중선배를 많이 타본 것 같소잉?"

초의는 키를 잡은 채 목청을 높여 범패를 불렀다. 얼마 동안이나 계속 불렀을까. 그 미친 듯 불어대던 불바람은 한이 찼는지 초의의 범패 때문인지 점차 고개를 숙였다.

바람이 잠들자 뱃사람들은 밤새도록 노를 저었다. 초의는 노 젓는 법을 배워 뱃사람 대신 저었다. 다행히 추자도를 지나면서 바람이 다시 일어났으므로 돛을 달고 달렸다.

제주도 연안에 도착했다. 소문대로 흑자주색 돌이나 흑적색의 화산석들이 지천으로 널려 있었다. 그 돌담들 사이사이에 귤나무들이 보였다. 가도 가도 끝없이 널려 있는 돌담과 너덜겅길을 지나고 말 목장을 지나갔다. 대정마을을 물어물어 찾아갔다. 김정희를 위리안치시켜놓았다는 집은 근처의 집들 세 배쯤은 더 컸다. ㄷ 자로 지어진 집의 띠지붕에는 팔목만큼 굵은 새끼줄을 마름모꼴로 얽어놓았다.

김정희는 버선발로 뛰어나와 초의를 맞았다. 갓도 탕건도 쓰지 않은 망건 바람에 흰 바지저고리 차림이었다. 김정희는 초의를 얼싸안고 등을 두들겨댔다. 초의도 김정희를 얼싸안았다. 서로의 손을 맞잡아 흔들며 상대의 눈을 들여다보았다. 뜨거운 정이 서로의 눈과 가슴속으로 날아갔다.

"초의당, 멀미 심하게 하지 않았소? 말 타는 사람은 멀미를 하지 않는다는데, 그런데 나는 속에 든 것 다 토해버리고 와서 사흘 동안이나 끙끙 앓았소. 어지럼증이 가시지 않다가 사흘 지나니까야 좋아졌소. 초의당은 어땠소? 보니까 멀쩡한 것 같은데? 과연 도사시구만요. 관세음보살님이 도와서 그런가? 어허허허…….”

김정희는 전과 달리 말을 많이 했다. 그 말에는 수다와 호들갑이 섞여 있었다.

“바우야, 무얼 하고 있느냐. 스님께 절하고, 어서 밥상 차려라. 스님 시장하시겠다.”

바우가 부엌에서 달려나와 땅바닥에 엎드려 절을 하고 나서 부엌으로 되돌아 들어갔다.

김정희는 새삼스럽게 초의의 내방이 현실 같지 않은 듯 “아니 어허허허……” 하고 웃어대고 나서

“이것이 뭔 일이요? 어쩐 일인지 오늘은 점심을 빨리 먹고 싶지를 않더니, 초의당이 이렇게 오셔서 함께 공양을 하게 생겼소이다” 하며 초의의 얼굴을 이리 뜯어보고 저리 뜯어보고 했다.

그날 밤 초의와 김정희는 나란히 누워 잤다. 초의는 팔베개를 하면서 말했다.

“소치한테 들으니 백파 노장한테 아주 긴긴 편지를 쓰고 있는 눈치더라고 하던데…… 혹시 그 노장하고 이론 다툼을 시작한 것 아니오?”

초의가 만경창파를 건너온 것은 물론 김정희가 보고 싶고 갇혀 사는 그를 위로하기 위한 것이기는 했지만, 사실은 백파와 편지 주

고받는 일을 더 이상 하지 못하게 하기 위함이었다.

김정희의 생각은 편벽되어 있었고 그가 보기로 미숙한 데가 있었다. 그런 미숙함으로는, 평생 선에 대한 강의만 하여 온 까닭으로 이론에 밝은 백파의 논지를 깨부수기란 지난한 일일 터이었다.

농사를 지어보지 않은 사람이 농사꾼에게, 이 밭에는 이 작물 심고 저 밭에는 저 작물 심으라고 말할 수 있는가. 초의는 김정희가 백파에게 실언을 했을 것이라고 생각했다. 김정희가 어떤 내용의 실언을 했는지 알아보고, 벗인 그가 나서서 대리전을 치러야 한다고 생각했다.

"그 노인네 잘못 가도 너무 많이 잘못 가고 있어요."

김정희는 자신만만하게 말했다.

"그 노인에게 한 말을 한 가지씩 이야기할 터이니, 초의당이 판단하고 증명을 해주시오. 사실에 있어서, 나는 백파와 이론 싸움을 할 생각이 전혀 없어요. 한 늙은이의 잘못 가는 길에 대하여 지적해주고 통렬하게 꾸짖어주고 스스로 바로잡게 해주고 싶을 뿐이오."

김정희는 백파의 '늙어 망령 든 증거 열다섯 가지'를 말했다. 그리고 자기의 편지를 받고 보내온 백파의 회신에 대한 답변서를 암송해주었다. 그 말투는 오만하기 이를 데 없었다. 그야말로 안하무인격인데다 사갈시하는 태도가 목에 걸린 가시처럼 거슬렸다. 그렇지만 초의는 참고 들어야 했다.

"백파 노사, 선안하신지요? ……전후 지묵의 사이에 터럭만큼이라도 노여움을 숨겨둔 뜻은 없었는데, 보내온 깨우침이란 것이 이렇듯 중언부언인 것을 보면 백파 노사가 스스로 갈등을 일으킨 것이므로, 나도 모르게 웃음이 터져 머금은 밥알이 튀어나와 책상 바닥에 가득할 지경입니다. 백파의 나이 오래지 않아 팔십이고, 오늘날 선문의 종장으로서 평소 선지식을 만나지 못했고 또 제대로 개안한 사람을 만나지 못했으니, 선리를 말하는 데 있어서의 예리함機鋒을 누가 터지게 해주었겠소? 깨달음 공부에 있어서의 정수도 따라서 어두침침하게 되어 캄캄한 귀굴 속에 허다한 세월을 그저 넘기고 말다가 목 놓아 소리쳐 말하는 사람의 사자후를 부딪치게 되니 의당 그 눈이 휘둥그레질밖에요."

하고 나서 김정희는 자기의 '늙어 망령 든 증거 열다섯 가지'에 대하여 반박해온 백파의 말들을 하나하나 깨부수었다.

초의는 가부좌하고 눈을 감은 채 김정희의 꾸짖었다는 것들을 하나하나 따져 생각했다. 그리고 백파가 보내온 편지 "김 참판서에게上金參判書"를 주의 깊게 뜯어 읽었다.

부처님의 세 곳에서 전한, 말 없는 가르침과 오파종지는 옛사람들에 이루어져 전하는 것이다. 스스로의 마음에서 얻은 것을 구두선이라고 한다는 것은 말이 되지 않는다…… 석가모니 열반 이후에 스승 없는 가운데 스스로 깨달았다는 것은 도 밖의 것이라고 했는데, 그대가 공자 맹자의 가르침 밖에서 스스로의 마음으로 얻은 것은 과연 석가모니 이전의 것인가 이후의 것인가.

초의는 얼굴이 화끈거렸다. 백파의 말이 옳고 김정희의 말이 옳지 않은 것이었다.

번역된 경전들이 오역이 많아서 달마는 그것을 쓸어버리고 불립문자 이심전심했다고 하는데 그것은 김 판서가 잘못 알고 있는 것이다…… 보내온 김 판서의 편지 내용 모두가 석가모니와 조사들의 성스러운 말씀들에 크게 위배된다.

이 부분도 백파의 말이 옳은 것이었다.

백파의 편지를 김정희의 무릎 앞으로 밀어놓으면서 초의는 그들이 서른 살 되던 해 학림사로 백파 찾아간 일을 떠올렸다. 그때 거침없이 공격을 하여대던 김정희가 잠깐 자리를 비운 사이에 백파가 중얼거렸었다. "그 양반, 반딧불 하나로 수미산을 태우려 드는 사람이구먼."

초의는 난감했다. 김정희와 막역한 벗이기는 하지만, 많은 부분에서 실수를 하고 있는 김정희를 옹호하는 글을 당장에 쓰면 안 된다고 생각했다. 물에 빠진 자를 구하러 들어가서 잘못하면 함께 빠져 죽게 되는 것이었다.

초의는 물에 들어가지 않고도, 물속에서 허우적거리는 벗을 살려낼 수 있는 기막힌 수 하나를 생각해냈다. 백파가 저술한 『선문수경』의 잘못들을 하나하나 반박하는 책 한 권을 쓰자고 생각했다.

초의는 김정희에게 말했다.

"이제 백파 스님에게 더 이상의 편지를 보내지 않았으면 좋겠소."

"아니 왜요? 늙은이한테서 내 기어이 항복을 받아낼 참이오."

"추사의 말들이 반드시 다 옳은 것들만은 아니오. 추사는 신라의 보조 스님(체징)만 알고 고려시대의 보조 스님(지눌)은 알지 못하고 있습니다. 그렇기 때문에 아주 중대한 착오를 범하고 있어요. 또 육조 혜능을 무식했다고 말하고 있는데, 그 무식이 무엇을 말하는가를 확실하게 모르고 있습니다. 화두를 한갓 사술적인 법일 뿐이라고 한 것, 진공묘유眞空妙有를 노장老莊적으로 이해하고 있는 것도 용납할 수 없습니다."

김정희는 고개를 살래살래 저었다.

"가재는 게 편이라더니 초의당도 결국은 백파 편이란 말이오?"

김정희가 불쾌해하고 있었다.

"오해하지 마시오. 또 하나 더 중대한 실수를 저지른 것은 달마에 대한 부분이요. 달마가 불립문자不立文字 직지인심直指人心이라 한 것은, 범어를 한문으로 번역한 것이 엉터리이고 그 번역한 것으로는 진실을 완벽하게 전달할 수 없으므로 번역된 모든 것을 쓸어버리고 그렇게 했다고 아시는데 그것은 아닙니다."

"아니오. 그 부분은 연경을 나가본 사람인 내가 더 확실하게 알 수 있는 것이오. 내 생각이 절대로 옳을 것이오."

"아닙니다. 추사의 오해는 또 다른 데에 있습니다. 언어의 길이 끊긴 곳言語道斷에는 문자가 역력하여 증거할 수 있다고 했는데, 그것은 추사의 착오요. 선에서는 그렇게 말과 문자를 나누어 말하지 않습니다. 문자로 된 모든 것, 심지어는 모든 경전까지도 깨달음의 경지를 다 말할 수 없으므로 선이 그것을 말해준다는 것입니다. 불립문자는 모든 말과 문자로 된 경전들 저쪽의(경전을 초월한 그 위의 깨달음의) 경지를 말하는 것이오."

김정희는 책상을 탁 치면서 소리쳐 말했다.

"이보시오. 초의당! 경전을 읽지 않고 어떻게 깨달음에 이른다는 것이오? 모든 것은 경전 속에 다 들어 있습니다. 내가 '화두話頭'라는 것을 인정하지 않는 것이 그것이오. 경전 공부를 하지 않고 화두 하나만으로 모든 것을 다 깨달을 수 있다니, 이것은 불교를 망치자는 것이 아니고 무엇이오?"

"그게 아닙니다. 화두란 것은 호랑이 굴하고 같습니다. 그 굴속으로 여우나 고라니나 사슴이나 쥐들이 들어가면 나오지 못합니다. 안에 있는 호랑이가 다 잡아먹기 때문입니다. 그 짐승은 미망과 탐욕과 오만인 것이고, 그것을 다 잡아 삼켜버리는 호랑이 굴은 말 아닌 말禪, '화두'라는 것입니다."

김정희는 고개를 저었다.

"아니오. 경전들을 두루 읽어봤지만 화두란 것들은 그 어디에도 없습니다. 화두를 부처님의 말이나 부처님의 뜻으로 삼는다면 석가모니가 세 장소에서 뜻을 전할 때 왜 화두란 것이 한마디도 나오지 않습니까? 모두가 후세의 미련한 놈들이 만든 사술적인 것이 아니고 무엇이오?"

김정희와 초의의 입씨름은 끝없이 이어졌다. 같은 말이 다시 반복되곤 했다. 그 어느 누구도 뜻을 굽히지 않았다. 목소리가 더욱 높아지고 침방울이 튀기고 얼굴이 붉히어졌다.

"초의당은 오해하지 마시오. 팔만대장경 모두에 능통하고 공맹과 노장과 시서화에 능할 뿐만 아니라, 차에 대해서도 잘 알고 있고 범패도 하고 바라춤까지도 추고 단청까지도 다 하실 줄 아는 초의 같은 스님이 선에 대하여 말하는 것은 용납할 수 있다 이겁니다. 초의당의 선은 어느 누구의 선지와 비슷한 듯싶지만 사실은 초의당 혼자의 목소리이고, 어느 누구의 책 주석註釋이나 훔쳐 읽어가지고 마치 자기의 생각인 양 아는 체하는 엉터리가 아니니까요. 그렇지만 백파 노인네는 달라요. 백파는 이 책 저 책을 두루 읽기는 했지만 거기 쓰여 있는 주석들을 달달달달 외어 이리저리 짜맞추어가지고 자기의 선지인 양 떠벌린다 이겁니다. 알겠어요, 초의당?"

김정희의 코는 벌름거렸다. 씨근거렸다. 흥분해 있었다. 초의는 목소리를 푹 낮추면서 천천히 달래듯이 말했다.

"물론 백파의 선에 대한 생각이 다 옳은 것은 아닙니다. 그렇지만, 화두 자체를 부정하는, 선승들의 깨달음 얻는 방법을 인정하지 않고 숫제 무시해버리는 추사의 생각도 옳은 것은 아니오. 앞으로는 백파와 더 논전을 하지 마시오. 먼 훗날에 가서, 선에 대하여 올바로 아는 누구인가가 추사의 잘못을 낱낱이 꾸짖을 것입니다."

"내 주장 어디에 그런 잘못이 있다는 것이오?"

"추사, 내 진정으로 하는 말이오. 내 말대로 백파하고의 입씨름을 이제 그만하시고 유배살이나 건강하게 하도록 하시오. 백파의 옳지 못한 것에 대해서는 내가 돌아가서 세세히 따지고 가리는 책을 한 편 쓸 작정이오. 제발 내 말을 들어주시오."

"벗은 벗이고, 각자의 주의주장은 주의주장이오. 나는 초의당의 선을 우러르고 믿고 따르기는 하지만, 백파의 잘못에 대한 공격을 거두어들이지는 않을 것이오."

김정희가 완강할수록 초의는 조급해졌다. 당장 돌아가는 대로 곧 백파의 『선문수경』의 잘못들을 하나하나 지적하는 글을 써야겠다고 생각했다. 내 책이 빨리 나올수록 김정희의 실수는 얼른 끝나게 될 것이다. 그것이야말로 실수를 하고 있는 이 시대 최고의 지식인이자 시 글씨 그림에 뛰어난 인물을 구제해주는 길이다.

十二

어허이 구름 뛰어 넘을 그 자질로

잡풀들과 어깨를 겨루어 되겠는가.

초의의 시

## 그림자 베끼기

초의는 수련꽃 만발한 연못 가장자리를 걸어가고 있었다. 못물은 청동거울색이었다. 수면에 꽃 그림자가 드리워져 있었다. 연못 가장자리에 허름한 초가 한 채가 있었다. 창문이 활짝 열려 있었는데 그 안에 한 노인이 엎드려 있었다. 머리털과 수염이 파뿌리처럼 허연 노인이었다. 그 노인은 책상에 엎드려 무엇인가를 열심히 베끼고 있었다. 꽃이 만발해 있고 햇살은 다사로운데 이 노인은 여유롭게 해바라기나 할 일이지, 어두컴컴한 방 안에서 무엇을 이렇게 고생스럽게 베끼고 있는 것인가. 초의는 노인에게 지금 무엇을 하고 있느냐고 물었다. 노인은 응답하지 않았다. 다시 큰소리로 같은 말을 물었다. 마찬가지로 응답이 없었다. 귀가 멀어 있었다. 초의는 노인이 무엇을 베끼고 있는지 들여다보았다. 노인의 앞에 놓여 있는 책은 누군가가 설한 『능가경소』였다. 노인은 그 책의 주석을 베끼고 있었다. 그 책 옆에는 송나라의 지소가 편집한 『인천안목』 환성 지안의 『오종강요』와 일우 스님의 책들이 쌓여 있었다.

"그 주석들을 무얼 하려고 그렇게 베끼십니까?"

초의가 물어도 노인은 대꾸하지 않았다. 초의는 자세를 낮춘 채 노인의 얼굴을 가까이서 들여다보았다. 어디선가 본 듯한 얼굴이었다. 이 노인을 내가 어디에서 보았을까. 한동안 생각다가 '아!' 하고 탄성을 질렀다. 노인은 오래전에 입적한 백파 긍선이었다. "백파 스님!" 하고 불러도 백파는 듣지를 못했다. 초의는 노인이 들어 있는 허름한 초옥 주위를 둘러보았다. 그곳은 극락 문전이었다. 초옥 주위에는 대울타리가 쳐져 있었다. 백파는 왜 이곳에서 그렇게 힘든 일을 하고 있을까.

아, 그렇다. 백파는 살아 있는 동안 내내 남의 저서의 주석들을 읽어서 자기의 견해로 삼고, 그것을 자기 책에다 옮겨 쓰고, 그것을 자기의 선관禪觀인 양 자신만만하게 강의를 한 것이다. 자기의 확실한 견해를 가지지 못하고 남의 주석을 훔친 벌을 지금 여기에 와서 받고 있는 것이다.

초의는 백파 긍선의 벌 받는 모습을 보자 가슴이 미어지는 것같이 쓰라렸다. 부처님을 만나면 백파 긍선을 그만 불러들이라고 말씀드려야 한다고 생각했다.

"큰스님, 그만 주무시고 일어나셔서 미음을 좀 드십시오."

어디에서인가 많이 들어본 듯한 목소리가 들려 번쩍 눈을 떴다. 허련과 선기와 자운이 초의를 내려다보고 있었다. 멀지않은 곳에서 눈덩이 허물어지는 소리가 들려왔다.

눈앞 허공에 미음 담긴 숟가락이 떠 있었다. 초의는 고개를 저었다. 이제는 돌아갈 때가 되었다. 속을 비워야 한다. 다시 눈을 감아버렸다.

## 선禪은 논리의 숲을 깨부순다

논리적으로 이야기하는 사람들은 대상을 분석하고 따지고 가리고 우열을 매기고 순서를 정한다. 그러한 순서 정하기는 화합하는 총체성의 우주를 놓쳐버릴 뿐만 아니라 평지풍파를 일으키는 결과를 가져오기 마련이다. 논리는 논리를 낳고 그 논리는 다시 다른 논리를 낳는다. 결국 논리의 숲이 이루어진다. 울창한 논리의 숲은 진리를 보이지 않게 가린다. 그 숲 앞에 선 자들은 진리를 찾기 위해 길을 따지고 가리지 않을 수 없다. 따지고 가리는 일은 다툼을 만들고, 다툼은 자기 논에 물대기식으로 논리를 이끌어간다.

선은 그러한 논리를 깨부수는 금강(번개와 벼락)인 것인데 『선문수경禪門手鏡』은 그 본질을 놓치고 있다. 그러므로, 나는 『선문수경』이 따지고 가리고 우열을 매기고 순서 정한 것을 원상태로 돌려놓기만 하면 되는 것이다, 하고 초의는 생각했다. 선을 통한 깨달음에는 우열이 없고 순서도 없으므로. 모두가 하나이므로.

제주도에서 대둔사로 돌아온 초의는 백파의 『선문수경』을 반박하는 글을 쓰기 위하여 먼저 그 책을 깊이 읽어내렸다.

백파의 『선문수경』은 백파의 저술이기는 했지만, 그것은 백파가 선에 정진하여 얻은 자기만의 깨달음이 실려 있지 않았다. 몇몇 학승과 강백들의 견해에 동의하고 그것들을 하나하나 가져다가 자기 나름으로 조립하고 편집한 것들이었다. 그러니까 그것은 하나의 강의용 저술일 뿐이었다. 말하자면 선에 대하여 논한 학술서에 지나지 않았다. 그리고 그 참조한 저서들이 범한 오류에 대한 비판이 없었다. 그러한 『선문수경』이 이 시대의 최고선에 대한 저술로 읽혀서는 안 된다고 초의는 생각했다.

백파는 오파종지伍派宗旨(임제종, 운문종, 조동종, 위앙종, 법안종)에 순서를 매기고 있다. 그것은 마치 색깔을 분별하지 못하는 색맹과 다를 바 없다. 색맹인 자가 검정색은 사람을 막막하게 하고 절망하게 하므로 회색만 못하고, 회색은 사람을 우울하게 하므로 노란색과 빨간색보다 못하고, 노란색과 빨간색은 사람을 긴장하게 하고 흥분하게 하므로 정서를 안정되게 하는 파란색만 못하고, 파란색은 순수하지도 깨끗하지도 못하므로 흰색만 못하다고 주장하는 것과 다를 바 없다. 색깔들은 모두 태양빛에서 나왔으므로 둘이 아니고 그 우열을 가릴 수 없는 것이다.

석가모니가 제자들과 함께 길을 가다가 다자탑 앞에 이르러 기단 한쪽에 엉덩이를 붙이고 앉았다. 제자들은 발을 멈춘 채 어찌할 바를 모르고 둘러 서 있기만 하는데, 뒤따라온 제자 가섭이 다가가서 석가가 비워놓은 한쪽에 엉덩이를 붙이고 앉았다. 석가는 왜 기단 한쪽에 빈자리를 두고 앉아 있었고, 가섭은 왜 거침없이 나아가 그 빈자리에 앉았을까.

이것을 '다자탑 앞에서의 자리 나누어 앉음(다자탑전 반분좌)'이라고 한다.

영산회상에서 석가가 제자들 앞에 연꽃을 들어보이자 오직 가섭 혼자서만 빙그레 웃었다. 석가가 왜 연꽃을 들어보였으며 가섭이 왜 혼자서만 웃었을까. 이것을 '꽃을 들어보이자 가섭이 웃은 웃음(염화시중의 미소)'이라고 한다.

석가는 길에서 태어나 평생 동안 길을 걸어 다니다가 그 길 위에서 열반에 들었다. 시신을 곽 속에 넣어놓고 가섭이 올 때까지 기다렸다. 며칠 뒤 가섭이 와서 절을 하자 곽 속에서 석가모니의 두 발이 튀어나왔다. 왜 하필 가섭이 절을 하자 곽 속에서 두 발이 튀어나왔을까. 이것을 '곽이 두 발을 보여줌(곽시쌍부)'이라고 한다.

불교의 선은 이 세 가지의 일화에서부터 시작된다. 그것들은 각기 말로써 설명할 수 없는 저쪽의 큰 깨달음을 전해주는 것이다.

단옷날 문수보살은 선재소년에게 약을 캐어오라고 하면서 "약 아닌 풀을 캐어 오너라" 하고 말했다. 선재소년은 돌아와서 "이 산중에는 약 아닌 것이 없습니다" 하고 말했다. 문수보살은 "바로 이 약是藥을 캐오너라" 하고 말했다. 여기서 이 약이란 '이 마음 이 부처 이 물건'이라고 바꾸어놓을 수 있는 것이었다. 그것을 알아차린 선재소년은 자기 서 있는 발밑에서 손에 잡히는 대로 그냥 아무 풀이나 한 포기를 뽑아들어 바쳤고, 문수보살은 그것을 받아들고 대중에게 보이며 "이 약초는 능히 사람을 죽이기도 하고 살리기도 한다" 하고 말했다.

이후부터 '살리기活'와 '죽이기殺'란 말이 쓰이게 되었다. 어떤 경우에는 '살인검'과 '활인검'이란 무시무시한 말로 쓰이기도 했다. 살인검은 정말로 사람의 육신을 쳐 죽이는 칼이 아니고 자기의 삿된 마음 탐욕이 가득 찬 마음을 죽여 없애는 칼, 미혹과 미망을 잘라내는 칼, 자기의 도 닦음에 방해가 되는 부처나 조사들의 말씀을 쳐 없애는 칼이다.

활인검이란 것은 살인검으로써 깨달음에 방해되는 요인들을 다쳐서 없앤 다음 마음에 고요한 지혜의 빛이 비쳐들게 하는 것, 참다운 지혜가 드러나고 진여의 경지가 열리게 하는, 활로를 여는 금강석 같은 말이다. 때문에 살리기와 죽이기는 둘이 아니다.

게는 성장하기 위하여 껍질을 벗지 않으면 안 된다. 껍질을 벗는다는 것은 과거라는 껍질을 쓰고 있던 자기를 죽이는 것(살인검)이고, 옛날의 딱딱한 껍질로부터 부드러운 새 몸으로 태어나는 것(활인검)이다. 죽이기와 살리기는 따로 떼어놓을 수 없다. 탐욕스러운 자기를 죽이지 않으면 깨끗하고 고요해지는 자기가 살아(태어)날 수 없다.

산은 산, 물은 물이 그것이다. 산이 산이고 물이 물이라는 인식은 산이 산 아니고 물이 물 아닌 것에 대한 새로운 인식이라는 점에서 활인검이다. 그러나 그것이 거기 머물러 있을 때, 자기를 죽이는 칼이 된다. 살리는 칼이 되려면 '산은 산 아니고 물은 물 아니다'가 나타나야 한다. 그러나 그것도 거기 머물러 있으면 자기를 죽이는 살인검이 되는 것이다. 그것을 살리려면 '산이 물이고 물이 산이다'가 다시 나타나야 한다. 그것이 또 거기 머물러 있으면 자기를 죽이는 살인검이 된다. 그것을 살리려면 '산은 산이고 물은 물이다'가 나타나야 한다. 이와 같이 모든 화두 속에는 살인검과 활인검이 다 들어 있다.

석가모니가 세 곳에서 보인 선禪, 그 말 없는 가운데 가르쳐준 참된 깨달음의 세계에는 죽이기와 살리기가 공존해 있다. 참지혜를 가르쳐주는 선에 그 둘이 공존하지 않는다면 그것은 선이 아니다.

석가모니가 어느 날 말했다.

"나는 어느 날 성불하였고 어느 날 열반하게 될 터인데, 그 중간에 한 글자도 설하지 않았다."

이것은 무엇을 뜻하는 말인가. 설했으면서도 한마디도 설하지 않았다는 이것. 이것은 설한 말 저쪽의 깨달음(선)에 대하여 말逆說한 것이다. 이것이 여래선이다. 의미와 이치를 통해 전하는 깨달음이므로 의리선이라 하기도 한다.

석가모니가 다자탑 앞에서 한쪽 자리를 가섭에게 나누어주며 나란히 앉게 하자 가섭은 말없이 깨달았고, 연꽃을 들어보이자 또한 묵묵히 깨달았고, 관 밖으로 두 발을 내보이자 마찬가지로 말없이 깨달았다. 이것을 조사선이라 이름하는데, 이는 어떤 말이나 교를 동원하지 않고 묵묵히 깨달음을 전하는 것이다. 말 없는 가운데 전한 깨달음이라고 업신여기면 안 된다. 묵묵히 깨달음을 전했다 할지라도 왜 그 속에 깊고 높은 의미와 이치가 없겠는가. 그 한 가지의 행위 속에 책 몇십 권을 쓸 수 있는 의미와 이치가 들어 있는 것이다. 그래서 이를 격외선이라 한다.

여래선과 조사선은 둘이 아니다.

한데 백파는 '다자탑 앞에서의 자리 나누어 앉기에는 죽이는 칼만 있고 살리는 칼이 없으므로 그것을 여래선이라 하고, 염화시중의 미소에는 살인검과 활인검이 다 갖추어 있으므로 조사선'이라고 말했다. 백파가 구곡 노사를 읽긴 읽었지만 잘못 읽은 것이다. '다자탑 앞에서의 일에는 살인검뿐이라는 것'과 '염화시중의 미소는 활인검과 살인검을 겸했다고 한 것'은 구곡의 말이 아니다. 그런데 백파는 그 정체불명의 말을 어디에서 가져왔단 말인가.

석가가 다자탑 앞에서 제자들에게 '살'만 전하고 '활'을 전하지 않았다면 석가는 제자들에게 완전한 가르침을 전했다고 말할 수 없지 않은가. 그렇다면 백파는 석가모니를 폄하하는 죄를 범하고 있는 것이고, 석가모니가 지은, 바느질 흔적 없이 지은 완벽한 옷을 이리저리 잘라내고 쪼개내서 기워가지고 백결의 누더기 옷을 만들어놓은 것이다. 옛 선인들이 잘 만들어놓은 거울을 깨뜨린 것이다.

돛단배는 뒷바람을 받아 나아가기도 하지만 좌우의 바람을 받아 나아가기도 하고 앞에서 바람이 불어오는 쪽으로 나아가기도 한다. 바람이 불어오는 쪽으로 나아가려면 갈지자之로 몇 번에 걸쳐 배질을 하여 나아가는 것이다. 초의가 그 봄날 제주도로 건너갈 때 뱃사람들이 꼭 그렇게 배질을 하여 갔었다.

바람이 불어오는 쪽으로 갈지자 배질을 하여 나아가는 것을 보면서, 초의는 큰 깨달음을 하나 얻었다. '세상에 역풍이라는 것은 없다. 역풍도 교묘하게 이용하면 나를 그 역풍 쪽으로 나아가게 하는 순풍이 되게 할 수 있다. 선이란 것도 그러하다.'

역풍을 이용할 때는 배 돌리기와 돌린 다음 돛에 바람 담기를 잘해야 한다. 거울은 거울대로 자기 얼굴을 비쳐보고 타산지석은 타산지석대로 내 칼을 갈면 되는 것이다. 해붕과 백파는 적어도 거울일 수는 없을지라도 타산지석일 수는 있다. 그들을 역풍으로 받아들이지 말고 좌우풍으로 이용할 일이다. 역풍을 좌우풍으로 이용하여 그 역풍이 불어오는 쪽으로 나아간다는 것은 순풍을 받으며 나아가는 것보다 훨씬 신명이 난다.

제주도에 이르러 초의는 한달음에 김정희가 위리안치되어 있는 대정현으로 달려갔다. 마주 앉자마자 그는 김정희 앞에 그가 써 가지고 온 책을 내놓았다. '선문사변만어禪門四辨漫語'라는 표제를 단 책이었다. 김정희는 그 책을 받아들자마자 훑어 읽었다. 읽어가면서 김정희는

"과연! 과연! 어허허허허, 바로 이것이다. 아아, 쾌재라!" 하고 탄성을 질러댔다. 마지막 장을 덮고 나서 초의의 두 손을 모아 잡고 흔들었다.

"과연! 우리 초의당은 선승 중의 선승이요, 흐하하하하…… 그 백파 늙은이, 이 책을 보고 기절초풍할 것이요. 아이고, 내 속이 후련하요. 으음, 그렇고말고, 으하하하하ㅎㅎ……."

그날 밤 김정희는 바우에게 주막에서 곡차를 받아오라고 해서 밤새도록 마셨다.

"암, 다르지요! 구해口海만 출렁거리는 강백이나 율사하고 진짜 형형한 혜안을 가진 선승하고는 근본적으로 다르고말고."

취기가 오르자 김정희는 묵화 한 장을 초의 앞에 내놓았다.

"대둔사 땡중, 어디 이 그림이나 한번 완상해보시오. 이상적이가 하두 고맙게 잘해주길래 이것으로나 보답을 좀 하려고 그렸는데, 그림이 된 것 같기도 하고 안 된 것 같기도 하고…… 초의당이 증명을 해주어야 안심이 되겠소이다."

그 그림을 보자 초의는 눈에 파란 불이 번쩍했고 그 불이 정수리 한복판을 내리치고 있었다. 그는 말을 잃고 그림을 내려다보고 있기만 했다.

오른쪽 위의 귀퉁이에 '세한도歲寒圖'라 쓰여 있고, 그 밑에 네 그루의 나무와 한 채의 초가가 그려져 있고 왼쪽 끝자락에 삼백여 자의 글씨들이 내리쓰여 있었다.

맨 오른쪽 나무는 몸이 많이 상한 노송인데 모로 쓰려지려 하면서 병색 완연한 가지 하나를 오른편으로 뻗고 있었다. 그 옆에 건장한 나무 한 그루가 노송이 쓰러지려 하는 쪽에 꼿꼿이 서 있었다. 그 두 나무 뒤쪽에 초가가 있고 초가의 별채 끝에 작은 나무 두 그루가 또 서 있었다.

쓰러지려 하는 노송은 유배살이하는 늙은 김정희를 상징하고 꼿꼿이 서 있는 나무는 이상적을 상징한다고 말해야 할까. 네 그루의 나무를 『주역』에서의 원형이정元亨利貞을 말한다고 해야 할까. 착함의 나고 자람, 그것의 발전 번영, 아름다움의 집성, 순조로움 혹은 의로움의 조화, 굳게 지켜 함부로 움직이지 않음을 말한다고 해야 할까. 초의는 고개를 저었다. 아니 나는 지금 아름답고 그윽한 예술작품을 너무 깊고 딱딱한 쪽으로만 탐색하려 하고 있다. 이 네 그루의 나무들은 겨울 이전의 나무와 이후의 나무를 표현한 것일 터이다. 황막함과 고적함과 허무가 느껴지는 한겨울 속에 동그란 구멍을 통해 세상과 교통 교감하는 초가는 추사의 정신세계를 말해줄 터이다. 집과 나무를 둘러싸고 있는 분위기는 텅 빔의 세계로 돌아가기 직전, 큰 깨달음 얻기 직전의 세계를 느끼게 한다. 서권기가 물씬 풍기는 〈세한도〉는 태허太虛로 돌아가는 길목 너머의 매우 으스스하고 을씨년스러운 벌판 한가운데를 표현하고 있는 것이다. 천상천하유아독존 같은 절대 고독의 한복판이다.

초의의 『선문사변만어』를 읽고 난 김정희는 "과연!" 하고 찬탄의 말을 토해냈지만, 김정희의 〈세한도〉를 보고 난 초의는 그 어떤 찬탄도 토해낼 수가 없었다. 〈세한도〉가 그의 영혼을 꼼짝하지 못하게 움켜잡고 있었다. 그것의 분위기와 네 그루의 나무와 바람벽에 동그란 구멍이 하나 뚫려 있는 초가에서 초의는 귀기가 느껴졌다. 이 그림은 추사 그 자체이다. 여느 때 추사에게서는 늘 귀기가 느껴지곤 한다. 그 귀기가 보통 사람들을 깔보게 하고, 그를 오만무쌍하게 한다. 그는 이승에 살고 있지만 사실은 이승 사람이 아닌지도 모른다. 때문에 그에게서는 신의 냄새가 난다. 그 냄새 때문에 사람들이 그를 경원시하므로 그는 늘 외롭다. 어찌할 수 없는 절대고독이 그를 투정하게 하고 어리광 부리게 한다. 그렇다. 이 천재에게는 이 천재를 붙들어주고 껴안아주고 돌보아주는 진정한 벗이 필요하다. 그 노릇을 내가 해주어야 한다. 그 아낙의 말이 떠올랐다. 먼 훗날 그 돈 돌려줄 사람이 따로 있을 것이오.

초의는 〈세한도〉에 쓴 글을 읽어 내려갔다.

"지난해 『만학』과 『대운』 두 문집을 보내주더니 올해는 우경의 『문편』을 보내왔다…… 세상은 흐르는 물살처럼 오로지 권세와 이익에만 수없이 찾아가서 부탁하는 것이 상례인데, 그대는 많은 고생을 하여 겨우 손에 넣은 그 책들을 바다 바깥에 있는 초라한 나에게 보내주었다. 사마천이 말하기를 권세와 이익을 좇아 사귀는 자는 상대의 권세와 이익이 다했을 때 그 사귐을 거두어들인다고 했다. 그대도 세간의 많은 사람들 가운데 한 사람일진대 스스로 도도한 권세와 이익의 밖으로 초연히 벗어났구나. 이는 나를 권세와 이익의 대상으로 보지 않기 때문인가, 아니면 사마천의 말이 틀렸는가. 공자께서 말씀하시기를 날이 차가워진 뒤에야 소나무가 뒤늦게 시든다는 사실을 알게 된다고 했는데…… 성인이 특히 겨울의 소나무를 칭찬한 것은 다른 나무보다 뒤에 시든다는 정조와 굳은 절개 때문이다…… 지금 그대와 나의 관계는 전에라고 더한 것도 아니고 뒤에라고 줄어든 것도 아니다…… 슬프다. 완당 노인이 쓰노라."

언젠가 김정희가 한 말을 떠올렸다.

"초의당, 세상에는 두 가지 병이 있소. 하나는 나귀를 타고서 나귀를 찾는 일이며, 다른 하나는 나귀를 타면 선뜻 내려오지 않으려 함이오. 나귀를 타고 있는 줄 알고 있으면서도 내리려 하지 않는 것이야말로 가장 큰 병인 것이오."

## 용산 강변마을 초생의 집

초의는 따스한 봄날 한양 길을 나섰다. 김정희가 애타게 그를 기다리고 있었다.

김정희는 제주도 유배에서 풀려난 뒤 노량진을 건너다보는 용산의 강마을에 허름한 집을 마련하여 살고 있었다. 장동의 월성위궁은 김정희가 제주도에 유배된 뒤 나라에서 빼앗아가버린 것이었다. 안동 김씨들 가운데 누구인가가 살고 있었다.

해배되어 한양으로 돌아간 다음 김정희는 변해 있었다. 초의에게 보내온 김정희의 편지들은 젖 투정을 하는 아기를 떠오르게 할 정도였다. 그 도도한 오만과 거기는 다 어디 가고 이제 여기저기 화해의 손을 내미는 것인가. 원교 이광사가 쓴 현판에 손을 내밀고, 순창 구암사의 백파에게 손을 내밀었다. 세상에게 손을 내밀어 화해를 청하고 있었다.

……새 차는 어찌하여 돌샘 솔바람 사이에서 혼자만 마시며 도무지 먼 데 사람은 생각지 아니하는 것인가요. 서른 대의 몽둥이를 아프게 맞아야 하겠구료.

……이 몸은 차를 마시지 못해 병이 든 것인데 지금 차를 보니 다 나아버렸소. 가소로운 일이오…… 봄이 따뜻하고 해가 길면 빨리 지팡이를 짚고 달려와서 종경宗鏡 주림珠林을 읽는 것이 지극히 묘한 일일 것이오. 깨달음과 선을 이루시오.

……편지를 보냈지만 한 번도 답은 보지 못하겠으니 아마도 산중에는 반드시 바쁜 일이 없을 줄 상상되는데 혹시나 이쪽 세상하고는 어울리고 싶지 않아서 내가 간절한 처지인데도 먼저 금강을 내려주는 것인가.

늙어 머리가 하얀 연령에 갑자기 이와 같이 하니 우스운 일이오. 달갑게 둘로 갈라진 사람이 되겠다는 것인가. 이것이 과연 선에 맞는 일인가.

나는 초의당을 보고 싶지도 않고 또한 초의당의 편지도 보고 싶지 않으나 다만 초의 차의 인연만은 차마 끊어버리지도 못하고 쉽사리 부수어버리지도 못하여 또 차를 재촉하니, 편지도 보낼 필요 없고 두 해의 쌓인 빚을 한꺼번에 챙겨 보내되 다시 지체하거나 빗나감이 없도록 하는 게 좋을 거요. 그렇지 않으면 마조 스님의 으악 소리와 덕산 스님의 금강봉을 받을 것이니, 이 한 소리와 이 한 몽둥이는 아무리 백천의 겁이라도 피할 길이 없을 것이외다. 모두 뒤로 미루고 불식.

거듭된 김정희의 투정 어린 편지에 초의는 모든 것을 떨치고 길을 나설 수밖에 없었다. 먼 훗날 돌려줄 사람이 따로 있을 거라고 하더니, 그 동전 두 닢 자네한테 다 돌려주려 하고 있는 모양이여. 그는 김정희의 편지에서 죽음의 향기를 느끼곤 했다. 멀지 않아 김정희도 죽고 나도 죽어갈 것이다. 우리는 살아간다고 말을 하지만 사실은 죽음을 향해 한 걸음씩 나아가는 것이다. 우리네 삶은 죽음을 준비하는 것이다. 문제는 얼마나 향기롭게 죽어갈 것인가 하는 것이다. 김정희를 만나 우리 좀 더 향기롭게 죽어가자, 아니 죽음 그 자체를 초월하자, 하고 말할 참이었다. 김정희와 나는 전생에 무엇이었고 어떤 관계였을까. 김정희만 나를 조바심치며 그리워하는 것이 아니고, 나도 김정희를 오매불망 그리워하며 조바심하며 산다.

제주에서 위리안치의 유배살이를 하는 동안 김정희는 내내 풍토병에 시달렸었다. 입과 코에 풍증이 있고, 화기가 있고 헐어 있곤 했다. 때문에 찬 것 뜨거운 것을 먹지 못했다. 자음강화탕을 먹었는데 위가 상했는지 신트림이 나오곤 한다고 인삼을 달여 먹었다.

초의는 제주엘 갈 때에는 약초를 구해가지고 가곤 했었다. 상한 속을 다스려준다는 매실, 변비를 없애주는 엉겅퀴와 쑥, 눈곱 끼고 침침해지는 데에 약효가 뛰어난 결명자, 풍토병에 좋다는 당귀.

당귀 캐기가 가장 힘들었다. 그것은 산골짜기의 냇가에 많았다. 그것들을 캐기 위해서 초의는 손수 산을 뒤지고 다녔다. 나뭇가지와 가시덤불을 헤치고 젖히며 몸을 굽히고 네발짐승처럼 나아가면서 오래전에 쓴 「승검초를 캐며」라는 시를 외었다.

승검초(당귀)를 캐며 승검초를 캐며
험한 산을 부지런히 올라간다
……
즐거운 마음은 분수를 아는 데 있으니
어찌 성긴 찬거리를 걱정하리오.

초의는 당귀를 발견할 때마다 그것의 잎과 줄기를 손으로 쥐어 보고 그 손바닥을 가져다가 코에 대곤 했다. 뿌리도 향기롭지만 잎도 향기로웠다. 사람도 이렇게 향기롭게 살아야 한다. 자기의 영혼을 다른 사람들로 하여금 먹게 하고 보약이 되게 해야 한다.

이번의 한양으로 가는 발걸음은 가벼웠다. 절 아랫마을 김 처사가 석청을 구해다 주었다. 그것을 바랑 속에 넣어 가고 있었다. 하늘에서 내린 사람들은 오래 살면서 좋은 작품들을 남겨야 한다.

여느 사람들보다 몸이 강단진 초의였지만 이제는 환갑을 넘긴 지 오래인 노구였다. 젊은 시절 열흘 만에 가던 한양 길이었는데 이제는 스무이틀 만에 당도했다. 여독으로 지쳐 있었지만 초의는 한강물을 보자 기운이 솟았다. 편지에 적힌 주소를 물어물어 해 저물 녘에 김정희의 집을 찾아들었다. 김정희는 버선발로 달려나와 초의를 맞았다.

"어쩐지이! 가슴이 자꾸 설레곤 했소이다. 초의당이 오실려고 내 몸이 그렇게 반응을 했던 모양이오. 간밤에는 잠이 오지를 않아 하얗게 지샜소. 내가 억지를 부리기는 해도 차마 초의당이 이렇게 오시리라고는 상상도 하지 못했는데, 아이고, 초의당! ……바우야, 어서 발 씻으실 물 대령하거라."

김정희는 안절부절못하고 허둥댔다. 바우의 아내가 떠온 물에 발을 씻는 동안 김정희는 내내 옆에 서 있었다.

집은 기와지붕을 얹은 것이기는 하지만 지은 지 오래된 것이었으므로 허름했다. 동남쪽 기둥들은 밑부분이 썩어 있었고 모퉁이 바람벽 한 귀퉁이는 들이친 빗물에 씻겨 속에 넣은 대나무 뼈대가 들판에서 혼자 죽어 썩은 짐승의 갈비뼈들처럼 드러나 있었다. 기와지붕의 골에는 실망초와 명아주 풀들이 자라나 있었다. 정원의 나무들과 화초들은 죽어 있기도 하고 말라 있기도 했다.

안채를 등진 사랑채가 별채와 문간채를 거느리고 있는데, 서편으로 푸른 강물을 내려다보고 있는 사랑채의 문틀 위에 걸려 있는 '삼십육구초당三十六鷗艸堂'이라는 현판이 퇴락한 분위기를 간신히 근엄하게 다잡아주고 있었다. 집안 여기저기에는 늘그막에 든 주인의 마음 비우고 사는 흔적들이 묵향처럼 배어 있었다. 화단 머리에 거북 모양의 돌 하나가 놓여 있고, 몸을 모로 외틀고 있는 매화나무 한 그루가 콩알 같은 열매들을 달고 있었다. 초의는 발을 씻고 나서 이미 져버리고 없는 매화 향기를 더듬고 한강의 질펀한 물너울을 내려다보며 주인의 선향禪香과 묵향 같은 정감에 젖어 들었다.

바야흐로 해가 지평선 저쪽으로 가라앉고 있었고, 강의 물너울 위에 묽은 치자색의 석양빛이 어리고 있었다.

"추사는 욕심도 많네. 날이면 날마다 저 고운 낙조를 혼자서만 보고 살고."

"오매불망 초의당을 기다린 것은 저 낙조를 둘이서 반반씩 나누자는 것이었소."

바람벽과 서까래의 그을음과 종복들의 구중중한 옷이 살림살이의 어려움을 말해주고 있었다. 아마 김정희에게서 글씨를 받아간

친지들이 곡식 말씩이나 져다주어서 겨우 호구를 면하고 사는 듯 싶었다.

초의는 바랑에서 차 봉지와 꿀단지와 흰 무명자루 하나를 내놓았다. 무명자루에는 엉겅퀴와 쑥 말린 것이 들어 있었다.

"초의는 이 늙은이가 시방 변비에 시달리고 있는 것을 어떻게 알고 또 이것을 가지고 온 것이오? 천리 길을? 아니 이것은 차고, 요것은 꿀단지 아닌가!"

김정희는 킁킁 냄새를 맡아보며 탄성을 질렀다. 말투에는 역시 수다와 호들갑과 응석이 어려 있었다.

"이런 이런! 이것은 필시 석청이렷다!"

"우리 절 밑 마을 김 처사가 꿀벌들한테서 도둑질해온 것을 내가 다시 훔쳐왔을 뿐이니 내게 고맙다 할 것은 없소이다. 원래 주인은 꿀벌들이니까 그들한테 고맙다고 하시오."

그때 댓돌 아래서 바우가

"저녁 진짓상을 올리겠사옵니다."

하고 말했다. 그들은 사랑방에 앉은 채 밥상을 받았다. 밥상에는 은어구이, 삶은 달걀 두 개, 김치와 미역국과 쌀과 잡곡을 반반 섞은 밥 두 그릇이 놓여 있었다.

"어허 이거 참, 초의당, 어쩌면 좋소? 한양 천리 길을 허위허위 달려왔는데 겨우 소금에 밥이니!"

"기름진 고기에 차진 밥에 호의호식하고 싶었더라면은 벼슬아치 노릇을 하지 왜 중질을 시작했을꼬."

"오늘은 파계를 좀 하시지요. 우리 바우 내외가 은어구이하고 계란하고 두부를 필시 초의당을 위해 마련한 것일 터인데."

초의는 말없이 미역국에 밥을 말아서 후루룩후루룩 마셨다. 묵은 김치들이 맛깔스러웠다.

밥상을 물린 다음 김정희가 속이 거북한 듯 끄윽끄윽 하고 트림을 했다. 초의가 말했다.

"조금 전에 추사가 트림하는 것을 보니 진묵 스님 생각이 납니다. 진묵 스님 이야기를 들으면은 금방 속이 시원해질 것이오."

김정희는 바우에게 찻주전자를 화로에 올리라 하고 나서

"속 거북한 데에 진묵 스님 처방이라! 어디 그것 한번 들어봅시다."

하고 말했다. 초의는 말했다.

"진묵 스님이 길을 가는데 아이들이 은어를 잡아서 구워 먹고들 있었어요. 진묵 스님이 아이들 옆으로 다가가 불 위에 익어가고 있는 고기들을 들여다보면서 입맛을 쩝쩝 다셨소그려. 그러자 눈 초롱초롱한 아이놈 하나가 진묵 스님을 조롱했습니다. '스님, 이 고기 잡수고 싶으신 모양이지요?' 진묵 스님이 거침없이 말했어요. '나는 원래 물고기를 좋아하느니라. 너희들이 준다면야 이것들 다라도 먹는다.' 아이들은 자기들끼리 속닥거리다가 이구동성으로 말했습니다. '어디 한번 잡숴보십시오. 이것 모두 다요.' 그러니까 진묵 스님은, '다 먹어버려도 서운해하지 않을래?' 하고 다짐을 받았지요. 아이들이 진묵 스님을 향해 고개를 끄덕거렸어요. 진묵 스님은 거침없이 불 위에서 익은 고기들을 하나씩 하나씩 다 먹어버렸습니다. 눈 초롱초롱한 아이가 진묵 스님을 향해 빈정거렸어요. '부처님께서는 살생을 금했는데 스님께서는 고기를 잡수셨으니 어떻게 참된 스님이라 할 수 있습니까?' 얼굴이 세모꼴인 아이 하나가 놀렸습니다. '중중 깨깨중 아라리 반 개중…….' 진묵 스님은 빙그레 웃으시면서 말했습니다. '애들아, 내가 금방 먹은 그 은어들을 모두 살려낼 재주가 있느니라.' 아이들이 어디 살려내보라고 소리쳤습니다. 진묵 스님은 바지를 훌렁 까내리고 냇물에다가 엉덩이를 들이밀고는 빠르르 하고 설사를 했어요. 아니 그런데 이게 웬 일입니까? 그 스님의 항문에서는 은빛 은어들이 파닥거리면서 쏟아지더니 푸른 물속으로 헤엄을 쳐갔습니다."

"아니 그럼 왜 초의당은 아까 은어를 잡수시지 않았소?"

"제주도 가시울타리 속에서 면벽참선으로 도통한 추사 혼자서도 그것들을 넉넉하게 다 살려낼 터인데 왜 대둔사 땡중이 그것을 거든단 말이오?"

김정희는 아하하하 하고 웃어댔다.

배가 불러오자 졸음이 쏟아졌으므로 초의는 드러누울 자리를 보면서 말했다.

"차는 차에 걸신들린 추사나 혼자서 마시지요. 저승에서 온 잠귀신이 아까부터 자꾸 내 혼령을 잡아가려고 주위를 계속 뺑뺑 맴

돌아 댕깁니다요."

김정희가 이부자리를 보아주겠다고 했지만, 초의는 쓰러져 누우면서 자기의 바랑을 당겨 베고는 드르렁 코를 골기 시작했다. 김정희는 바우를 불러 요를 가져다가 초의의 엉덩이와 등 밑에 깔아드리도록 하고 이불을 덮어드리도록 했다.

초의는 이튿날 꼭두새벽녘에 잠에서 깨어났고 소변을 보고 찬물 한 그릇을 들이켜고 난 다음 가부좌를 한 채 선에 들었다. 김정희는 초의를 따라 일어났다. 초의의 선에 든 모습을 보고 있던 그는 화선지를 펼쳐놓고 먹을 갈기 시작했다. 먹이 알맞게 갈아지자 붓을 들고 썼다.

고요히 앉아 있는 곳에서는
차 반쯤 우러났을 때의 배릿한 향기 피어나고
오묘하게 움직일 때는
물 흐르듯 꽃이 피듯.
靜坐處 茶半香草 妙用時 水流花開

초의는 좌선을 끝내고 그 시를 들여다보았다. 그 시에 쓸쓸한 슬픔이 들어 있었다. 김정희는 이승에 살면서 저승에 이미 한 발을 내디디고 있었다. '삼십육구초당'이란 현판이 그것을 말해주고 있었다. 왜 하필 서른여섯 마리의 갈매기더란 말인가. 초의의 궁금해

함을 알아차린 김정희가

“나 사실은 처음에 저것을 ‘칠십이구초당七十二鷗艸堂’이라고 쓸까 하고 몇 번 망설였소.”

하고 말했다.

그런데 왜 삼십육구초당이라고 썼다는 것인가. 초의는 곧 고개를 끄덕거렸다. 그래 아홉이다. 어린 찻잎 덖는 사람들이 그것을 왜 하필 아홉 번씩 덖는가를 이제 확실하게 알 수 있었다.

김정희는 『주역』을 믿고, 노자 장자의 도道와 선仙을 믿고 있다. 죽음을 향해 가면서 죽음을 초월해 영원히 살고 싶은 것이다. ‘三十六’은 아홉을 말하는 것이다. 三은 양의 씨이고 六은 서죽筮竹을 고를 때 음을 대표하는 것이다. 양의 씨三와 음을 대표하는 六이 아홉九을 만든다.

칠십이七十二도 아홉을 만드는 것이다. 七은 양이 약간 덜 찬 상태이고 二는 음의 씨이다. 그 둘이 양의 극치인 九를 만든다. 양의 극치를 지향함은 스스로의 몸과 마음이 주인의 뜻을 따라주지 않고 허약해 있음을 말해주는 것이다. 김정희의 구당九堂은 구운九雲 세상을 말하고 있다. 구운이란 도학에서 말하는 신선들이 사는 세계이다. 그것은 영원의 또 다른 이름, 말하자면 무릉도원이고 무량수전(극락세계)이고 천국이다. 김정희는 일흔두 살까지 살고 싶어 하고 있다. 초의는 빙긋 웃으면서 나지막한 목소리로 말했다.

“추사의 안하무인의 오만은 가히 하늘을 찔렀지요. 혀와 붓을 거침없이 칼처럼 휘둘렀지 않소. 그 칼에 죽거나 상처 입은 사람들이 한둘이었겠소? 멀고 먼 훗날, 추사가 입멸한다면 지옥엘 가야만 마땅할 것이외다. 그런데 다행하게도 한 중놈하고 사귀었으니 아마 틀림없이 지옥을 면하고 극락엘 가게 될 것이오. 그런데 그 오만한 벗을 둔 중놈은 지옥엘 갈 것이 틀림없는데 어찌하면 좋겠소이까."

김정희는 고개를 쳐들면서 입을 찢어지게 벌리고 너털거렸다. 파안대소 때문에 반백의 수염이 하늘거렸다. 김정희가 웃고 있는 동안 초의는 김정희를 등지고 앉은 채 강물을 내려다보았다. 김정희는 하인에게 명령했다.

"바우야, 작은댁에서 말을 좀 구해달라고 해가지고 말재 다녀오너라. 유산 어른보고 여기 대둔사 땡중이 와 계신다고 전하거라. 오시면서는 곡차를 서 말만 싣고 오시라고 해라. 그리고 요즘 잘 구워진 찻잔들이랑 찻주전자랑 사발이 있으면 가지고 오라 하고. 작은댁 어른도 물론 함께 오시라고 하고. 올 때 만일에 안주를 그득 싣고 오지 않으면은 대문을 열어주지 않을 것이라고 전해라."

바우가 대문 밖으로 나간 다음 김정희는 정학연 정학유 형제가 얼마 전부터 광주에 다니면서 청자 백자 굽기에 재미를 붙이고 있다더라고 말했다.

"내가 앞으로 하고 싶은 일이 청자 백자 항아리에다가 시 쓰고 글씨 쓰고 그림 그리는 일이요. 그렇게 할 수 있도록 이놈의 몸뚱이가 말을 들어줄지 모르겠소. 유산 이야기를 들어보니까 그것 굉장한 일이더라고요. 생각하면은 가슴이 다 울렁거려요."

김정희의 욕심은 끝이 없다. 자기의 시와 글씨와 그림들을 청자와 백자 항아리 표면에 새겨 간직하고 싶은 것이다.

"도자기를 구워보면은 불의 조화라는 것이 참으로 신통하답니다. 신이 따로 없다는구려. 불이 신이라는 것이오. 화신火神이 예술작품을 만든다, 이것 얼마나 신통한 일이오? 초의당, 우리 언제 같이 광주 한번 갑시다."

그날 밤 늦게 정학연 정학유 형제가 달려왔다. 이어 김명희가 왔다. 그들이 싣고 온 술과 안주를 놓고 시회를 벌였다. 안주는 속인들이 먹을 닭백숙과 초의가 먹을 두부와 과일들이었다. 모두들 머리털과 수염들이 반백이 되어 있었다. 초의는 정학연과 정학유의 손을 잡은 채 그들의 두 눈을 오래오래 들여다보았다. 눈으로 이야기를 하고 있었다. 그들이 강진에 오면 늘 그렇게 서로의 눈을 들여다보곤 했었다. 아버지의 만류로 인해서 벼슬하지 않고 백수로 살아온 그들이 허옇게 늘그막에 들어 있었다. 깊은 주름살 속에 묻힌 그들은 천리 밖에서 걸어서 온 초의의 강단을 놀라워했다.

"천리 길을 달려왔는데 이렇듯 무사하시다는 것이 곧이들리지 않소."

정학연이 말했고 정학유가

"초의당 강건하신 걸 보니 넉넉히 백수를 하고도 남겠소이다."

하고 말했다. 초의가 말했다.

"어허, 그것은 욕이외다. 자기 돌아갈 때가 언제인가를 알고 돌아가는 사람의 뒤꼭지가 예쁘다고 했습니다요."

"아니오. 초의당은 오래오래 살면서 우리 중생들을 다 극락으로 천도하고 나서 천천히 구름처럼 돌아갈 것이외다."

김정희의 말에 좌중이 다 고개를 끄덕거리면서 껄껄거렸다.

정학연이 참종이로 둘둘 말아 싸가지고 온 것 두 뭉치를 김정희와 초의 앞에 각기 한 개씩 내놓았다. 풀어보라고 했다. 그들은 참종이를 헤쳐보았다. 그 속에서 청자 찻잔 다섯 개와 찻주전자 하나와 뜨거운 물 식힘 사발 한 개가 모습을 드러냈다.

"하핫! 이것들 살아 있네이!"

초의가 소리쳤다.

"정말 이것들이 부끄러워하고 있소이다, 유산."

김정희가 탄성을 질렀다.

초의는 찻잔들을 하나씩 손바닥 위에 올려놓고 이리저리 돌려보았다. 비췻빛을 띤 그것은 살아 있는 것처럼 눈을 말똥거리며 부끄러워하고 있었다. 참새처럼 발딱발딱 숨을 쉬고 있었다. 백수로 살아온 정학연 정학유 형제의 삶이 비췻빛 생명체로 형상화되어 있었다.

"아버님께서 보셨으면 얼마나 찬탄을 하셨을까? 진즉, 그 어르신의 혼을 여기에 새기시게 해드릴 것을……."

김정희가 말했다. 초의도 정약용을 떠올렸다. 숙연해지는 분위기를 정학유가 바꾸려 들었다.

"자, 우리 한 잔씩 하고, 초의당의 선시禪詩도 한 수 들어보고 범패도 들어보고 바라춤도 한번 맛보고 그러십시다."

"그렇지, 그렇지. 나는 초의당 범패를 들어보면은 애간장이 저릿저릿 전율 칩니다."

"자자, 곡차입니다. 선물은 내가 다시 상하지 않게 잘 싸놓을 테니 어서들 해남 진도 울돌목 물처럼 꽈르르 꽐꽐 드십시다."

오랜만에 회동한 벗들 사이에 술잔들이 오고 가기 시작했고 그들은 곧 얼근해졌다. 한 사람이 즉흥시를 읊으면 거기에 차운하여 즉흥시를 읊었다. 그 흥이 도도해지자 정학연이 초의에게 범패를 부탁했다.

"초의당 범패 들어보고 싶어서 이 늙은 귀청 날마다 밤마다 근질근질해 견딜 수가 없었소이다."

"아참, 내가 깜박 잊었소이다!"

김정희가 얼굴에 그늘을 담으면서 말했다. 좌중의 눈길이 김정희의 얼굴로 모아졌다. 초의도 놀라 김정희을 보았다. 김정희가 말했다.

"자하(신위)가 돌아갔습니다."

초의는 합장을 하면서 나무아미타불 관세음보살, 하고 중얼거렸다. 말을 타고 그를 찾아온 신위의 모습이 떠올랐다. 신위는 그

때 곡산부사로 있다가 바야흐로 내직으로 들어와 있었다. 승지의 바쁜 업무를 젖혀놓고 수종사엘 온 신위는 초의와 밤새도록 시를 이야기했었다. 신위는 어양魚洋과 이백 두보 소동파에 취해 있었다. 연경에 다녀온 지 삼 년이 지났는데도 아직 그곳에서 대하고 온 새 문화들의 충격에서 벗어나지 못하고 있었다. 김정희의 소개로 알게 된 옹방강 부자에 대한 이야기를 줄줄이 늘어놓았었다.

그의 시집에 써준 서문도 떠올렸다. 그때 바야흐로 가는 주름살이 그어지기 시작하던 흰 얼굴과 맑은 눈이 엊그제 본 듯 생생했다.

'초의당, 우리 가슴에 저 강물의 신이 스며들고 있소이다.'

강물을 내려다보며 신위가 한 말이 귀에 쟁쟁했다. 사람은 육신이 사라져가지만 그 향기는 세상에 남아 있다. 향기로운 추억은 늙지 않는다.

김정희가 가라앉은 분위기를 다잡았다.

"우리 초의당의 범패는 특별해서 죽어간 사람의 영혼을 안식하게 하기도 하고, 살아 있는 모든 것의 잠든 영혼을 깨어나게 하기도 하고, 신명을 일으켜주기도 하는 신묘한 보약이오. 자아, 기대하시오. 우리 초의당이 자하의 명복을 빌어드리고 우리들의 덜 깨어난 영혼을 깨어나게 할 것이오."

초의는 젓가락으로 상 바닥을 치면서 범패를 부르기 시작했다. 초의의 목소리는 늙었지만 아직 쨍쨍 울리는 축기가 남아 있었다.

어웅한 세상 골짜기를 울리면서 하늘로 날아오르는 그윽한 울림이었다. 좌중의 몸과 마음을 흔들어댔다.

김정희는 초의를 일으켜 세우고 범패를 부르면서 바라춤을 추라고 말했다. 다른 벗들이 덩달아 그렇게 하라고 소리쳤다. 초의는 그렇잖아도 바라춤을 한바탕 추고 싶던 차였다. 그는 빙긋 웃으면서 놋접시 둘을 양손에 하나씩 들고 바라춤을 추기 시작했다. 참으로 얼마 만에 불러보고 춰보는 범패이고 바라춤인가.

"뎅짱 데엥짜앙 나모라 다나 다라 야야 나막 알약 바로 기제 새바라야 뎅짱 데엥짜앙."

여기서 초의는 벗들이 알아들을 수 있는 안채비 독창으로 소리를 바꾸었다. 물론 그것을 쉬운 말로 풀이해서 불렀다.

"뎅짱 데엥짜앙, 우러러 아뢰옵나니 삼보대성께서는 진리의 세계에서 자비의 구름을 일으키시어 몸 아닌 몸을 나투시어 원력으로 삼천대천세계를 감싸시고오 뎅짱뎅짱 데엥짜앙, 설함 없는 법을 설하시옵니다아 뎅짱뎅짱 데엥짜앙. 법의 비를 내려 팔만사천의 온갖 번뇌 씻어주시고 갖가지 방편 문을 열어 망망한 갠지스강 모래 수와 같은 많은 세계의 중생들을 인도하십니다아 뎅짱뎅짱 데엥짜앙. 구하는 것 이루기는 빈 골짜기에 메아리와 같사오며 원하는 바를 따라 성취하지 못함이 없음은 맑고 맑은 일천 강의 물에 달빛 비침과 같사옵니다아 뎅짱뎅짱 데엥짜앙……."

초의는 훈훈한 오월 바람 앞의 고목이 다 된 실버들가지들처럼 천천히 너울거렸다. 한 가을밤 오동나무 위의 봉황처럼 춤을 추었다. 김정희가 벌떡 일어나 초의를 마주 보며 양반춤을 추었다. 정학연이 덩달아 일어나 보릿대춤을 추었고, 정학유 김명희가 따라 일어나 가을바람 만난 허수아비처럼 우쭐거렸다.

"사바세계 이와 같이 금월 금일 경건한 마음으로 법연을 열고 정결한 공양구를 마련하여 뎅짱뎅짱 데엥짜앙, 제석천의 그물코와 같이 중중하여 다함없는 삼보님전에 받들어 올리옵고뎅짱뎅짱 데엥짜앙, 향기롭고 정성스러운 작법으로 묘한 발원하오며 뎅짱뎅짱 데엥짜앙, 좋은 향을 사르시어 예로써 청하오며 옥구슬과 같이 맑은 재를 닦으오니 뎅짱뎅짱 데엥짜앙, 재의 규모 비록 작더라도 간절한 정성 불쌍히 여기옵고, 정성 비록 모자라더라도 자비로써 두루 살피어주시기를 일심으로 청하옵니다아 뎅짱뎅짱 데엥짜앙……."

초의는 바라춤을 멈추려 하지 않고 계속했다. 뎅짱뎅짱 데엥짜앙…… 입을 다문 채 춤만 추었다. 술상 위에 켜놓은 촛불 셋이 늙어가는 그들을 따라 춤을 추었다. 바람벽에 걸쳐선 그들의 그림자들이 도깨비들처럼 너울거렸다.

十三

나무,

그 이르고 싶은 곳은 어디인지 아십니까,

태허太虛, 그 푸르른 내 고향입니다.

소설 『추사』 중에서

# 춤추는 소매 길어 곤륜산에 걸릴라

초의는 잠든 듯 눈을 감고 있었다. 자운이 초의의 발을 주무르고 있었다. 손과 발이 저리고 얼음처럼 차가워지고 있었다. 선기는 아궁이에 군불을 넣고 있었다. 군불 냄새가 어디론가 새들고 있었다. 허련은 등을 바람벽에 기댄 채 눈을 감고 있었다. 그가 그려놓은 〈신선도〉는 윗목 구석에 놓여 있었다. 어디선가 설해목 꺾이는 소리가 들려왔다. 눈은 한도 끝도 없이 내리고 있었다.

초의는 진묵대사의 게송을 생각했다.

하늘을 이불로 덮고 산을 베고 땅 위에 누웠다가
구름 병풍에 달빛 등불 삼아 바다 술을 마신다
맘껏 취하여 비틀비틀 춤을 추다가
아, 춤추는 소매 길어 곤륜산에 걸리겠네.

초의는 진묵대사처럼 살고 싶었다. 그래서 그는 진묵대사의 전설적인 삶의 행적을 추적해서 기록했었다.

지난 초가을의 어느 날 아침에 목욕하고 새 옷을 갈아입은 다음 지팡이를 짚고 연못둑을 거닐었다. 선기가 뒤를 따라왔다. 물속에 초의의 모습이 비쳤다. 초의는 문득 선기에게 그것을 턱으로 가리키며 말했다.

"선기야, 보이냐? 저것이 바로 석가모니 부처님의 그림자다."

그가 진묵대사의 전기 속에서 대사의 입을 빌어 한 말이었다. 한데 선기가 그를 깨우쳐주려고 들었다.

"아닙니다. 그것은 초의 스님의 그림자입니다."

"이 사람아. 너는 내 허망한 모습假만 알아볼 뿐, 석가모니 부처님의 참모습眞如을 알아보지는 못하는구나."

초의는 퉁명스럽게 꾸짖듯이 말했다. 사실은 스스로를 꾸짖고 있었다. 그 말은 물론 그가 진묵대사의 전기 속에서 대사의 입을 빌어 한 말이었다. 선기는 무참하여 얼굴을 붉혔다.

연못 앞에 선 초의는 쓸쓸해지고 슬퍼졌다. 물은 출렁거렸고 그의 모습은 일그러져 있었다. 나는 그 스님처럼 살지를 못했다. 나는 가랑잎처럼 바스락거리는 소리만 내며 살았다. 이제라도 침잠하고 묵묵히 살아야 한다. 텅 비어 있음, 태허가 내 몸에 슴배이도록.

## 추사의 화해 춤사위

다시 북청으로 유배 갔다 돌아온 김정희에게서 편지가 왔다. 관악산 기슭에 아버지의 무덤 옆에 초막을 짓고 기거하는데, 전보다 더 건강이 나빠졌다는 것이었다. 초의는 김정희에게 약초를 가져다주고 위로해주고 싶었지만 몸이 말을 듣지 않았다. 고뿔이 낫지를 않고 있었으므로 일지암 밖엘 나가지 않고 있었다. 허련의 그림을 보며 스스로를 선정 속에 가라앉히고 있었다.

늦은 가을의 어느 날 백파의 문도인 수좌 한 사람이 무명베 자루에 넣은 글 한 통을 가지고 찾아왔다.

"김 판서 어른이 반드시 여기 들러서 증명을 받은 다음 돌아가 새기라고 해서 왔사옵니다."

펼쳐보니, 백파의 문도들이 편집한 백파의 행장기에 붙인 추사 김정희의 서문과 '백파대율사비명白坡大律師碑銘'이라는 글씨였다.

김정희가 제주도 유배에서 풀려난 지 사 년째 되는 해 사월 백파는 구례 화엄사의 조그마한 암자에서 팔십육 세를 일기로 입적했다.

초의는 숨을 크게 들이쉬었다. 김정희는 백파를 끝까지 선사禪師로 대접하지 않고 있었다. 그렇지만 김정희가 백파를 율사로 대접을 하건 선사로 대접을 하건 강백으로 대접하건 백파는 백파인 것이다. 백파와 김정희 사이에 화해가 제대로 이루어지고 있는 것이 고맙기 이를 데 없었다.

안하무인격인 오만으로 아버지뻘인 백파를 훈계하려 들던 김정희는 이미 입적한 백파를 어떻게 정의하고 규정지었을까. 단숨에 그것들을 읽어 내려갔다.

> 우리나라에는 근래 이렇다 할 율사가 없더니 이제 백파만은 명실공히 율사라 하겠다. 그래서 나는 백파를 율사라고 쓰는 것이다. 대기대용은 백파가 팔십 년 생애를 통해 가장 힘을 기울였던 부분이다. (백파는 청정함을 '대기'라 하고 마음의 공명을 '대용'이라 했다.) 어떤 이들은 기용과 '살리기'와 '죽이기'의 문제에 대한 백파의 논리

가 갈피를 잡을 수 없다든가 지나치게 견강부회하였다고 비난하기도 하지만 그것은 그렇지 않다. 무릇 보통 사람들을 그 사람의 수준에 맞게 가르칠 수 있는 것이라면 어떤 것이든 죽이기와 살리기의 기용 아닌 것이 없다. 비록 대장경이 팔만이나 되어도, 한 가지 법도 살활 기용에서 나오지 않은 것이라곤 없는 것이다. 다만 사람들은 살활 기용의 의미를 모르고 함부로 백파가 그것에 집착하는 것으로 오해하는 경향이 있으니 이는 마치 하루살이가 나무를 흔들려는 것과 같다. 살활 기용에 대한 백파의 논리를 통해 백파의 선적인 탁월함을 족히 엿볼 수 있다. 내가 오래전에 백파와 서신을 통하여 선에 관해서 논란을 벌인 것은 세상 사람과 더불어 함부로 논의하지 않았던 것과는 크게 다르다. 어떻게 다른가 하는 구체적인 내용은 오로지 백파와 나만이 알 수 있는 일이다. 비록 온갖 이야기를 다 동원하여 입 아프게 이야기해도 모두 알아듣지 못할 것이다. 어떻게 하면 백파가 다시 살아 돌아와 서로 만나 크게 한번 웃어볼 수 있을 것인가. 이제 백파당의 비석을 세운다 하니, 만약 그 비석에 '대기대용'이라는 한 구절을 크고 뚜렷하게 새기지 않는다면 백파의 비석이라고 할 수 없을 것이다. 그래서 큰 글씨로 한 줄로 써서 백암 설두 두 문도들에게 보인다. '화엄종주 백파 대 율사 대기대용 지비華嚴宗主 白坡 大 律師 大機大用 之碑'

초의는 고개를 몇 번이든지 끄덕거렸다. 이걸 백파가 본다면 빙그래 웃을 것이다. 김정희도 이제 부처가 다 되었구나. 초의는 김정희의 서문과 비명을 심부름 온 문도에게 건네면서 말했다.

"추사 그 양반 이미, 내가 한 점 한 획도 흠잡지 못하도록 해서 보냈네."

다음 해 늦은 여름 어느 날에 관운장처럼 몸집 큰 수좌가 찾아와 삼배를 하고 나서 말했다.

"빈도는 수종사 호운 스님의 상좌이온데, 한양 김 판서 어르신께서 보내서 왔사옵니다."

몸집 큰 수좌는 무릎을 꿇은 채 바랑 속에서 창지로 만든 기름한 흰 봉투 한 개를 꺼내 초의 앞에 놓으며 말했다.

"이것은 해붕 스님의 화상찬畵像贊이온데 김 판서 어르신의 말씀이 반드시 초의선사에게로 달려가서 증명을 받은 연후에 쓰라고 하시기 때문에…… 그리고 선사께서 보신 다음에는 발문을 써달라고 하셨사옵니다."

봉투 속에 접혀 있는 종이를 꺼내 펼치자 김정희의 예쁘면서도 촉기 슴배인 글씨들이 살아 꿈틀거렸다. 아, 이 사람, 하고 초의는 속으로 부르짖었다. 글과 글씨의 독특한 신명이 춤을 추고 있었다.

해붕의 공空은 오개공의 공이 아니고 공즉시색의 공이다……

해붕의 공은 바로 해붕의 공이다. 공이 큰 깨달음을 낳는다는 것은 해붕의 어긋난 풀이이다. 해붕의 공이 홀로 나아가며 홀로 통하는 것은 어긋난 해석 속에 있는 것이다…… 나의 마음에 기억되는 것은, 해붕이 가느다란 눈, 파란 눈동자로 상대를 쏘아보던 것이다. 비록 다비의 불씨가 꺼지고 재가 식었을지라도 파란 눈동자는 아직도 살아 있을 것이다…….

김정희의 글씨에는 신기神氣가 들어 있었다. 그 신기가 그를 오래 살아 있게 하지 않을 듯싶었다. 글씨들 속의 신기와 글 내면에서 이루어지고 있는 해붕과의 화해가 가슴을 뜨겁게 했다. 서른 살 되던 해, 처음 만난 김정희와 함께 해붕을 마주 보고 앉아 텅 빔空에 대하여 따지고 가리던 기억이 되살아났다. 연경에서 새 문화를 접하고 돌아온 젊은 천재 김정희의 패기는 하늘을 찔렀었다. '부처님의 텅 빔에 대하여 이야기하면서 왜 노자 장자의 태허太虛란 말을 훔쳐다가 씁니까? 그것은 불경에는 없는 말입니다.' 김정희는 화상찬을 통해, 밤새도록 해붕을 희롱하듯 논전을 폈던 것을 참회하고 화해하고 있다. 아, 김정희 그 사람, 참회할 일을 왜 그렇게 했더란 말인가.

초의는 붓을 들고 종이에 발문을 내리쓰기 시작했다.

"수락산 학림암에서 노화상이 겨울 결재 중에 있었는데 하루는 완당이 눈을 헤치고 찾아와, 노화상과 더불어 텅 빔과 깨달음에 대하여 대토론을 벌였는데……."

## 한양으로의 조문 길, 영원한 우정

동짓달로 접어드는 어느 찬바람 휘몰아치는 날, 머리에 흰 머리카락이 희끗희끗한 바우가 일지암으로 찾아왔다. 김정희의 부음을 가지고 온 것이었다.

"벌써 장례 다 치렀사옵니다요. 월성위궁 작은 나으리가 일부러 큰스님께 부음을 보내시지 않았다 하옵니다. 날씨 따뜻해지면 철상하기 전에 아무 때나 한번 다녀가도록 하시라고요."

김정희는 자기가 바라던 바대로 칠십이七十二 세에 구운의 세상으로 돌아갔다. 초의는 김정희가 그리울 때 가서 북녘 하늘을 바라보곤 하는 등성이의 바위 위로 올라갔다. 과천을 향해 절을 하고 빌었다. 부디 극락왕생하시라고. 하루 한 차례씩 벗을 위해 범패를 불렀다.

그로부터 두 해 뒤의 어느 늦은 봄날 초의는 허련의 배웅을 받으며 길을 떴다.

"저 고갯마루까지만 갔다가 돌아가거라."

"아니요. 지가 과천까지 모시고 갈랍니다요."

무성한 갈대밭길을 건너가면서 허련이 말했다.

"지가 길을 줄여야 하니께 재미있는 이약을 하나 할랍니다요."

초의는 발을 옮길 때마다 갈대밭 저쪽에서 우쭐우쭐 춤을 추는 듯싶은 먼 산들을 바라보았다.

"지가 상감을 배알하러 갈 적에 어쨌는지 아십니까요? 벼슬하지 않은 자는 상감 앞에 나서들 못하지 않아요? 그런께 신관호 영감이 무과 시험장으로 저를 데리고 갔구만이라우. 저보고 활을 쏘라고 합디다. 어머니 배 속에서 나온 이후 붓만 부여잡고 살았을 뿐, 한 번도 활을 잡아본 적이 없는디 무과 시험을 보다니 말도 안 되는 노릇 아닙니까요? 그런디 눈 딱 감고 화살을 잡아당기라고 하길래 시키는 대로 했지라우. 확 잡아당겼다가 놓았는디 그 화살이 바로 서너 걸음 앞에서 툭 떨어졌어라우. 그런디 그때 지 등 뒤쪽에서 누군가가 '관주웅!' 하고 소리를 질렀어라우. 그래 갖고 무관복을 입고는 들어가 배알을 했지라우. 큰스님, 지가 이래 봬도

엄연히 무과에 입격한 무관이옵니다요. 히히히히……."

우수영에 부임해 있던 신관호를 허련과 함께 찾아간 적이 있었다. 사람의 키 두 배쯤이나 되게 자란 갈대밭 건너에 영이 있었다. 신관호는 김정희의 제자였다. 그는 『심경』을 읽고 있었는데, 그것을 초의에게 빌려주었다. 그날 밤 초의와 신관호는 시와 글씨와 그림과 세상살이에 대하여 많은 이야기를 나누었다. 일지암으로 돌아온 초의는 『심경』을 단숨에 읽었고, 신관호 같은 사람이야말로 '돌아가는 곳은 같지만 길은 다른 사람'일 거라고 생각했다. 그리하여 그 책을 돌려주면서 그에게 시집 발문을 부탁했다. 한데 그가 내직으로 옮겨 가면서 허련을 데리고 간 것이었고 헌종을 배알하도록 주선한 것이었다.

"제가 이제 고백을 할랍니다요. 저는 이 세상에서 제일로 시기질투가 나게 하는 사람이 누구냐 하면은 바로 초의 큰스님이십니다. 그래서 그때 상감께서 저보고, 어디 사는 누구한테서 그림 공부를 했느냐고 물으셨을 때 저는 이렇게 큰스님을 모함했구만이라우. '지 팔자를 망쳐놓은 것은 다른 사람 아닌 대둔사 초의 스님이옵니다.' 제가 그렇게 말을 하면은 상감께서 큰스님을 불러서 혼내줄 줄 알았는데, 뜻밖에 '아, 삼절이라고 소문난 그 초의선사 말이더냐?' 하고 반문하시더니, 지금은 어느 절에 주석하고 있느냐, 키는 얼마나 크고, 생기기는 어떻게 생겼느냐, 소문처럼 도력이 그렇게 대단하느냐, 하고 꼬치꼬치 캐물으셨어요. 그 물음에 대답을 하는 동안 저는 내내 가슴이 벅차고 우둔거렸구만이라우. 시기 질투가 끓어오르게 하는 큰스님을 스승으로 모신 것이 얼마나 자랑스러웠는지……."

"그래 은혜를 기껏 시기 질투로 갚으려고 드는 허소치 너 이놈, 이제 그만 얼른 니 마누라 옆으로 돌아가거라."

영암에 이르러 초의는 허련을 돌려보냈다. 허련이 과천에까지 모시고 가겠다고 했지만, 초의는 한사코 그의 등을 동남방 쪽으로 떠밀었다. 그 땅끝에 진도가 놓여 있는 것이었다.

장성갈재를 올라가는데 말을 탄 무복의 젊은이가 안장 뒤에 도포 차림의 늙은 선비를 태우고 내려왔다. 문득 제주도에서 김정희의 말안장 뒤에 탔다가 사타구니 안쪽에 상처가 나 오랫동안 앓은 일이 생각났다. 동시에 김정희의 편지가 떠올랐다.

……말안장 닿은 자리가 벗겨져나가는 쓰라림을 겪고 있다 하니 자못 염려가 되오. 크게 상처를 입지나 않았는지요. 내 말을 듣지 않고 망행 망동을 하였으니 어찌 그에 대한 앙갚음이 없겠소. 사슴 가죽을 아주 엷게 조각을 내어 그 상처의 크고 작음을 헤아려 적당하게 만들어 쌀밥풀로 되게 이겨 붙이면 제일 좋다고 하오. 그것은 중의 가죽이 사슴의 가죽과 어떤 관계가 있다는 것입니다. 그 가죽을 붙이고서 곧장 몸을 일으켜 돌아와야만 합니다. 이 몸은 늘 더위에 괴로움을 당할 따름이오. 부디 깨달음 얻기를 비오.

이제 나에게 진한 농담을 할 사람은 이 세상에 없다. 시냇물 앞에 이르러 물을 내려다보았다. 물은 호수 같은 웅덩이가 넓게 패여 있었다. 쪽빛 하늘과 흰 구름이 들어 있었다. 나는 어디를 가고 있는가. 전생에 쌍둥이이거나 금슬 좋은 부부였는지도 모를 벗을 극락으로 천도하러 간다. 이제 한양 쪽 선비들과의 만남도 마지막이다. 모든 것은 제 갈 길을 간다. 너도 가고 나도 간다.

초의는 한 달만에 과천에 이르렀다. 김정희의 동생이자 초의의 벗인 김명희는 김정희보다 몇 달 전에 유명을 달리했고, 막냇동생 김상희는 거듭되는 형제들의 죽음 때문에 쓰러져 누워 있어 그를 영접하지 못했다. 김정희의 양자 상무가 외로이 그를 맞아 예를 갖추었을 뿐이었다.

무덤 앞에 술을 올리고 초의는 미리 한 암자에서 써 가지고 간 제문을 읽었다.

"무오년 이월 청명일에 먼 곳에 사는 벗 초의는 한 잔의 술을 올리며 김 공 완당(추사) 선생 영전에 고합니다. 엎드려 생각건대 좋은 환경에서 태어나 어찌 굳이 좋은 때를 가리려 했습니까. 신령스러운 서기로써 어두운 세상에 따랐으면 그게 곧 밝은 세상이었을 터인데, 이를 어기고 보니 기린과 봉황도 땔나무나 하고 풀이나 베는 나무꾼의 고초를 겪은 것입니다. 아, 슬프옵니다. 선생은 하늘의 길과 사람의 길을 닦아 여러 학문을 체득하시고 글씨 또한 조화를 이루어 왕희지 왕헌지 필법을 능가하고 시문에 뛰어나 세월의 영화를 휩쓸고 금석에서는 작은 것과 큰 것을 규명하여 중국에까지 이름을 떨쳤습니다. 달이 밝으면 구름이 끼고 꽃이 고우면 비가 내립니다. 아, 진정 슬프옵니다. 선생이시여. 사십이 년의 깊은 우정을 잊지 말고 저 구운의 세상에서는 오랫동안 인연을 맺읍시다. 생전에는 그렇게 자주 만나지는 못했지만, 도에 대한 담론을 할 제면 그대는 마치 폭풍우나 우뢰처럼 당당했고, 정담을 나눌 때면 그대는 진실로 봄바람이나 따스한 햇볕 같았습니다. 손수 달인 차를 함께 나누며 슬픈 소식을 들으면 눈물을 뿌려 옷깃을 적시곤 했지요. 생전에 말하던 그대 모습, 지금도 거울처럼 또렷하여 그대 잃은 나의 슬픔 이루 다 헤아릴 수 없습니다. 아, 슬프옵니다. 노란 국화 찬 눈에 쓰러졌는데 어쩌다 이다지도 늦게 선생의 영전에 당도했는지. 선생의 빠른 별세를 원망하나니, 땅에 떨어진 꽃은 바람에 날리고 나무는 달그림자 끝에 외롭습니다. 선생이시여. 이제는 영원히 회포 끊고 몸을 바꿔 시비의 문을 벗어나서 환희의 땅에 자유로이 거니시겠지요. 연꽃을 손에 쥐고 안양(극락)을 왕래하시며 거침없이 흰 구름 타고 구운의 세상으로 가시는 것을 누가 감히 막을 수 있겠습니까. 가벼운 몸으로 부디 편안히 가시옵소서. 흠향하소서."

제문을 읽고 일어나니 흰 구름 한 장이 머리 위에서 멈추어 초의를 내려다보고 있었다.

## 하얀 텅 빔空의 시공으로 사라지는 달

눈 쌓인 산등성이의 솔숲에 바람이 달려가고 있었다. 노루 한 마리가 슬피 울고 있었다.

"자운아, 차 한 잔 마시고 싶구나."

초의가 습기에 젖은 가랑잎의 바스락거리는 듯한 소리로 말했다. 자운의 눈과 허련의 눈이 마주쳤다. 자운이 허련에게 눈짓을 하고 옆방으로 갔다. 자운은 다시 미닫이를 열고 들어와서 초의의 차가워진 발을 주물렀다. 초의가 고개를 저었다.

"따뜻해지고 꽃 피고 새 울면은 자네 운림산방엘 꼭 한번 가보고 싶었는디…….”

운림산방은 허련이 진도에다가 지은 그림 그리며 사는 집이었다.

“큰스님께서 얼른 쾌유하셔서 한번 와주셔야 제 그림이 더 잘 될 것입니다요.”

허련이 초의의 얼굴을 들여다보며 말했다. 초의는 눈을 감은 채 말을 이었다.

“헌종 임금께서 더 오래 사셨어야 했는디…….”

헌종이 승하한 다음 조정과 한양 쪽 사람들은 허련을 찾지 않은 것이었다.

“저 이제 마음 비우고 살고 있구만이라우. 차진 밥 비단옷 생각 말고 계속해서 좋은 그림만 그리면서 살자 하고라우.”

초의는 고개를 끄덕거렸다.

선기가 화로를 부엌으로 내놓고 숯을 더 올렸다. 주전자를 올려놓고 부채질을 했다. 암자 모퉁이에서 울던 노루가 댓돌 앞으로 왔다. 자운이 마른풀 한 줌을 던져주었다. 노루는 그것을 먹으려 하지 않았다. 눈은 아직도 내리고 있었다. 서편 하늘이 불그죽죽해졌다. 바야흐로 해가 지고 있었다.

선기는 안으로 들어와서 허련을 눈짓으로 불러냈다. 허련이 선기를 따라 밖으로 나왔다. 뺨 하얀 박새 한 마리가 날아와 등성이 쪽 산죽나무에 앉았다. 꼬리를 까딱거리며 비요오 하고 울었다. 선기는 싸라기를 접시에 담아 댓돌 위에 놓았다. 허련은 마른풀 먹지 않고 서성거리는 노루와 산죽나무에서 울고 있는 박새를 보며 고개를 갸웃했다.

주전자의 물이 끓었다. 허련이 주전자를 가지고 방 안으로 들어갔고 선기가 뒤를 따랐다. 자운이 차를 냈다. 선기와 허련은 숨소리를 죽이며 초의의 얼굴을 내려다보았다. 차향이 감돌기 시작했을 때 초의가 말했다.

"그래 향이 이래야 한다."

배릿한 배냇향이 나야 한다는 말이었다. 자운이 주전자를 들고 잔에다 차를 따랐다. 조르륵 소리가 방 안을 울렸다. 초의가 옆으로 돌아눕는 듯하더니 몸을 일으켜 앉았다. 선기가 윗몸을 부축하려 하자 초의는 손을 저었다. 자운이 찻잔 하나를 초의의 손에 들려주었다.

"느희들도 마셔라."

선기와 허련과 자운도 찻잔을 들었다. 초의는 차의 색깔을 보고 코에 대고 향기를 맡은 다음 입술에 대고 한 모금 마셨다.

"나는 차를 마실 때마다 늘 찻잎 하나하나를 땄을 손, 그것을 가마솥에서 덖었을 손을 생각한다. 봄 보릿고개 때에 허기진 배를 허리띠로 졸라맨 채 땄을 것이고, 손이 뜨거운 것을 무릅쓰고 덖었을 것이고…… 내가 젊어서부터 여러 선비들을 만나 시회를 하고 다닌 것은 차향 차 맛 차의 뜻을 제대로 가르치려는 것이었다. 사람의 죄가 따로 있는 것이 아니다. 차를 마시되 찻잎 딴 손을 알지 못하는 죄, 가마를 타되 가마 멘 사람의 땀이나 가쁜 숨결을 알지 못하는 죄가 제일로 큰 죄다."

선기와 허련은 찻잔을 방바닥에 내려놓고 무릎을 꿇으면서 머리를 조아렸다. 자운도 그들을 따라 했다. 차를 다 마신 초의가 자리에 누우면서 말했다.

"내가 그 말을 해서 그런지 오늘 차는 좀 짜구나."

차 맛이 진하다는 말이었다. 자운이 초의의 몸에 이불을 덮었다. 초의는 반듯하게 누웠다. 선기와 허련과 자운은 초의가 뱉어낼 다음 말을 기다렸다. 한동안 숨을 고르게 쉬고 있던 초의가 눈을 감은 채 말했다.

"밖에 박새가 온 모양이구나."

"큰스님께서 늘 먹이를 주던 그놈이옵니다."

선기가 말하자 초의가 속삭이듯이 말했다.

"밖에 지금도 눈이 오고 있느냐?"

선기가 그렇다고 말하자 초의는

"그래 맞다. 가랑잎 소리 나지 않게 깊이깊이 덮으려고 그런다."

하고 말했다.

# 영원으로의 회귀

불길한 예감에 사로잡힌 선기가 물기 어린 소리로

"큰스님!"

하고 불렀다. 초의는 모기만 한 소리로 무슨 말인가를 했다. 선기 허련 자운 모두 그 말을 알아듣지를 못했다. 선기가 귀를 초의의 입에 가져다대며

"못 알아들었습니다. 다시 한번 크게 말씀해주십시오."

하고 말했다. 초의가 다시 그 말을 했다.

"시방 거기에도 눈이 올까 몰라."

"거기라니요? 어디 말이옵니까?"

"삼향."

초의는 자기 태어난 고향을 생각하고 있었다.

"그럼 오고말고요. 아주 하얗게 덮었을 것이옵니다."

선기가 물기 어린 소리로 말했다. 허련은 눈물을 훔쳤고 자운은 두 손바닥으로 입과 코를 싸쥐고 흐느꼈다. 초의는 눈을 감았다. 세속 나이로 환갑을 두 해 앞둔 해의 이른 가을의 어느 날 아침 초의는 아무에게도 말을 하지 않고 길을 나서서 고향 삼향엘 갔었다. 그 전날 밤 내내 어머니 아버지 할아버지의 꿈을 꾸었던 것이다.

고향의 불에 타버린 집터에는 실망초 군락이 솜털 열매들을 달고 있었다. 연못에는 갈대숲이 빽빽하게 들어차 있고 언덕 위의 늙은 적송은 베어지고 없었다.

선산의 무덤으로 가보았다. 할아버지 할머니 아버니 어머니 무덤에는 띠풀과 억새풀과 소나무들이 키 차게 자라 있었다. 무덤 앞에 엎드려 통곡하고 싶은 것을 가까스로 억누르고 하늘로 얼굴을 쳐들었다. 설움과 한이 시로 솟구쳤다.

……멀리 고향 떠난 지 사십여 년에/돌아오니 머리 하얗게 세어진 것을 깨닫지 못한다/새 터전이 되어 풀만 우거진 집 있던 자리/옛 무덤은 잡초 무성하여 걸음마다 슬픔이어라/마음은 이미 죽었는데 한은 어디에서 일어나는가/피마저 말라버려 눈물조차

흐르지 않는데/주장자 짚고 또다시 구름 따라 떠나노니/아서라 내 살아서 고향 찾은 것이 부끄럽구나.

눈을 감고 있는 초의의 머리에 눈보라에 덮이고 있는 실망초숲, 갈대숲에 덮인 집터와 연못과 띠풀 억새풀 어린 소나무 무성한 선산의 무덤들이 그려졌다. 초의는 숨을 깊이 들이마시고 나서 속삭이듯이 말했다.

"이 눈 녹으면은 차나무 밑에 떨어져 있는 씨들 주워다가, 그늘진 공터에다가 뿌려라."

이후 초의의 숨결 소리는 방바닥 아래 지맥 속으로 가라앉기 시작했다. 어웅한 산골짜기를 울리고 나서 아득하게 사라져가는 메아리처럼. 초의의 얼굴은 전보다 약간 더 희어졌고, 깊은 잠이 든 듯 평화스러워졌다. 무슨 기쁜 생각을 하고 빙그레 웃고 있는 듯싶기도 했다. 자운이 흑 하고 느껴 울었다. 그러자 선기가 재빨리 자운의 입술 앞에 자기의 가리키는 손가락을 곧추세웠다. 마치 바야흐로 잠들려 하는 아기를 앞에 두고 있는 보모처럼. 그리고 얼음장처럼 차가워진 표정을 지으며 옆방을 턱으로 가리켜주었다. 자운에게 옆방으로 가라는 명령이었다. 이제부터 초의에게서 일어나는 일은 자운이 보아서는 안 된다는 것이었다. 자운은 도망치듯이 옆방으로 갔다.

어디선가 눈덩이 쏟아지는 소리가 들려왔다. 눈은 계속 내리고 있었다. 눈송이는 함박꽃 송이처럼 굵어져 있었다. 서쪽 하늘이 더욱 붉어지고 있었다.

초의는 눈밭을 걸어갔다. 눈은 바위 엉설과 산난초와 숲과 낙엽을 덮었다. 야릇하게도 초의의 발은 눈 속에 빠지지 않았다. 춥지도 발이 시리지도 않았다. 산 위로 올라서자 나무들이 하나씩 둘씩 없어지더니 흰 벌판만 펼쳐졌다. 그 벌판 너머에 또 하나의 세상이 있었다. 집도 희고 나무들도 희었다. 꽃들이 지천으로 피어 있는데 그 꽃들도 희었다. 사람들의 옷도 얼굴도 희었다. 그 얼굴들 속에 아는 얼굴들이 있었다. 그들이 활짝 웃으면서 그를 반기고 있었다. 소리 없는 웃음이었다. 그는 그들을 향해 뚜벅뚜벅 걸어갔다. 그들 앞에 이르렀을 때 그들이 일시에 사라졌다. 거기에는 아득하게 텅 비어 있는 시공만 남아 있었다. 그 자리에서 휘황찬란한 무지개가 떠올랐다. 그의 몸이 한 오라기의 흰 기러기 깃털로 변하더니 그 무지개 속으로 빨려 들어갔다.

## 작가의 말

봄이 오기를 기다린다. 장흥 바닷가에 토굴을 짓고 살면서부터 해마다 봄이 오면 야생의 찻잎을 따러가곤 한다. 야생차 자생하는 곳을 많이 알아놓았다. 친구 집 대밭에는 댓잎에 맺혔다가 떨어지는 이슬 받아먹은 차나무가 있다. 아내하고 함께 간다. 봄볕에 얼굴이 타지면 임도 못 알아본다니까 밀짚모자를 쓰고 간다. 아랫배에 찻잎 담을 자루를 두르고.

따가지고 온 찻잎을 밤에 아내와 함께 (노구솥 없으므로) 프라이팬에 넣고 덖는다. 손끝이 뜨거워 면장갑을 끼고 덖는다. 다 덖은 것을 널어 말릴 하얀 창지를 부엌망 바닥에 깔아놓는다. 그 옆에 이웃 노인이 만들어준 멍석을 펴둔다. 내가 덖은 것을 아내는 멍석에 가져다가 비빈다. 비빈 것을 다시 덖고 또다시 비빈 것을 덖어내기를 아홉 번을 한다. 그때쯤이면 바슬바슬해진다. 이튿날 아침에 한 번 더 덖어서 포장을 한다. 사흘 뒤 포장을 뜯어내고 다시 한 번 덖어 포장한다.

이날 밤 내내 우리 집 안은 차향으로 가득 차 있다. 부부는 차의 배릿한 향으로 몸과 마음이 절여진다. 덖는 작업을 하다가 지치면 차를 우려 마신다. 세상에서 가장 좋은 꽃물차를 마시는 것은 우리 부부일 터이다.

차 만드는 법을 누구에게 전수받은 일이 없다. 초의 스님의 『동다송』과 『다신전』을 깊이 읽어보면 누구든지 차 만드는 장인이 될 수 있다. 중국 『다경』 말고, 제다법에 대한 책은 따로 전해오지 않는다. 차에 대해서 아는 체하는 사람이면 대부분 초의 스님의 책을 읽은 사람들이다.

### 찻잎 따고 덖는 자의 땀과 허리 아픔

차를 마시되 찻잎을 하나하나 땄을 손길을 생각하고, 그것을 덖고 비비는 이의 손 뜨거움과 끈질긴 참을성을 생각해야 한다. 그것을 생각지 않는 자는 가마 메는 자의 고달픔을 알지 못하고 타는 즐거움만 아는 자와 똑같다.

나는 차를 우릴 때 반드시 찻주전자 뚜껑을 반쯤 열고 번져오는 차향을 맡는다. 찻잔에 코를 대고는 심호흡을 하듯이 향을 맡곤 한다. 그 향을 허기 들린 듯 맡지 않고는 견디지 못한다.

사람은 다섯 감각기관으로 사물을 느끼고 헤아리고 판단한다. 눈으로 보고 귀로 듣고 혀로 맛보고 코로 냄새 맡고 피부로 감지한다. 그 어느 기관도 가벼이 여길 수 없다. 다 존귀하게 대접받아야 한다.

차는 세 감각기관에 의해 평가받는다. 우려냈을 때의 향기, 차의 색깔, 차의 맛. 여기서 향기는 가장 위에 놓인다. 차의 생명은 향기와 맛과 색깔에 있다.

### 차의 생명은 향기와 맛에

정좌처 다반향초 묘용시 수류화개靜坐處 茶半香初 妙用時 水流花開

조선의 유마힐거사라고 알려진 추사 김정희가 산곡 황정견의 시를 써 초의에게 주었다.

어떤 이는 이 시를 다선삼매茶禪三昧의 다시茶詩로 해석한다.

"고요한 자리에 앉아서 차를 반쯤 마셨지만 향기는 처음 그대로이고 그 향과 맛 미묘하게 작용(교통 교감)했을 때 큰 깨달음의 경계에 이른다."

나는 그 번역에 동의하지 않고, 초의 스님이 인품을 총체적으로 표현한 것이라 번역한다.

고요히 앉아靜 있는 곳에서는 차를 반쯤 우렸을 때의 첫 향기 같고 미묘하게 움직였을 때動는 물 흐르고 꽃 피듯.

'차가 반쯤 우러났을 때의 향'이 무엇이기에 김정희는 황정견의 그 시를 써주었을까.

차를 우려내는 사람은 가장 행복하다. 차의 진한 향기를 가장 가까운 곳에서 많이 오랫동안 맡을 수 있으므로.

그럼 차향은 어떤 것이 가장 좋고 훌륭한 것인가.

### 가장 좋은 차향은 배냇향

차 우리는 주전자에 차를 넣고, 따뜻한 물을 부은 다음 맥박이 뛰는 속도로 하나아 두울 세엣…… 이렇게 아홉을 세고 또다시 아홉을 헤아리면 애벌차가 우러난다. 그런데 그 첫 번째 아홉을 헤아렸을 때 뚜껑을 살짝 열어보면 향이 스며 나오는데, 이 향이야말로 세상에서 가장 그윽하고 신비로운 향이다. 다신茶神이라는 것이 이것이다. 갓난아기를 따사한 물에 멱을 감긴 다음 수건으로 닦고 살갗에 코를 댔을 때에 나는 배냇향 같은 이 향은 우주를 생성시킨 은근하고 그윽幽玄한 기운이다.

사람은 나이를 먹어가면서 이 배냇향을 잃어버린다. 그것은 순수를 잃어버리게 된다는 것이다. 청년이 되면 풋풋한 냄새가 나다가 늙어지면 노인의 구중중한 냄새가 나게 된다.

차도 오래된 것이나 변질된 것에서는 그와 같은 노인의 구중중한 냄새가 나게 된다. 냄새는 일차원적인 것이라면 향기는 원초적인 것이면서 고차원적인 것이다.

차향은 영혼을 움직이게 하고 하늘로 날아가게 한다. 귀신까지도 움직이게 하는 신령스러운 힘을 가졌다.

### 배냇향은 생성 근원의 에너지

차를 마시는 사람은 바로 그 배냇향을 맡을 줄 알아야 한다. 이 향을 알지 못하는 것은 소리 못 듣는 벙어리나 귀머거리하고 같고 색깔을 볼 줄 모르는 장님하고 같다. 그 향을 알았다면 모름지기 이 향처럼 순수하고 그윽해져야 하고 세상을 똑 그와 같이 살아야 한다. 만일 물이 너무 뜨겁거나 정도 이하로 차면 이 배릿한 향(다신)이 제대로 나지 않는다.

차의 향은 텅 빈 곳에 어리는 향기로운 모양새空卽是色, 그 모양새 속에 어려 있는 텅 빈 것色卽是空, 우주의 원동력과 순리와 평등을 가르쳐준다. 차의 맛과 향에는 삶의 역정이 들어 있다.

### 삶의 구경, 그 자체인 향과 맛

나는 좋은 차인 경우 열 번까지 우려 마신다. 첫 번째 우린 것은 배린내가 나는 십 대 인생의 맛이고, 두 번째 우린 것은 혈기 방장한 이십 대 맛이다. 세 번째 것은 삶의 맛을 바야흐로 알기 시작하는 삼십 대 맛이고, 네 번째 것은 깨달음이 보일 똥 말 똥하는 사십 대 맛, 다섯 번째 것은 부처님이 눈을 반쯤 감은 뜻을 알기 시작하는 오십 대 맛이고, 여섯 번째 것은 연꽃잎을 스치는 부처님 눈빛을 보기 시작하는 육십 대 맛, 일곱 번째 것은 연꽃들이 다 지고 없는 연못의 황달 든 연잎에 어린 불음을 듣는 칠십 대 맛이다. 그리고 여덟 번째 것은 '나 아무 말도 하지 않았느니라' 하고 말씀하신 부처님의 말씀을 알아듣는 팔십 대 맛, 아홉 번째 것은 햇볕에 잘

바래진 모시같이 머릿속이 바래지는 구십 대 맛이고, 열 번째 것은 사바 세상과 아미타 세상을 넘나드는 맛이다.

### 시 글씨 그림에 모두 능한 초의 큰스님

초의 스님은 살아 계실 당시 '호남 칠고붕湖南七高朋'으로 추앙받은 뛰어난 선승이었다. 스님은 시 글씨 그림에 모두 능한 삼절三絶로서 당대의 지식인들과 폭넓게 교류를 했을 뿐만 아니라 차茶에 대한 해박한 지식을 가지고 있었고, 그 차를 손수 따고 만들었으며 그것을 통해서 사람들을 일깨우려고 했다. 가히 한국 차의 중시조라고 이를 만한 큰스님이다.

시서화뿐만 아니라 범패 탱화 단청 바라춤에 이르기까지, 팔방미인이라고 일컬을 만큼 다재다능한 스님이었다. 그리하여 나는 어디서부터 접근해가야 할지 진실로 암담하고 막연했다.

동갑이며 평생 마음을 열고 살았던 추사 김정희를 먼저 읽었고, 아버지처럼 받들고 사귀었던 정약용을 읽었다. 초의 스님과 김정희와 다산의 둘째 아들 정학유는 동갑이고 벗이었다. 큰아들인 정학연은 세 살 위이지만 정학유보다 더 자주 시회를 하곤 한 벗이었다. 아버지가 유배살이하는 강진에 온 정학연 정학유는 초의와 많은 날을 함께 보냈다.

해남 대둔사 일지암과 강진의 다산초당 사이를 수없이 왔다 갔다 하면서 나는 초의 스님의 삶을 그려보곤 했다. 그리고 다산 시문집과 추사의 문집과 자하 신위의 글들 속에 서려 있는 그림자들을 통해 초의 스님의 실체를 복원하려고 애썼다.

이 작업을 하는데 목포대학교 교수인 김천일 화백, 서예가 이봉준 후배, 정각암 현철 스님이 많은 도움을 주었다. 현철 스님은 나를 차에 태우고, 초의 스님이 태어난 무안의 삼양동과 운흥사 일대와 칠불암엘 가주었고 범패와 탱화에 대한 자료를 구해다주었다. 호남대학교 사서인 유영례 선생은 내가 필요로 하는 책들을 한 보따리씩 택배로 보내주고 얼마쯤 뒤에 와서 실어가곤 했다.

일지암엘 자주 갔다. 대흥사 일지암을 복원하고 초의 스님의 다도를 면면이 이어가고 있는 여연 스님은 나에게 많은 조언을 해주었다. 선암사 지허 스님의 우리 차 지키기를 늘 고맙게 생각해왔고 암연히 많은 도움을 얻었다.

지난 한 해 동안 내내 나는 초의 스님과 함께 살아온 셈이고 그윽하고 향기로운 선풍을 쐰 듯싶다. 자연 초의 스님이 사귄 여러 선비들과 함께 어울릴 수밖에 없었다. 내가 초의 스님 속으로 들어가고 초의 스님이 내 속으로 들어와 있었다. 그 결과가 이 소설이다.

초의 스님의 행적을 쓰면서 느낀 즐거움과 기쁨은, 그동안 깜깜한 곳에 묻혀 있거나 축소되었던 부분을 찾아내고 복원한 것이다. 고향 마을 삼향에서의 15년간의 행적, 운흥사에서의 3년간 행적은 초의 스님의 전 생애를 좌우하게 되는 밑그림일 터이다.

좌우간 초의 스님과 함께하는 동안 내내 즐거웠다. 초의 스님을 알고 난 지금, 나는 세상이 훨씬 아름답고 향기롭고 넓어 보이고, 세상은 살아갈 만한 가치가 있는 것이로구나, 하는 생각을 확실하게 하게 되었다. 아마 당신도 이 소설을 통해 초의 스님을 만나본다면 나처럼 그러한 생각이 들 것이다.

책을 내준 출판사 여러분에게 감사한다.

2003년 1월

해산토굴에서 한승원

## 새로 펴내며

초의 스님은 이른 봄 깊은 산골짜기를 가득 채우는 산난초 향이나 차의 향기처럼 향기로운 인물이다. 초의는 왜 자기의 도 닦음으로 얻은 깨달음을 평생 동안 중생에게 되돌려주려回向 했는가, 하는 것은 나에게 늘 하나의 화두가 되어왔다. 오랫동안 그 화두를 든 채 책의 내용을 수정하고 가필했고, 이제 열림원의 배려로 개정판을 낸다.

소년 초의는 역병으로 할아버지 아버지 어머니가 죽은 다음 운흥사 벽봉 스님을 찾아가는 길에 한 아낙의 동전 두 닢으로 인해

나룻배를 타고 강을 건널 수 있었다. 나룻배에서 내린 다음 헤어지면서, 그 아낙에게 "당신에게 이 돈을 어떻게 갚아야 합니까" 하고 묻자 아낙은 "훗날 되돌려줄 사람이 있을 것입니다" 하고 말했던 것이다. 빛진 동전 두 닢, 그것은 평생토록 갚아야 할 부채였다. 초의는 평생 살아가면서 만나는 모든 사람에게 그 동전 두 닢을 되돌려주려 한 것이었다. 그들 가운데는 다산 정약용과 추사도 포함된다. 풀옷의 소탈한 정신으로 산 초의와의 만남은 나를 늘 안식하게 하고 행복하게 하는 자연친화적인 삶 그 자체이다. 서운한 문장들의 수정 가필을 마칠 무렵, 창밖에서 매화 향기가 날아들었다. 개정판을 내준 열림원 여러분에게 감사한다.

2023년 1월

해산토굴 주인 한승원

## 초의 스님, 그는 누구인가

초의 스님을 한 편의 소설로 쓰고도 다시 이 글을 쓰는 목적은 사실과 허구 사이의 간극을 조율하자는 것이고, 그리고 초의 스님을 폄하하려 하는 시각들을 교정해주고자 함이다.

폄하하려 하는 혐의를 받고 있는 첫 번째 사람들은, 초의 스님이시 글씨 그림 범패 탱화 등에 능한 나머지 도 닦기에 전념하지 않고 세속적인 유학 선비들과의 교류만 일삼았다고 한다. 두 번째 사람들은 초의 스님의 선승으로서의 모습을 알지 못한 채 다만 차에 대해서만 능한 스님으로 여긴다. 세 번째 사람들은 초의 스님이 중국 『다경』 등에서 초록한 『다신전茶神傳』의 '찻잎 따는 시기는 곡우 전후가 적당하다'고 한 것만 읽고, 그 스님이 『동다송東茶頌』에서 말한 '그러나 실험해본 결과 우리나라에서는 찻잎 따는 시기가 곡우 전후는 너무 빠르고 입하 이후가 가장 적당하다'를 읽지 않고 초의 스님의 차에 대한 생각과 공적을 낮추려 한다.

### 실사구시의 실학 선승

초의 스님은 절집 안의 수좌들에게 경전과 선을 강의하면서 한평생을 보낸 율사나 강백이 아니고, 시와 글씨와 그림의 달인(삼절三絶-세 가지가 다 절묘한 사람)으로서 차와 선禪을 통하여 유학 선비와 벼슬아치들을 제도한 '실사구시實事求是의 실학 선승實學 禪僧'이었다.

대개의 선승들은 산중에서 마음을 깨끗하게 닦아 텅 빔의 큰 깨달음을 얻으면 만족해하고, 또 미망에서 벗어나지 못한 자들에게 주장자를 내리치고 악喝 소리나 질러주는 것으로 그 소임을 다한 것으로 여겼다.

그러나 서산대사(휴정)의 선맥을 물려받은 초의 스님은 표연히 세상 속으로 들어갔다. 회향(回向-자기 깨달음을 세속 사람들에게 돌려주려 함)이다. 초의 스님은 염불도 하고 범패도 하고 탱화와 단청도 하고 바라춤도 추었다. 산중에 살면서 손수 찻잎을 따고 덖어 마시고, 그 차향에서 선향禪香을 동시에 맡고 세상에 나아가 시와 차와 선을 통해 유학 선비들과 교류하되 더러움에 물들지 않고, 경학에 능하지만 오만하거나 경솔하지 않고 깨끗하게 계율을 엄히 지키며 살다가 간 승려가 초의 큰스님이었다.

## 초의 스님의 실상

살아 계실 당시 '호남 칠고붕湖南七高朋' 중의 한 사람으로 추앙받았고, 가히 한국 차의 중시조라고 이를 만한 스님인 그의 법명은 의순이고 자는 중부中孚이며 법호는 초의 또는 일지암 등으로 불리웠으며 세속의 성은 장씨이다. 어머니가 꿈에 큰 별 하나가 품 안으로 들어오는 것을 보고 잉태하였다고 하며, 정조 10년(1786) 4월 5일 전남 나주군 삼향면*에서 태어났다.

---

* 초의의 고향 나주 삼향: 『대동여지도』에 보면 '나주 삼향'은 나주 권역 속에 들어 있지 않다. 무안군 권역 안에 동그란 점선으로 표시하여 놓았다. 그것은 무안에 있는 땅이지만 나주목의 통치를 받았던 것이다. 삼향은 봉화대가 있는 군산群山이란 산을 바라보고 있다. 멀리 서북으로는 고림산 계림사, 동북으로는 승달산 법천사 총지사, 남으로는 유달산, 동남으로는 주룡산이 있다.

이름 '중부'는 『주역』 '풍택 중부괘'에서 가져온 것이다. "돼지와 물고기에까지 믿음이 미치면 길하니, 큰 내를 건넘이 이롭고 곧음이 이롭다. 중부는 부드러움이 안에 있고, 강함이 가운데를 차지했으므로 기뻐하고 공손해서 미더우니, 이에 나라를 교화할 것이다." 어린 시절에 누군가가 붙여준 이 이름(중부)은 초의 스님의 운명을 확실하게 예언하고 있다.

초의 스님은 추사 김정희, 정다산의 둘째 아들 정학유와 같은 해(무오년)에 태어났다. 추사 김정희와는 서른 살 되던 해부터 사귀기 시작하여 평생 동안 지기로 살다가 추사가 72세로 돌아감으로써 비로소 헤어지게 되었다.

### 초의 스님과 정약용과의 만남은 시대가 만들어주었다

초의 스님과 추사 김정희가 태어날 무렵은 천주교 박해가 시작되던 때였다. 태어나기 3년 전 이승훈은 중국 연경에 가는 사신을 배행했다가 그곳 남천주당에서 포르투갈 선교사로부터 세례를 받고 이듬해 돌아오면서 천주교에 관한 책들을 가져왔다.

이후 천주교는 급속도로 퍼져서 초의 큰스님 태어나기 한 해 전에는 옥사가 거듭되었고, 세 살 되던 해에는 천주교 책들을 불사르게 하는 일이 일어났고, 다섯 살 되던 해 3월에는 다산 정약용을 해미현으로 유배시키는 사건이 일어났다.

여섯 살 되던 해 11월에는 전라도 진산군 천주교도들을 처형했고, 아홉 살 되던 해에는 청나라 신부 주문모가 압록강을 거쳐 잠입하여 한양에 들어왔고, 열 살 되던 해 5월에는 교도 한 사람이 배교하여 주문모 신부를 관아에 고변하였다. 주문모는 달아나고, 그를 인도하고 다닌 자는 처형되었다. 그해 7월에는 이승훈을 예산에 유배시켰다.

열두 살 되던 해 정약용은 자기의 천주교 감염 사실을 회오하고 스스로를 내치는自斥 상소를 올렸다.

열다섯 살 되던 해 정약용을 아끼던 정조가 승하하고 순조가 즉위하면서 대왕대비의 수렴청정이 시작되고 정치권은 권력 싸움의 회오리에 휩싸였다.

열여섯 살 되던 해에 신유사옥이라는 엄청난 사건이 일어났다. 이승훈과 정약용의 셋째 형 정약종을 죽이고 둘째 형 정약전을 신지도로 정약용을 장기현으로 유배시켰다. 거기에 황사영(정약용의 큰형 정약현의 사위)의 백서帛書 사건-프랑스에서 군함을 이끌고 와서 정부를 위협하여 가톨릭 신도들을 박해하지 못하게 해달라는 편지 보낸 사건이 겹쳐지자 정약용을 강진으로, 그의 형 정약전을 흑산도로 유배시킨다.

정약용은 초의 스님 25세 되던 해에 강진 향리에서만은 자유로

이 살게 하는 쪽으로 형이 가벼워지게 된다. 강진 땅 안에서만은 자유롭게 살되 한양이나 고향으로는 돌아오지 못하게 한 것이었다. 이때부터 정약용(48세)은 만덕산 밑에 윤씨의 초당을 빌어 거기에서 살며 저술 활동을 한 것이었고, 이때부터 초의 스님하고의 교류가 시작되었다.

### 시대가 만들어준 초의 스님과 정약용과의 만남

"5세 무렵 강변에서 놀다가 급류에 떨어져 죽게 되었을 때 마침 인근의 사찰의 어느 스님에 의해 구원되어 목숨을 건졌다. 그 스님이 출가할 것을 권함에 따라 16세 되던 해에 남평 운흥사雲興寺로 들어가 벽봉 민성 스님을 은사로 머리 깎고 스님이 되었다. 이때 받은 법명이 의순이다."

이것은 『동사열전東師烈傳』의 기록이다.

'의순意恂'은 '뜻이 진실한 사람이 되라'는 뜻의 이름인데, 사미계를 준 벽봉 민성이 내린 것이었다.

고승대덕인 완호 스님 문하에는 삼의三衣가 있었다. 호의 하의 초의, 즉 '의衣'라는 돌림자를 가진 제자가 셋이라는 말이다.

은사인 완호 스님이 초의草衣라는 법호를 내린 것은 그의 귀기 어린 천재적인 번쩍거림과 팔방미인 같은 재주들을 그윽하게 감추어주려는 것이었다.

초의라는 말은 여러 가지로 해석할 수 있다.

먼저 숨어 사는 사람이 입는 옷, 혹은 그런 옷을 입고 사는 청정한 사람을 말한다. 다음은 '나무뿌리나 열매로 배를 채우고 솔잎과 풀옷으로 몸을 가린다(야운 스님의 『자경문』)'로 해석할 수 있다. 또 그다음은 '굴을 파서 지내고 그 속을 나무로 얽어 보금자리를 만들며 나무 열매를 먹고 풀옷을 입는다(『사략史略』)'로 해석할 수 있다.

초의는 노장老莊의 무위자연의 풀옷을 덧입혀주려는 뜻의 법호인 것이다.

### 법호 '초의'는 무위자연의 풀옷

초의는 19세 때 월출산에 올라가, 해가 지면서 마침 보름달이 바다 위로 솟아오르는 것을 바라보다가 순간적으로 가슴이 탁 트이는 것을 경험했다.

뒷날 대둔사 완호玩虎 스님을 계사로 구족계를 받고 초의草衣라는 법호를 받았다(『동사열전』의 기록). 『화엄경』의 선재처럼 선지식들을 찾아다니면서 깨달음 공부를 하였다. 불경과 선과 『노자』 『장자』 범서(산스크리트어로 된 책) 등 여러 학문에 통달하게 되었다.

24세 되는 해 초의와 정약용의 첫 대면을 주선한 것이 강진 백련사 아암 혜장 스님이다.

혜장은 『주역』에 깊이 심취해 있던 차에 정다산과 만났는데, 그로 인해 더 깊이 『주역』에 빠져들었다. 이후 혜장과 정다산의 사귐은 한없이 깊어졌다. 한데 오래지 않아 자신의 도 닦음과 삶에 대하여 회의를 느낀 그는 대둔산의 한 암자로 가서 술에 취해 살다가 입적했다. 이후 정다산이 마음의 안정을 잃고 있을 때 초의가 그 자리를 메꾸어주었다.

### 초의는 실학의 큰 산인 정다산의 제자, 실학 선승

초의는 정다산의 두 아들(정학연 정학유)과 벗이 되었고, 정다산을 아버지처럼 모시기는 했지만, 정다산이 해배되어 경기도 마현으로 갈 당시에 만들어진 제자들의 모임인 다신계(茶信契-18인)에는 그 이름이 들어 있지 않다. 초의의 이름이 들어 있어야 마땅하나, 계원들은 그가 중이므로 따돌린 것이었을 터이다.

다산과 초의가 만난 시점은, 서북 사람 홍경래가 일으킨 난으로 시국이 어지럽고 불안하던 무렵 전후이다. 만일 홍경래가 내건 기치와 부르짖은 말 가운데 정약용이라는 이름이 들어 있기만 한다면 정적들이 그에게 사약을 내리라고 할 판이다. 가뜩이나 그 무렵은 가까이 사귀던 혜장 스님이 대둔산의 한 암자로 돌아가 술병으로 말미암아 입적한 뒤이다. 극도로 불안하던 때에 정다산은 초의와 가까이하면서 마음의 안정을 얻은 것이다. 나는 그 상황을 소설 속에서 재생해놓았다.

26세 되던 해 대둔사 천불전千佛殿 등 많은 전각들이 불에 탔는데,* 은사인 완호 스님이 그것을 복원하는 데에 앞장을 섰다.

완호는 그 불사를 진두지휘하면서, 하고 많은 유학자(정다산 같은 이)들과 경학이나 선교禪敎에 밝은 중진 스님들을 다 젖혀놓고 하필 젊은 수좌(28세)인 초의에게 '천불전 상량문'을 쓰라고 했다. 초의의 사형들인 호의 하의 두 상좌를 경상도의 기림사로 천불 조성을 위해 보내면서 초의는 보내지 않았다. 완호는 진즉부터 초의의 천재성을 인정하고 있었고, 그가 이미 큰 그릇이 되어 있음을 알았던 것이다. 그만큼 자타가 공인하는 선승이 되어 있었던 것이다.

그때 초의가 쓴 '천불전 상량문'은 희대의 명문으로 소문 나 있다.

---

* 천불전 화재: 가리포첨사가 창고를 수색한다고 횃불을 켜들고 들어갔는데 불똥이 떨어져 난 화재였다. 천주학쟁이들이 절 안에서 예배를 본다는 소문 때문이었을 거라고 말하는 사람들이 있다.

초의는 24세 되던 해에 정다산과 첫 대면을 했는데, 그로부터 3년 동안 정다산에게 경학을 공부하여 그와 같이 성장할 수 있었겠는가. 경학은 어린 시절 할아버지에게서 공부했고, 다산에게서는 실학과 철학적인 삶을 배운 것이라고 나는 생각한다. 초의는 이십 대 초반부터 참깨달음에 배가 고파 있었으므로, 전국의 선지식들을 찾아다니며 고픈 배를 채우듯이 깨달음의 세계를 참구했다.

백련사에 있던 아암 혜장은 정다산의 산그늘에 눌려 질식사한 셈이지만, 아들뻘인 초의는 오히려 정다산의 고독과 불안한 마음을 포용해주었던 것이다. 그만큼 초의는 천재적이고 폭이 넓은 사람이었고, 이십 대 중반의 젊은 나이에 깨달을 것을 이미 다 깨달은 선승이었다.

### 유학 선비 관료들을 제도한 선승

조선조 지식인들의 사귐을 보면 재미있는 현상이 발견된다.

유학자들은 시집을 낼 때는 고명한 스님들에게서 발문을 얻어 싣고, 스님들이 시집을 내면서는 유학자들의 발문을 얻어 싣고들 있다.

억불숭유를 정강으로 내세운 조선조에서의 유학이 반듯하게 지은 집처럼 규모를 앞세운 것正心이라면 억눌림을 당하는 불교는 텅 빔空을 기조로 한 마음닦기淸心인 것이었다. 유학 쪽이 현실적인 틀로 말미암아 부자유하다면 불교 쪽은 벗어남(解脫-버리기 혹은 초월)으로 인하여 자유자재했다. 그리하여 그들은 은연중에 서로 보완관계를 가지게 되었다. 즉 서로가 서로의 부족함을 보완하여 충족시키려 하고 그것을 서로에게 증명받고 싶어 했다.

유학 선비들은 초의 스님과 사귀고 싶어 하고 시회詩會를 함께 하고 싶어 했고, 그러면서 자기의 얽매임으로부터 놓여난 정신적인 삶(깨끗한 영혼 혹은 걸림 없이 사는 자유)을 초의에게서 증명받고 싶어 했다.

그리하여 당대의 지식인들이 초의 스님과 사귐의 거래를 하려 들었다. 정약용, 김정희, 신위, 홍현주, 신관호 등 헤아릴 수 없이 많은 유무명의 선비들이 그들이었다.

### 운흥사에서 3년 동안에 초의가 배운 것

초의가 실사구시의 사상을 가지게 된 것을 살펴보려면, 그의 16세까지의 성장 과정과 운흥사 시절의 3년 동안을 주시할 필요가 있다. 그는 16세까지의 유소년기에 사서삼경과 노장을 다 배운 것이다. 그는 대단한 천재였고, 그를 그렇게 가르친 것은 할아버지(운흥사의 벽봉 스님과 친한 사이)였을 것이다.

운흥사에서의 3년 동안은 행자와 사미로서의 삶이므로 불경에 접해야 하는 기간이다. 그리고 그가 익힌 탱화나 단청이나 범패나 바라춤 범어 따위가 그 기간에 기초가 닦여진 것일 터이다.

그가 24세에 정다산을 만났을 때에는 불경과 유학에 대해서 이미 알만큼 다 알고, 한소식을 한 다음이었다고 보아야 한다.

운흥사는 차의 본고장에 있는 대둔사 못지않은 대찰이었다. 나주 남평에는 지금 다도면茶道面이 있다. 『대동여지도』에 다소茶所라는 곳이 그곳인데, 그 다소는 차를 사고팔고 하는 상가 지역이었다. 거기에 차 거래하는 상가가 형성되었다면 운흥사 주변에서 얼마나 많은 차가 생산되었겠는가.

초의 스님이 운흥사에서 공부한 것은 차에 대한 것이다. 실제로 찻잎을 따고 덖고 마시는 법을 벽봉에게서 배웠다. 범패 탱화 바라춤까지도 배웠다.

그와 같은 행자 시절 사미 시절을 바탕으로 해서 훗날 초의라는 큰스님이 만들어진 것이고, 그 결과 초의 스님은 나중에, 헌종 6년(1840) 왕으로부터 '대각등계 보제존자 초의선사大覺登階 普濟尊者 草衣禪師'라는 사호를 받았다.

초의와 김정희와의 만남은 운명적인 것이었다. 양쪽이 똑같이 귀재 혹은 천재였고, 실사구시의 뜻을 가지고 있었다.

김정희에게 심취한 사람들은 초의가 김정희에게서 실사구시 사상을 배웠다고 하지만 그렇지 않다. 초의는 이미 그러한 사상을 지니고 있었고, 그리하여 그들은 서로에게 영향을 주어 상승작용을 일으켰다.

김정희는 이십 대 초반에 동지부사로 연경에 가는 아버지를 따라 가서 3년 동안 머문다. 옹방강 등을 만나고 금석학 훈고학 고증학을 공부하고 돌아온다. 그것은 그의 인생을 바꾸어놓는다. 이후 그는 그 실사구시의 잣대로 사람의 삶과 시와 글씨와 그림과 선禪을 재곤 했다.

당시의 천재가 연경에서 신학문을 접하고 돌아온 것을 상상해 본다면 이후 김정희가 오만하게 행동하고 처신한 것을 넉넉히 짐작할 수 있다. 대한민국 건국 초기, 미국 유학 프랑스 유학 등을 다녀온 천재들처럼 국내파들에게 '너희들은 틀렸어. 내가 거기 가보니까, 그것의 본토에서는 그렇지 않아. 여기 들어온 것은 굴절되어 있다. 그쪽 원서도 제대로 못 읽었으면서 어떻게 당신이 생각하고 있는 것이 옳다고 우겨?' 하고 충고하고 무시하고 사갈시하고 휘젓고 뜯어 고치려 든 것이다.

초의와 김정희가 처음 만난 곳은 경기도 수종사의 혹림암이었는데, 거기에는 당시 선지식으로 이름난 해붕 스님이 주석하고 있었다. 선암사에서 출가했고 선암사의 제 6세 조사인 해붕(호남 칠고붕의 한 사람)은 초의보다 20세쯤 위인 스님이었다.

초의와 김정희 둘 중 어느 누구도 평소 찾아다니면서 배우곤 한 스님이 아니었다. 특히 김정희는 언젠가는 한번 해붕을 찾아가서 그의 선에 대한 생각을 하나하나 따지고 가리려 하고 있던 참이었다.

초의는 그와 달랐다. 해붕을 통해서 한소식을 얻고자 한 것이고, 자기 미망의 거울의 얼룩을 벗기고자 함이었다.

한데 초의는 김정희와 해붕과의 만남의 자리에 함께 있으면서 뜻밖의 소득을 얻게 된 것이었다.

처음 만난 날 김정희는 밤새도록 해붕과 논전을 했고, 초의는 처음부터 끝까지 그들의 말을 듣고 있었다. 그러면서 그들 둘의 생각의 허점들을 하나하나 머릿속에 간직해놓았다.

원래 사람들은 논전을 하게 되면 자기도 모른 새에 자기의 근본을 드러내게 되어 있다. 오십 대 초반의 해붕과 삼십 대 초반의 김정희는 논전을 하면서 모든 것을 발가벗었고, 초의는 그들에게서 볼 것을 다 보아버린 것이었다.

그들은 이어 당시 또 한 사람의 선지식 백파 스님을 찾아갔다. 김정희는 선승들의 살림살이를 자기 실사구시의 잣대로 재고, 인도에서 중국을 거쳐 들어온 선 사상의 굴절된 모습들을 관운장의 칼로 난도질했다. 그는 '너희들의 사상은 굴절된 것이야, 항복해' 하며 한 수 가르치려고 들었다.

김정희가 얼마나 오만하게 굴었으면, 그가 잠시 자리를 비우는 사이에 백파가 '저 양반, 반딧불 하나로 수미산을 불태우려 드네' 하고 중얼거렸을 것인가.

초의 스님 30세 되던 해에 벌어진 김정희와 백파의 논전은 그로부터 25년쯤 뒤, 김정희가 제주도로 유배된 뒤 본격적으로 벌어지는데, 이때 김정희는 선禪에 대한 잘못된 생각을 드러내고 말았다.

초의는 이것을 수습하기 위해 벗인 추사 김정희의 대리전을 하게 되는데, 그 결과가 『선문사변만어禪門四辨漫語』라는 책인 것이다. 그것은 백파의 『선문수경』에 대한 반박이다.

### 김정희는 초의에게 어리광과 투정을 하고

김정희는 지체 높은 월성위궁(부마) 집안 출신인데다 귀재에 가까운 천재성과 고집과 오만으로 말미암아 늘 고독했다. 지인들과 주위 선비들로부터 미움과 시기 질투를 받았다. 그것은 어찌할 수 없는 업보일 터이다.

그 때문에 김정희는 벗인 초의에게 늘 어리광하듯 투정을 하곤 했다. 초의에게 수시로 향기로운 차를 요구했고, 초의는 손수 빚은 차를 보내주곤 했다. 초의는 형처럼 그를 달래곤 했다. 제주에서 유배살이를 할 때나 해배된 다음 한양 마포 강변에서 살 때에 초의는 험한 뱃길을 통해 천리 길을 걸어서 찾아가 오랫동안 함께 기거하며 그를 보살펴주었다. 『완당전집』 속에 들어 있는 편지들이 그것을 말해준다.

그들은 그렇게 허물없는 지기로 살면서도 선에 대한 담론이 벌어지면 밤새도록 고성을 질러대곤 했다. 서로의 고집과 사상을 굽히려 하지 않았다. 서로 잘 조화를 이루고 사귀지만 개성이 뚜렷하게和而不同 살았다.

초의 스님은 정약용의 경우나 김정희의 경우나 똑같이 그들의 외로워하고 불안해하는 영혼을 달래고 구제하려 들었던 것이다.

## 초의가 벌인 차 잘 마시기 운동

요즘으로 친다면 초의는 '차 잘 마시기 운동'을 펼친 인물이다. 신라 고려 때부터 차 마시기는 있어왔다. 절집에서부터 일어난 그것은 궁중과 양반 귀족계급으로 번져갔다. 오래지 않아서 그것은 다례로서 의식화되고, 상류사회에서 일반화 상식화되었다. 다반사라는 말이 그래서 나왔다.

고려 때에는 귀족들의 차 마시기로 말미암아 차 재배를 하고 생산하는 천민들이 혹사당했다. 그리하여 차나무는 서민들의 애물단지가 되어버렸다.

고려조 이규보의 시에 그 애물단지로 변한 차 때문에 백성들이 시달리는 모습이 잘 나타나 있다. 조선조에도 그 폐해는 있었다. 고려조가 망하고 승려 계급이 무너지면서 알게 모르게 차밭을 불지르거나 파 없애는 일이 일어났다. 나주 남평 다소茶所 근처의 그 많던 차나무들은 그래서 없어져버린 것이다.

그리하여 조선조 끝 무렵에는 차 마시기가 점차 승려들이나 일부 양반 선비들에게만 남아 전하게 되었고 일제강점기 때에는 일본 차나무의 씨가 들어오게 되었다.

지금, 고대로부터 내려온 야생 차나무 군락은 선암사 쌍계사 칠불암 대둔사 보림사 금산사 천관사 백련사 등의 사찰 주위에만 남아 있다.

### 차 잘 마시기 운동은 회향 즉 중생 구제하기

초의가 지리산 칠불암에서 『다신전茶神傳』을 초록한 것은 조선조 끝 무렵의 '차 잘 마시기茶禪三昧 운동'의 시작이다. 차 제대로 마시기는 삶을 제대로 살기이다.

초의는 43세 때 지리산 칠불암에 온 은사 벽봉 스님의 부름을 받고 갔다가, 청나라의 모문환이 엮은 백과사전 격인 『만보전서』 중의 「다경요채」에서 '차 제대로 마시는 법'을 초록했다. 그 뒤 52세에 해거도인(정조의 부마인 홍현주)의 부탁을 받고 『동다송東茶頌』을 집필했다. 이 『동다송』은 불후의 고전이다.

다신茶神은 '차의 신명' 혹은 '진짜 차맛'이나 '차의 참된 맛과 향기와 색깔'을 말한다.

차를 제대로 잘 마심은 삶을 제대로 잘 사는 것이라고 초의는 생각했다. 차의 신명이 곧 삶의 신명이다. 차와 선은 한 가지 맛이다. 다선일체, 다선일미, 다선삼매茶禪一切 茶禪一味가 그것이다. 그것은 깨달음의 맛, 득도인 것이다.

『다신전』에서의 차 따는 시기와 물에 대한 것은 「다경요채」의 초록인 만큼 약간의 잘못이 있다. 『다신전』의 오류만 보고 초의의 생각이 잘못된 것처럼 이야기해서는 안 된다. 초의는 『다신전』의 오류를 『동다송』에서 바로잡았다.

## 『다신전』과 『동다송』

『다신전』의 내용은 찻잎 따기, 차 만들기, 차의 품질 식별하기,

차 보관하기, 차 덖는 불 가늠하기, 끓는 물 알맞게 하기, 여린 차와 쇠어버린 차에 대하여, 물 끓이기, 찻주전자에 찻잎 넣기, 차 마시는 멋, 차의 향, 차의 맛, 오염된 차, 샘물의 등급, 물 받아놓기, 차 끓이고 마시는 데 쓰는 기구, 찻잔, 행주 헝겊, 차의 위생 관리 따위의 절목으로 되어 있다.

『동다송』의 내용은, 먼저 차 전설과 차의 효능에 대하여 읊었는데 그것은 서시序詩라고 할 만하다. 이어, 생산지에 따른 차 이름과 품질, 차 만드는 일, 물에 대한 평, 차 끓이는 법, 차 마시는 구체적인 방법 따위를 노래했는데, 한 개 한 개의 송頌마다 옛 사람들의 여러 문헌과 시구를 인용하고 세세히 주석을 달아 고증했다. 실학 선승다운 모습이다.

초의 스님은 먼저 중국의 유명한 차에 대하여 말하고, 우리나라 차가 색깔 향기 맛 혹은 약효에 있어서 중국의 차에 뒤지지 않는다고 평했다.

『다신전』에서 "곡우 절기 전 5일에 따는 차의 품질이 가장 좋고 곡우 후 5일에 따는 것은 그에 버금가고 다시 그 후 5일 안에 따는 것은 그다음이다" 하고 잘못 말한 '찻잎 따는 시기'를 초의는 『동다송』에서 다음과 같이 고쳤다.

『다경』에서 말한 곡우 전후의 시기는 우리나라 차에는 적합하지 않고 '입하' 전후가 적당하다. (곡우에서 15일 지난 뒤의 절기가 입하이다.)*

이것은 곡우차의 미신을 벗어던지게 하는 대목이다.

『동다송』의 맨 끝에는 '다선삼매茶禪三昧'를 노래했다.

대숲과 솔 물결 소리 다 서늘하니
맑고 차가운 기운 뼈에 슴배어 속마음 일깨운다
흰 구름 밝은 달만 두 손님으로
깨달음 얻으려 하는 이는 이 이상 좋을 수 없지.

그리고,
혼자 마시는 것은 가장 신명나게 마시는 것이고, 둘이서 마시는 것은 보통 잘 마시는 것이고, 서넛이서 마시는 것은 취미쯤인 것이고, 대여섯이 마시는 것은 덤덤하고, 칠팔 인이 마시는 것은 보시하듯 나누어 마시는 것일 뿐이다, 하고 주를 달았다.

---

* 대흥사 일지암의 여연 스님은 이렇게 말한다. "대흥사의 차 따는 시기보다 쌍계사 화계사 선암사 주위의 차 따는 시기가 대개 일주일쯤 빠르다. 윤달이 든 해에는 '곡우'라는 절기가 찻잎 따는 시기로 맞아 떨어지기도 하지만, 대개의 경우 초의 스님의 『동다송』에서의 말씀이 옳다. 곡우 전후에 따는 찻잎에서는 다신이 제대로 나지 않고 입하 전후에 딴 차에서 제대로 난다."

『동다송』을 한마디로 말한다면, 중국의 좋은 차들의 신묘 영묘함을 말한 다음 우리나라 차는 그보다 더 좋은 것임을 노래하고 상세한 주석을 단 명저이다.

## 걸출한 화가 허소치를 발굴해낸 선각

진도에서 나고 자란 허련이 일지암으로 초의를 찾아왔다. 그림을 가르쳐달라는 것이었다. 초의는 그를 해남 연동 공재의 후손들에게 소개하고 '공재 낙서 청고' 삼대의 화첩을 빌어다가 공부하게 하고, 일지암에 방을 내주고 그림에 매진하게 한다. 화재에 능할 뿐 서권기가 없는 그에게 경학과 선을 가르친다. 그리고 그림 수준이 웬만큼 되었을 때 한양의 추사 김정희에게 소개해서 화가로서 대성하게 한다. 진도의 떠꺼머리총각 허련이 일지암의 초의를 만나지 못했으면 걸출한 화가 소치 허련이 만들어지지 못했을 것이다.

허련에게 '소치小癡'라는 호를 내린 것은 김정희인데, 중국의 화가 '대치大癡'에서 가져온 것이다.

백파는, 임제종 운문종은 조사선이며, 임제종은 조사선의 정맥이고, 운문종은 임제종에 미치지 못한다고 한결같이 주장했다. 그리고 조동종 위앙종 법안종을 여래선으로 분류하고, 조동종은 여래손의 정맥인데 위앙종은 조동종만 못하고 법안종은 위앙종보다 못하다고 했다.

거기 대하여 초의는 임제와 운문의 우열을 논할 수 없다고 했다. 또한 위앙종과 조동종의 우열 없음을 증명했다. 앙산은 아난존자의 후신이며, 서천의 나한들이 와서 법을 물었으므로 소석가라고 불릴 정도였다. 위산은 소석가의 스승이며, 조동종의 할아버지격인 동산은 위산을 참문하여 한소식을 얻었으니 조동종의 연원이 위산에게 있다고 했다.

사사로운 견해로 조사선과 여래선에 계층을 두어 선문오종에 배대하는 것은 본래의 도리를 왜곡되게 천착하여 후학들을 갈등의 소굴로 빠뜨린 것이니, 백파의 선론은 도저히 선도禪道로써 활용할 수 없는 죽은 글이라고 했다.

초의가 "백파는 바느질 흔적이 없는 천사의 옷을 이리저리 손을 대어 백결의 옷처럼 누더기를 만들어놓았다"고 크게 꾸짖은 말은 널리 알려져 전하고 있다.

초의와 백파가 만났다. 초의가 위와 같이 모두가 하나임(불이不二)을 말하자 백파는 "초의의 말에 오처(誤處-잘못 알고 있는 부분)가 있다"고 지적했다. 그러자 초의가 대뜸

"그 오처가 바로 오처惡處입니다."

하고 말했는데, 그 말 또한 세상에 두루 퍼져 후세에까지 전해오는 유명한 말이 되었다.

백파가 '둘이 아니고 하나라는 것(불이)이 너의 잘못된 생각'이라고 지적한 그 부분誤處이 사실은 큰 깨달음의 자리惡處라는 말인데, 그 두 말이 우리말로 읽는다면 같은 발음(오처)이기 때문에 더욱 재미있게 느껴진다.

### 석가의 참모습 동경하며 노년을 보냄

초의는 진묵대사를 이상적인 인물로 생각하며 노년기를 보냈다. 『진묵조사유적고』를 집대성 편집하였다.

시냇가를 거닐던 진묵대사는 지팡이를 세우고 물가에 앉아 손을 씻었다. 물속에 자기 모습이 비쳤다. 그는 자기 모습을 가리키며 말했다.

"저게 바로 석가모니 부처님 모습이구나."

곁에 있던 시자가 말했다.

"아닙니다. 그것은 스님의 그림자입니다."

진묵은 탄식하며 말했다.

"너는 다만 나의 허망한 모습(가짜)만 알 뿐, 석가의 참모습眞如은 모르는구나."

그리고 지팡이를 끌고 조실로 들어가

"나 간다."

하고는 입적했다.

이 일화는 초의가 기록한 것인데, 나는 아무래도 초의 자신의 이야기인 듯싶다.

초의는 일지암(일설에는 쾌년각)에서 세속 나이 81세, 도 닦으며 보낸 나이(법랍) 65세를 일기로 열반에 들었다.

초의 스님에게 사미계를 받은 스님이 사십 명, 보살계를 받은 스님이 칠십 명, 선교 잡공을 배운 사람이 수백 명에 달했다. 수없이 많은 시와 글씨와 그림이 전하고, 여러 사찰 건물들의 상량문, 탑명, 비명과 여러 유학자들의 시문집 발문들이 전하고 있다.

대둔사(대흥사) 남쪽에 초의 스님의 부도를 세웠다. 송파 이희풍이 탑명을 지었으며, 탑의 오른쪽에 비석을 세웠는데 양석 신관호가 비문을 지었다. 그리고 얼마 전에 절 한복판에다 초의선사의 동상을 큼지막하게 세웠다. 법의와 바루는 상좌 선기가 받았고, 지금 일지암은 먼 후손 스님들에 의해 복원되었으며, 초의 스님의 다도는 추종하는 스님들에 의해 이어지고 있다.

## 참고 문헌

그동안 읽은 아래 자료의 지은이와 출판사들에게 깊은 감사를 드린다.


『국역 다산시문집』(전10권) 정약용 | 민족문화추진회 엮음 | 솔 출판사

『금강산유기』 이광수

『다산산문선』 정약용 | 박석무 옮김 | 창비

『다산시선』 정약용 | 송재소 옮김 | 창비

『다산시연구』 송재소 | 창비

『단청』 장기인 한석성 | 보성각

『달마 어록』 야나기타 세이잔 지음 | 양기봉 옮김 | 김영사

『대승기신론』 원효

『동사열전』 범해 | 김윤세 옮김 | 광제원

『벽암록』 이희익 옮김 | 상아

『북한의 명산』 손경석 | 서문당

『서법대관』 축민신 | 이봉준 옮김 | 이화문화출판사

『소치실록』 허유 | 김영호 엮음 | 서문당

『시경』

『신위연구』 손팔주 | 태학사

『신증 동국여지승람』

『아름다운 금강산』 국립중앙박물관

『역주 수능엄경』 일귀 옮김 | 여천무비 감수 | 불일출판사

| | |
|---|---|
| 『영산재연구』 | 법현 \| 운주사 |
| 『완당평전』(전3권) | 유홍준 \| 학고재 |
| 『유마경』 | 동국역경원 |
| 『장자』 | 장자 \| 김달진 옮김 \| 고려원 |
| 『조선후기 학계와 지식인』 | 유봉학 \| 신구문화사 |
| 『주역』 | |
| 『지허스님의 차』 | 지허 \| 김영사 |
| 『차한잔』 | 박희준 \| 신어림 |
| 『초의다선집』 | 초의 \| 통광 옮김 \| 불광출판사 |
| 『초의선집』 | 장의순 \| 임종욱 옮김 \| 동문선 |
| 『추사와 그의 시대』 | 정병삼 외 \| 돌베개 |
| 『한국불교의 법맥』 | 성철 \| 장경각 |
| 『한국불교전서』 9책 | 한국불교전서편찬위원회 \| 동국대학교출판부 |
| 『한국불교전서』 10책 | 한국불교전서편찬위원회 \| 동국대학교출판부 |
| 『한국의 명산 대찰』 | 국제불교도협의회 |
| 『한국인물대계』5권 「실학과 다도에 통한 선사 초의」 | 한기두 \| 박우사 |
| 『한국춤』 | 정병호 \| 열화당 |
| 『한국현대수필자료총서』「금강예찬」 | 최남선 |
| 『한산시』 | 김달진 옮김 \| 최동호 엮음 \| 문학동네 |
| 『한시 미학과 역사적 진실』 | 송재소 \| 창비 |
| 『현산어보』 | 정약전 |
| 『간송문화』 | 한국민족미술연구소 편집부 \| 한국민족미술연구소 |
| 「추사 김정희의 불교의식과 예술관 연구」 | 선주선 논문 \| 동국대학교 |
| 나주 덕룡산 운흥사 | 나주시 |

초의2

초판 1쇄 인쇄 2023년 1월 16일
초판 1쇄 발행 2023년 1월 31일

지은이 한승원
펴낸이 정중모
펴낸곳 도서출판 열림원

출판등록 1980년 5월 19일(제406-2000-000204호)
주소 경기도 파주시 회동길 152
전화 031-955-0700
팩스 031-955-0661
홈페이지 www.yolimwon.com
이메일 editor@yolimwon.com
페이스북 /yolimwon
트위터 @yolimwon
인스타그램 @yolimwon

주간 김현정
책임편집 황우정
편집 조혜영 최연서 이서영 김민지
디자인 강희철
마케팅 홍보 김선규 최가인
온라인사업 서명희
제작 관리 윤준수 이원희 고은정 원보람

ⓒ 한승원, 2023

ISBN 979-11-7040-161-2 04810
979-11-7040-157-5 (세트)

* 저자와 출판사의 서면 허락 없이 내용의 일부를 무단 사용하거나 발췌하는 것을 금합니다.
* 책값은 뒤표지에 있습니다. 잘못된 책은 구입하신 곳에서 교환해드립니다.